U0330059

C. S. Lewis.

裸　　颜
TILL WE
HAVE FACES

【英】C.S.路易斯 著　曾珍珍 译

华东师范大学出版社

华东师范大学出版社六点分社　策划

目　　录

译者序：托梦——梦觉边缘的启示 / 1

第　一　部

第一章 / 3

第二章 / 13

第三章 / 24

第四章 / 33

第五章 / 41

第六章 / 53

第七章 / 63

第八章 / 73

第九章 / 83

第十章 / 96

第十一章 / 111

第十二章 / 125

第十三章 / 135

第十四章 / 150

第十五章 / 164

第十六章 / 173

第十七章 / 187

第十八章 / 200

第十九章 / 212

第二十章 / 223

第二十一章 / 235

第 二 部

第一章 / 251

第二章 / 268

第三章 / 281

第四章 / 294

后记 / 311

译者序：托梦——梦觉边缘的启示

囡囡——我的星星——

你静静凝视着群星

多么希望我就是那夜空

也凝视你，以千万颗眼睛

——柏拉图情诗

北欧、肥腴月湾、爱琴海沿岸、尼罗河畔……凡是神话发达的地方都流传着一则类似的故事，虽然情节各异，地理风貌和民族想象变化多致——有一位神，他死了，却又再生复活；他的死给大地带来新的生机。在牛津教授古典文学的年轻学者 C. S. 路易斯，将这些神话玩味再三，仿佛听见上帝要传递给人类"道成肉身"的中心信息，亘古以来，反复沿着人类意识的幽峡不断回荡。他得出一个结论：原来，神借着各族神话，托梦给人类，作为信仰奥义的先声。换句话说，当基督从死里复活时，许多民族共有的神话成了事实，人的梦境成真了。面对这样伟大的神迹，路易斯以掷地有声的文字，为我们揭示出这一神迹的历史意义，给欧美知识界造成很大震撼。

> 基督教的核心是一则变成事实的神话，那则关于一位死去了的神的古老神话，从传说和想象的天国里，下降到地上的历史中来（却仍保留着神话的色彩）。这件事发生在特定的时间和地点，并在历史中造成清晰可辨的影响，使我们超越了无人知道死于何时何地的……异教神话，臻入一位在彼拉多手里被钉死的历史人物。①

的确，基督从死里复活，显明他是神进入人类的历史，为要完成人的救赎——这"道成肉身"的神迹，超越了神话，使神话变成事实；但是，另一方面，路易斯提醒我们：

---

① 见于"神话变成事实"（1944）一文。

这则神话变成事实之后，并非就不再成其为神话，这就是一种奇迹了。……若想做个真正的基督徒，我们就必须一方面同意上述的历史事实，一方面用欣赏一切神话所需要的想象力，接受其中所含的神话成分（虽然它已成为事实）；这两者同等重要。……基督教神学中闪耀着神话的光辉……①

　　正因"道成肉身"拥有神话的特质，对其中所蕴含的启示要能充分领悟，人必须在理性的认知之外，驰骋想象，深入体会，让终极真理具象地映现在知感全域。这项努力，单靠神学的演绎、教义的讲述，容易流于空疏。或许基于这种认识，路易斯在写完一系列成功的思想作品，并以犀利的言论、深刻的文化省思，向崇尚理性思考的20世纪人透彻剖析基督教的可信之后，便专心致力于虚构文学的创作，成果包括三本幻游小说、童话故事集《纳尼亚传奇》和取材自希腊神话的《裸颜》。如果说路易斯的思想作品拭除了人的"理性障蔽"，让人能透过清晰的思考，赏识基督教适应人心需要又与真理相合的本质，那么，他的虚构作品则可以进一步荡涤人的情性，激发神思、想象，藉着具体的情节，引导读者入窥救赎的境界。其中

---

① 见于"神话变成事实"(1944)一文。

又以《裸颜》这一部恰以"死而重生"为主题的神话小说,最能全面反映他的救赎神学、宗教视野和艺术成就。

他的挚友巴菲尔德(Owen Barfield)认为《裸颜》与《人的绝灭》(*The Abolition of Men*)堪称路作双璧;[①]批评家也大致同意路氏自己的看法:在他所有的虚构作品中,《裸颜》写得最精湛、细腻。更有学者以专书说明《裸颜》如何解开理性与想象的纠结,为西方读者提供睿智的指引。[②]许多人从《裸颜》中见识到路氏直追现代小说经典的叙事艺术,纷纷为他的早逝(65 岁)叹惋不已,甚至说:"他应该早点写小说。"

那么,面对路易斯这部寓意深刻的神话小说《裸颜》,我们应该怎样读它呢?[③]拉丁诗人笔下的赛姬,被父王遵照阿波罗

---

① 欧文·巴菲尔德是路易斯在牛津时的前期学长,路氏称他为"在我非正式的师长中,最睿智、杰出的一位"。自牛津毕业后,巴氏续承父业,在伦敦从事图书代理业务,后来替路氏处理与版税有关的法律事务。退休后应聘往美国大学讲授英国文学,有关诗歌用语及文学想象的论述颇受学界推崇。他与路易斯的友谊被誉为 20 世纪文学交游中的典范之一。所指誉词见于《光照路易斯》(*Light on C. S. Lewis*)之序,收录于 1989 年出版之《欧文·巴菲尔德论路易斯》(*Owen Barfield on C. S. Lewis*)一书第 29 页。

② 见彼得·薛柯(Peter J. Schakel)所著《路易斯作品理性和想象的关系:〈裸颜〉析读》(*Reason and Imagination:On C. S. Lewis — A Study of Till We Have Faces*,1984)。

③ 1936 年,38 岁的路易斯出版《爱的寓言》(*The Allegory of Love*),探讨中古侠义爱情的源流,旁征博引,立论精辟,奠定了他对寓言研究的学术地位。

神谕,"暴陈山巅,供龙攫食",与初民社会"代罪羔羊"式的献祭,并无关涉;但是,路易斯借用古典神话,刻意把赛姬(伊思陀)塑造成一位"基督型"的人物。由于她超凡的美丽和善良,当国中遭遇瘟疫时,人们交口相传:经她的手一触摸,疾疾可得痊愈。于是,民众把她当作女神膜拜。这一风潮触怒了当地主神安姬的祭司,借口她是引发"天谴"的因由,认为若要拔除饥馑、瘟疫、兵燹的多重祸害,必须将她献祭,绑在阴山顶的一株圣树上,作为山神的新娘。对这一牺牲的角色,赛姬坦然接受,一方面固然有"一人死万人活"替百姓受难的壮烈情怀,另一方面更为了因此便能实现自己多年来的憧憬——与阴山所象征的生命本源合而为一——内心欣喜莫名。外表看来,整桩献祭的事件原是一出政教斗争的荒谬剧,对她而言,却宛似一趟归程,带她回到那自己灵魂久已向往的"宫堡"。就这样,借着"故事新诠",路易斯赋予赛姬的神话一道与基督教信仰遥相呼应的寓言含义,俨然以实际的神话拟构宣示他的前述理念——神话传说原是神向人类托梦,其中隐含真实信仰的影子。循着这条线索读《裸颜》,它简直就是一部扎实的启示性著作。

万象纷呈,人世无常,任何时空的人类,为了认知及求生,往往需要信靠宗教。同样的需求投射在不同的祭典和信仰中("安姬有一千种面目")。路易斯透过葛罗人的信仰(崇奉性爱与生殖的女神安姬——与希腊的阿芙洛狄忒、罗马的维纳斯同属地母型神祇），刻画了一切宗教共有的现象，包括仪式的意义、献祭的动机、神话的形成、政教的冲突、信仰给人性带来的升华等等，甚至不避讳初民用以祷求丰收的淫祀。此外，更重要的，他为葛罗这个蛮荒小国设计了独特的时空背景，把它放置在小亚细亚边陲，黑海附近，未受古典文明熏陶的地域；又让故事发生在苏格拉底亡故和耶稣基督诞生之间，也就是希腊理性文明逐渐往周围世界传布的时候。路易斯发挥历史的想象，塑造了这个半开化的国度，既合史实又富于象征。他用这样一个正逢野蛮与文明交接的社会为背景，借着当地原始信仰与理性主义间的彼此激荡（大祭司和"狐"之间的辩论），化冲突为和谐，经由故事讲述者奥璐儿女王终其毕生上下求索，把比这两者更充分的启示勾勒了出来——也就是一个既能满足古代宗教信仰的献祭要求，又能符合希腊理性主义竭智追求之伦理目标的宗教。从"渐进启示"的史观看，这样的宗教正是最纯全的宗教，它包含了一切信仰追寻的极致。当然，它遥遥指向那不久即将进入人类历史，由道成肉身的神，替人流血牺牲，又从死里复活，把得赎重生的生命境界向人开启。路易斯称这为真实的信仰，并在一篇论述文字中，辨析如下：

　　　　它完全合乎伦理，却又超越伦理；古代宗教共有
　　　的那种献祭与重生的主题，以不违逆——甚至超

越——良知与理性的方式再度出现。在这当中,唯一的真神自显为永活的造物者,超绝于万物之外,却又居摄其中。这样的一位神不仅是哲学家的神,也是奥秘派和野蛮人的神,他不仅满足人的理智和情感,更且照顾了各样原始的冲动,以及超拔在这些冲动之外卓荦如山的一切属灵憧憬。①

《裸颜》可说是上述识见的戏剧化呈现,特别落笔从懵懂进入醒悟之前,所谓梦觉边缘(half-awakening)的信仰追求。

但是,《裸颜》之撼人心弦,并不仅在于随情节的进展,披露在读者眼前那逐渐开阔、深邃、清朗的神圣视野。真正令人感动的,是奥璐儿女王这个容貌奇丑、智慧超群、身手矫健,不让须眉的女人——她的情感起伏,她对生命真相锲而不舍的寻索,及至暮年的觉悟和蜕变——换句话说,她个人灵魂的挣扎、自剖与重生,才是这部小说的主题。赛姬的神话原本就是一则人神相恋的故事,更因赛姬(Psyche)意为"灵魂",自古以来,这则神话始终发人深省,人们反复推敲其中的寓意,觉得它所反映的正是灵魂对神性(divine nature)的向往与渴慕,而

----

① 见于〈没有教条的信仰?〉(*Religion Without Dogma*,)见 *God in the Dock*,第 144 页。

赛姬被逐出神宫后的受难过程,恰好象征灵魂与神合一之前必需经历的重重考验。其中,知性的磨炼(谷种分类的寓喻)只算是最初步的功课。路易斯套用这则神话作为《裸颜》的基本情节,所要刻画的正是灵魂与神复合的经过。这当然是基督教信仰的主要内容之一,而仔细端详奥璐儿的悟道过程——从惊觉自己原来也是安姬(不只容颜,连灵魂也一样丑陋——贪婪、自私、善妒……),继而体会出道德修养对改善安姬似的灵魂其实毫无作用,至终于蜕变成赛姬(当赛姬通过考验与神复合的刹那,也就是奥璐儿变颜得荣的时刻,因为多年来,在现实世界,奥璐儿挨忍着对赛姬的思念,焚膏继晷摄理国政,包括最后的著书申诉,其艰巨程度与考验性质,绝不亚于赛姬为要赎回神的眷爱所需完成的各样超凡任务。女王奥璐儿的生活与被逐的赛姬其实没有两样,等于在替赛姬分劳。原来,神对奥璐儿所说的预言——"你也将成为赛姬"——背后隐藏着一道属灵的奥秘:根据"替代"的原理,生命在爱中融汇交流,能够彼此分担痛苦、共享成果,[1]就像狐所说的,是奥

---

[1] 在真实的人生中,路易斯本人曾经具体地经历"替代"的奥秘。不忍见所爱的妻子受骨癌折磨,他祷告神让自己承担她的痛苦。果然,"乔伊"(路夫人名为 Joy)痛苦减轻,路氏自己却罹患脚疾,医生诊断病因:"缺乏钙质。"(见布莱因·西蒲立[Brian Sibley]著《穿越阴影地》(*Through the Shadowlands*),第 135—136 页,1985 初版)。

璐儿承担苦楚,而由赛姬完成工作)——这样的悟道过程隐约含有基督教信仰的痕迹,尤其吻合原罪与靠十架救恩使灵魂得赎(神"替"人死,"代"人偿付罪责),而人得救之后应与基督同背十字架的奥义。

路易斯刻画奥璐儿个人的悟道所采用的笔法仍是先前所提到的:透过古代神话勾勒在梦觉边缘呼之欲出的启示。书中的这段句子"在未来遥远的那一天,当诸神变得全然美丽,或者,当我们终于悟觉,原来,他们一向如此美丽……"读来恰似旧约中的预言"日子将到,我要与以色列家和犹大家另立新约……"(《耶利米书》31:31)、"我也要赐给你们一个新心、将新灵放在你们里面"(《以西结书》36:26)。[①] 从释经学的角度看,路易斯对古典神话"故事新诠"的寓喻读法,十分近似基督教传统的"预表"解经法。依一般解释学的说法,这种旧文衍生新义的现象,其实便是"先前发生的事件,事后看来,会产生比事发当时所能领悟的更为充分的义理"[②]。狐的幽灵在异象中对奥璐儿所说的"神圣的大自然能改变过去,尚无一事物

① 参阅保罗·菲德思(Paul Fiddes)〈路易斯——创作神话的人〉(C. S. Lewis,the Myth-Maker),收录于 *A Christian for All Christians*,1990 年出版,第 153 页。
② 见雅歌出版社出版路氏论《诗篇》的中译《诗篇撷思》(*Reflection on the Psalms*)第 10 章。

是以它真实的面目存在着"，指的就是类似的事。当充分启示的亮光一出现，许多事物真实的面貌便显现出来，这是《裸颜》的中心思想，也是《裸颜》的叙事技巧。就奥璐儿而言，这件事发生在她透过理性与神抗辩到底，却不知不觉揭开自己灵魂面纱的刹那。真切的自我认识与认识神是同时发生的。这样看来，形式与内容的有机结合在这本小说中可说达到极圆融的地步，所以，对这本小说非常激赏的欧文·巴菲尔德特别提醒读者，千万别把它当作纯粹的寓言读，它其实是"一部把创作神话的想象发挥到极致所写成的作品"（a genuine and high product of the mythopoeic imagination）①。的确，读《裸颜》若仅止于从中捕捉与教义相合的寓意，进而揣摩大师如何移花接木，巧借赛姬神话架构"现代福音"，这种寓喻式的读法虽然有趣，却辜负了路易斯的创作原旨，因为他的目的不在于把赛姬神话淡化为教义，而在把被教义化了的信仰还原为耐人寻味、需要人用心灵加以体会的神话。

路易斯在《文艺评论的实验》——一本讨论如何辨别好书、坏书的著作中，这样推许阅读的功能：

---

① 《欧文·巴菲尔德论路易斯》（*Owen Barfield on C. S. Lewis*），第7页。

文学经验疗治伤口，却不会剥夺个人拥有个体性的权利。有些在聚会中感染到的群体情绪也可以疗伤，但往往会使个体性遭到破坏。在群体情绪中，不同个体原本分隔的自我融汇合流，我们全都沉浸回到无我（自我未产生前）的境界中。但在阅读伟大的文学作品时，我则变成一千个人，却仍然保有我的自己。这就像希腊诗中所描写的夜空，我以千万颗眼睛览照万象，但那用心谛视的仍是我这个人。在这里面，就像在崇拜中、在恋爱中、在将道德付诸行动中和在认知中一样，我超越了自己，却也从未这样实现自己。[1]

但愿读者在阅读《裸颜》时，有同样的感受。

曾珍珍

---

[1] 《文艺评论的实验》(*An Experiment in Cristicism*)（剑桥大学出版社，1960）第 140—141 页。

第 一 部

第 一 章

　　我老了，无牵无挂，再也不怕神发怒了。丈夫、孩子，我没有；也几乎没有叫人牵肠挂肚的朋友，好让诸神藉着他们折磨我。至于我的身躯，这具枯瘦却仍需天天盥洗、喂养、妆扮的肉体，只要他们愿意，尽可趁早毁灭。王位的继承已有了着落。我的冠冕将传给侄儿。

　　既然毫无牵挂，在本书中我将直言不讳，写下幸福在握的人没胆子写的事。我将揭发神的暴行，尤其是阴山上的那位。换句话说，我要从头诉说他如何拨弄我，就像申诉给法官听，请他评评理。可惜的是，神和人之间并没有仲裁人，阴山的神也不会做出答辩。天灾和瘟疫不算答辩吧！我决定采用师父传授的希腊文写，因为若有机缘，说不定哪天有个人从希腊来,住进这宫里翻读这本书,他会把这本书的内容传讲给希腊人听。那里的人享有言论自由,可以放胆谈论有关神的事,他们当中的智者或许能辨明我的控诉是否正确,也能判断阴山神是否无辜,万一他做出答辩的话。

　　我名叫奥璐儿,是葛罗国国王特娄的大女儿。从东南方来的旅人会发现葛罗城位在舍尼特河的左岸,由南方边陲重镇宁寇北行至此,约需一天光景。城建在岸边不远、妇女步行约莫走二十分钟的地方,这是因为舍尼特河每年春天会固定泛滥。也因这样,到了夏天,河的两岸布满干泥,芦苇丛生,水鸟成群栖集。河对岸,安姬神宫与葛罗城遥遥相对,由安姬神宫一迳往东北行,不久便抵达阴山山麓。那恨我入骨的阴山神正是安姬的儿子。他并不住在神宫中,安姬独自坐镇那里。她坐镇的内宫黝黑得让人认不清她的样子。不过,每到夏天,阳光从宫顶的通风孔泻进来,人们可以依稀看见她的相貌。这位威风凛凛的女神原是一块没头没脸又没手臂的黑色大石。我的师父,大家称他"狐",说,安姬相当于希腊人的阿芙洛狄忒;①但本书的人名地名,我一律采用葛罗语的称法。

————————

① Aphrodite,希腊女神之一,在罗马则称为维纳斯(Venus),因为貌美冠绝群神,而被称为美丽之神。此外,阿芙洛狄忒也是主司爱情和繁殖的女神。

我将从母后去世——也就是我断发——那天说起。根据习俗,服丧的女儿必须把头发剃光。后来狐告诉我,这习俗乃仿自希腊。葩姐,我们的奶妈,把我和蕾迪芙带到宫外,在沿着陡峭的山坡修筑的御花园坡底断发。蕾迪芙是我的妹妹,比我小三岁;那时,父王只有我们两个孩子。当葩姐把着剃刀一绺绺剃掉我们的头发时,站在一旁的女仆们每隔一会儿便捶胸痛哭,哀悼母后的崩亡;但是,哭歇的片刻,她们却一面剥果仁吃,一面嬉笑。蕾迪芙美丽的卷发随着剃刀咧咧落地时,女仆们无不同声惊呼道:"多可惜啊!所有的金发都不见了!"葩姐剪我的头发时,她们并未这么叹息。不过,我印象最深的是,那个夏日的午后,当我和蕾迪芙一起捏泥巴筑土屋玩时,只觉头顶清凉,脖子后面却被太阳晒得火辣辣的。

葩姐奶妈是个骨架大、腕力重,有着一头金发的女人。她是父亲从行商那里买来的,他们把她从遥远的北地带到这儿。每当我们挑三拣四为难她时,她总会说:"等着瞧吧!哪天王上娶了个新后作你们的后娘,那时,可有好日子过了。休想吃蜂蜜蛋糕,有硬乳酪啃就不错了。也甭想喝红酒,有稀奶啊,就谢天谢地了。"

事情是这样发生的,有后娘之前,我们先有了另一样东西。那天下了一阵严霜,蕾迪芙和我特别穿上靴子(平常我们打赤脚或穿拖鞋),打算到围着木栅的旧宫后院去溜冰,的确,从牛栏到垃圾场，遍地铺着一层薄冰，连水洼、撒在地上的牛奶和家畜的尿都结冻了，只是地面不平，溜起来不很顺畅。这时葩姐从宫中跑出来，鼻子冻得发红，大声叫嚷着："快！快！哇，多脏啊！赶快洗干净了去见父王。猜猜谁正等着你们，好家伙，这下可有好日子过了。"

"是后娘吗？"蕾迪芙问。

"比这还糟糕，等会儿就知道了。"葩姐说着，一面用她的围裙擦蕾迪芙的脸，"你们两人啊！就等着天天挨板子、扭耳朵，做一大堆功课。"

我们被带进用彩色砖砌成的新建宫室中，那里，到处站着全副武装的卫兵，墙上挂有兽皮、兽头。父王站在栋梁室的壁炉旁，正对着他的三个人风尘仆仆，是我们认识的每年必来葛罗三次的行商。他们正把秤具放回行囊，必定方才成交了什么。其中有个人收拾着脚镣，可见卖的是奴隶。站在他们前面那个短小精干的汉子显然便是被卖的人，因为他的脚踝上还有铁镣留下的肿痕。不过，这个人倒不像我们见过的其他奴隶。他的眼睛炯炯有神，发须灰中带红。

"希腊仔，"父王对这人说，"我有把握不久会生出个王子来，这孩子，我打算让他接受希腊学识的熏陶，现在，你先用这两个小妮子练练功夫（父亲指向我们），一旦能把女孩子教会，任凭谁都教得通了！"把我们遣走之前，父亲加了一句："尤其是大的,试试能不能把她调教得聪明些,这是她唯一可能做到的事。"我不懂这是什么意思,但知道自记事以来,人们谈到我时,总是这么说。

"狐",父亲这样称呼他。在所认识的人当中,我最喜欢他。你也许以为,一个希腊的自由人沦为战俘后,被卖到这遥远的蛮邦当奴隶,必定十分沮丧。狐偶而会这样,或许比童稚如我所能想象的更常这样吧!但是,我从未听他抱怨过,也未听他像其他外地的奴隶那样夸称自己在本国是何等有头有脸的人。狐有许多自娱的妙论:"若能认清整个世界原是一座城,哪来流落他乡的感觉?"又:"处境是好是坏,全看自己怎么想。"不过,依我看,使他快乐的真正原因是求知的热忱。我没见过像他那么爱问问题的人。他渴望知道一切有关葛罗的事,包括我们的语言啦、祖先啦、神啦,甚至一花一草。

这便是为什么我会告诉他安姬的事。我说有许多女孩住在神宫中专门供奉她;每个新娘子都必须送她礼物;凶年时,我们甚至割破某个人的喉咙,用血浇奠在她上面。狐听得直打哆嗦,口中喃喃。一会儿之后说:"没错,她便是阿芙洛狄忒,虽然像巴比伦的阿芙洛狄忒多过于像希腊的。让我讲一个有关阿芙洛狄忒的故事给你听。"

他于是清清喉咙,以轻快的声调吟唱出阿芙洛狄忒爱上安喀塞斯王子①的故事。安喀塞斯在伊达山腰替他父亲牧羊，阿芙洛狄忒迷上了他。当她朝着安喀塞斯的茅舍走下绿草如茵的山坡时，成群的狮子、山猫、熊和各类的野兽一路随着她，像狗一样摇头摆尾。过了一会儿，它们成双结对地离开，各自去享受欢狎的乐趣。阿芙洛狄忒收敛起耀眼的神采，使自己看来像个凡间女子。她前去勾引王子，两人终于上了床。我想狐本想就此打住，但是歌吟至此，正入高潮，欲罢不能，只好再继续讲唱后来发生的事。安喀塞斯醒来看见阿芙洛狄忒站在茅舍门口，光芒四射，不像凡间女子。他发现跟自己睡觉的人原是女神，霎时惊惶失措，遮着眼睛尖叫道："杀了我吧！"

"这种事未曾真正发生过，"狐赶忙说明，"纯粹是诗人的杜撰。孩子啊，这根本不合乎自然。"无论如何，狐所说的足以让我认识到：希腊的女神虽比葛罗的女神漂亮，却是同样可怕。

狐就是这样子，他总是羞于承认自己喜欢诗（孩子啊！那

---

① Anchises，特洛伊（Troy）的一个王子。牧羊时邂逅阿芙洛狄忒，两人的爱情结晶便是拉丁古典文学中最著名的传奇英雄埃涅阿斯（Aeneas）。根据维吉尔（Virgil）的史诗《埃涅阿斯纪》（*Aeneid*），他是特洛伊沦陷后唯一幸存的王子，后来在台伯河旁创建罗马，是传说中罗马人的始祖。

全是痴人说梦）。为了从他身上挤出一首诗来，我总得写很多作业，读一大堆书，包括他所谓的哲学。但是，这么点点滴滴的，他还是教了我许多诗。他说自己最欣赏的是"美德必须辛苦追求"这首。这可骗不了我。其实，每当我们吟着"带我到结满苹果的园子里"或——

月西沉了，我却
独自一人躺卧。

他的声调马上转为轻柔，眼睛发亮。他总是无限温柔地吟诵这首诗，仿佛对我有说不出的怜爱似的。他喜欢我胜过蕾迪芙，蕾迪芙不爱念书，常常嘲笑他、折磨他、指使别的奴隶捉弄他。

夏天，我们在成排梨树后的草坪上念书。那天，父王便是在这儿找到我们的。见到他，我们全都一骨碌站起来，两个孩子加上一个奴隶，眼睛盯着地面，双手交叉在胸前。父王热络地拍着狐的背说："加油吧！快有个王子让你调教了，若是神容许的话。你真应该感谢神哩，因为替我岳父那样威振四方的王管教孙子，是希腊人少有的荣幸。你该不会像只笨驴似的不领情吧？从前在希腊，你们不都是贩夫走卒吗？"

"所有人身上不都流着同样的血液吗？"

"同样的血液?"父王瞪大眼睛,拉开嗓门像牛哞般地笑着,"很遗憾!我可不这么认为。"

结果,第一个告诉我们后娘已有着落的,是父王,不是葩姐。父王攀上了一门好亲事,他将娶凯发德国的三公主为继室。凯发德王是我们这边世界最显赫的国君。(现在,我终于明白为什么凯发德舍得把女儿嫁给像我们这样贫穷的国家了,当初父王为什么察觉不出他的岳父其实已日渐式微,而婚盟的本身恰是证明。)

婚礼应该是几个星期后的事,但记忆中,筹备工作似乎延续了一整年。宫门附近所有的砖造物全都髹成大红色。栋梁室加挂许多壁毡,并且父王发狠买了一张皇室专用的床。这床是用一种东方特产的木材搭成的,据说这种木材很灵,在上面生的孩子,五个中有四个是男的。("真是愚蠢啊!孩子,"狐说,"生男生女是自然发生的,哪由得人左右。")当喜事愈来愈近时,成天只见家畜被赶进来宰杀,紧接着是烘焙、酿酒,整座院子散发着兽皮的腥臊。我们这些小孩从一个房间钻到另一个房间看热闹。不过,好景不长。父王突然灵机一动,决定叫蕾迪芙、我和其他十二位女孩——全是王公贵族的女儿——合唱新婚颂,并且特别指定要希腊的颂歌,因为这才能叫邻国的国君羡慕、钦佩,这是他们办不到的。"可是,王上……"狐说,眼中漾着泪水。"教他们呀!狐,教他们。"父王嚷道，"如果你不能为我在新婚之夜呈献一首希腊歌，长久以来，我不是让你白吃白喝了吗？又不是什么了不起的事，没有人要你教懂她们希腊文。她们根本不必懂得歌词，只要能发音就够了。照着去办，否则，小心你的背会比胡子红。"

这计划真会把人逼疯。后来狐说，教我们这些番女唱希腊歌，使他仅存的一些红发全愁白了，"从前，我是狐，现在可是獾了。"

当我们学得稍微像样时，父亲带安姬宫的大祭司来听我们唱歌。对这大祭司，我一向十分惧怕，那种惧怕与对父亲的惧怕不同。年少的我以为使我害怕的是环绕在他四周与神有关的气味——那与寺庙分不开的血腥味（大部分是鸽血，有时用人血）、燔炙的脂肪、烧焦的毛发、奠酒和浓得变臭的薰香——这就是安姬的气味。也许，他的穿着也令我害怕：瞧那一身兽皮、那用晒干的动物膀胱作成的水囊和那挂在胸前形状像鸟的面具，仿佛一只鸟从他身上长出来！

他不仅歌词听不懂，连曲调也不懂，只会问："这些小妮子带不带面纱呢？"

"还用问吗？"父王哈哈大笑，翘着姆指朝我指来，"你以为我敢让这张面孔把皇后吓昏吗？当然要带面纱！并且需是厚厚的一层。"有个女孩吃吃窃笑着。这是我第一次彻底察觉自己长得很丑，我想。

这使我更怕后娘了,以为单单因我长得丑,她会对我比对蕾迪芙凶。其实,使我想到就怕的,不只因为葩姐平日的恐吓,更因我在故事书中读到的后母很少是不恶毒的。这天,夜幕低垂时,我们全都聚集到柱廊,眼睛被火炬熏得昏花,拼命想照着狐的指导把歌唱好。狐一会儿皱眉,一会儿又微笑点头,有回甚至惊慌得双手停煞在半空。整个过程中,跳动在我眼前的,尽是故事里一幕幕后母虐待小女孩的情景。后来,外面突然人声欢腾,有更多的火炬燃起,须臾,他们已将新娘抬出轿子。她带的面纱同我们的一样厚。只见她非常瘦小,好像他们抬着的是个孩子。这并没有减轻我的恐惧,"矮仔毒",俗语这样说。我们一边唱着,一边把她抬进洞房,掀开了她的面纱。

回想起来,我的确见到了一张漂亮的脸,但当时,我可没想到这些。只见她比我还害怕,应该说是惊恐。我透过她的眼看清了父王的相貌,因为前一分钟她才见了他第一面,那时父王正站在柱廊内迎接她。他的眉目、嘴巴、腰干、身材或声音都不是让小女孩安心的那型。

标致的妆扮被我们一层又一层地卸下之后,她显得更加娇小。我们把她那发抖的、晰白的身躯和那双吓得发直的眼睛留在父亲床上,然后成群离去。老实说,我们唱得难听极了。

第 二 章

关于父亲的第二位太太，我没什么可写的，因为她来葛罗
不到一年就死了。果然不出大家所料，她很快便怀孕了，父王
非常高兴，每当狐出现在眼前，总会向他提起这位将出生的王
子。此后每个月，他都大祭安姬一次。至于他和皇后间相处
的情形，我并不清楚。除了有一回，凯发德派了个使节来，我
听见父王对她说："小妮子，看来我是上当了，把羊群赶到生意
清冷的市场还不自知。原来你父亲早就失掉了两座城，不！
还是三座哩！虽然他装出一付蛮不在乎的样子。拖我下水之
前，若先告诉我他的船正往下沉，我会感激他的。"（那时，我方
浴罢，靠在窗台上晞发，他们在花园里散步。）不管如何，她的
确非常想家，而且生长在南方的她，对我们这里夏天的气候非

常不适应，不久，就变得又瘦又白了，于是我发现她实在没什么好怕的。起初，倒是她怕我，后来，怯怯地疼我，与其说是后娘，不如说是姊姊。

当然了，临盆的那天晚上，宫里的人没有一个敢睡觉，因为，他们说只要有人睡觉，胎儿便会拒绝睁眼进入这世界。我们全都坐在栋梁室和寝宫间的大厅里，四周点着火红的迎生烛。烛焰乍生乍灭，摇晃得非常厉害，因为所有的门都洞开着，若有一道门关了，便会使母亲的生门闭合起来。厅的正中央火燃得很旺，安姬宫的大祭司每个小时绕行火盆九次，依照风俗丢进一些合宜的东西。父王坐在他的位子上，整个晚上连头都不动一下。我坐在狐的旁边。

"公公，我好害怕！"我低声对他说。

"孩子，"他也低声回答，"对于自然带来的东西，我们要学会坦然面对。"

这之后，我大概睡着了，因为接下来我所听到的是妇女们哀嚎和捶胸的声音，像母亲去世那天一样。在我睡觉的当儿，一切都变了样。我冷得直发抖，厅中的火要熄不熄的，父王的位子空着，寝宫的门紧闭，先前从里面传出的那骇人的号啕已经止息了。刚才一定有过一场献祭，因为闻得到杀牲的气味，地上有血泊，而且大祭司也正擦拭着他那把圣刀。刚醒过来的我，头昏昏的，竟然突发奇想，要去探看皇后。还没走到寝宫的门,狐就一把抓住我,"孩子啊! 等会儿。你疯了吗? 王上他——"

这时,门突然打开,父王走了出来。他脸上的表情把我吓醒了,因为他气得脸色发白。我知道他气红脸时,虽会大发雷霆,可不过是雷声大雨点小,当他气白脸的时候真会出人命的。"酒!"他的声音并不大,这反而是恶兆。奴隶们即刻推出一个父王平日喜爱的男孩来,这是他们害怕时的惯常反应。这个男孩脸色和父王一样惨白,穿着一身标致的衣裳(父王喜欢童奴穿得漂漂亮亮的),他急忙将酒瓶和父王专用的酒杯拿来,踩到血泊时滑了一下,身子一晃,把酒瓶和酒杯摔落了。刹那间,我的父亲抽出匕首刺向他的腰,这孩子倒在染满血和酒的地上,一命呜呼。酒瓶被他一撞,满地翻滚,在死寂中发出刺耳的破碎声,这时我才发现大厅的地板多么凹凸不平。(后来,我把它填平了。)

父王死瞪着他的匕首片响,呆若木鸡。然后,他缓缓走向大祭司。

"事到如今,你能为安姬说些什么?"他问道,声音依旧低沉:"你最好把她欠我的给还回来。我献上的那些肥犊,你打算什么时候偿还?"停顿一下,他又问:"告诉我,先知,如果我把安姬捣成粉末,又把你绑在铁锤和砧石之间,会有什么事发生?"

大祭司面不改色。

"安姬都听见了,王上,即便是现在。并且,她记性很好,你方才所说的,已足够让她降灾在你后世子子孙孙的身上。"

"子孙,"父王说,"你还敢提子孙?"声音依然平静,但整个人却颤抖起来,他那冰封的怒气随时可以溃决。这时他瞥见那奴童的死尸。"这是谁干的?"他问,转眼看见狐和我,一下子整个脸涨得通红。终于,咆哮从他胸腔决堤而出,大到可以震破屋顶。

"女的,女的!"他叫嚷道,"又是一个女的——有完没完呢?难道天上患了女儿灾,非得波及我?你,你——"他一把抓住我的头发,把我甩来甩去,又突然间松手放开,害我跌了个倒栽葱。虽然年幼,我知道这个时候不能哭。一阵晕眩过后,我看见他掐着狐的脖子。

"这说话没头没脑的老家伙,在我这里白吃白喝已够久了,"他说,"事情这样演变,当初还不如养条狗。这种清闲日子,你休想再过了。明天就把他带到矿坑去。这把老骨头至少还可为我做十天工。"

大厅里又是一片死寂。忽然,父王甩开双手,跺脚哭喊道:"你看,你看,这么一张张死面孔!你们在这里瞪着眼做什么?真会把我逼疯。滚!全部给我滚!"

我们全都夺门而出。

狐和我从厅东通往药草圃的小门出去。那时天已蒙蒙亮了，细雨霏霏。

"公公，"我抽泣着，"你快点逃，别让他们把你带到矿坑去。"

他摇摇头。"我老得跑不动了，"他说，"况且，王上怎么处置逃奴你也知道。"

"但是，矿坑多可怕！这样吧，让我跟你一起逃，若是被抓到了，就说是我叫你逃的。只要我们一起越过那儿，便能逃离葛罗。"我指向阴山山脊，透过斜雨看去，那儿一片漆黑，山后则映着晨曦。

"傻孩子，行不通的，"他说，把我像小孩子一样哄拍着。

"他们会以为我想把你拐去卖掉。不，要逃，就逃得远些，但需要你的帮忙。下头靠河的地方，你认得的那种茎梗有紫斑的植物，我需要它的根部。"

"你要其中的毒汁？"

"是的，（孩子啊！别哭得那么伤心。）我不是常告诉你，人为了高贵的理由，凭着自己的意愿选择离开人世，再没有比这更自然的了！我们把人生看作——"

"他们说这样离世的人，到了阴间将永远匍伏在秽泥中。"

"快别这么说，你难道还固守着野蛮人的信念？人死了之后，便与万物同化。我岂应贪恋尘世？——"

"噢，我懂了，但是，公公，难道你打从心底不相信有关神和阴间的传说吗？你相信，你相信，你在发抖哩！"

"这是我的耻辱。是的，我的身体正抖着，但我不需让它把我心中的神明给抖掉。如果人生走到尽头，这躯体还如此作弄我，我岂不是容忍它太久了吗？真是苟延残喘。"

"听听，"我说，"那是什么？"任何风吹草动都会让我怵然心惊。

"马蹄声，"狐边说边紧眯着双眼隔着雨丝窥探篱外的动静，"已快到宫门了，从穿着看是伐斯国派来的使节。这下子，王上又有麻烦了。你是否愿意——哇，老天，来不及了。"门内已传来呼声："狐呢？狐呢？快叫他到王上那里去。"

"与其拉拉扯扯，不如大大方方去。"狐边说边亲我的眼睑和额头，这是希腊规矩。但我跟着进去，决心面对面与父王摊牌，虽然还拿不准是要恳求他、咒诅他，或杀掉他。一走近栋梁室，我们便看见室内有许多陌生人，父王的喊声从洞开的门传出："狐，我有差事让你做。"瞥见我尾随而至，他说："你这脸皮像臭奶浮渣的丑娃儿，给我滚回闺房去，别在这里搅局，把我们男人的早饭给搞砸了。"

那一整天，我整个人莫名地惊悸着，从来不知连人间的事也能叫人如此惧怕。那种怕让人觉得胸腹间空荡荡的。父王最后的那番话真令人放不下心，虽然听来怒气似乎已平息，但又随时可再爆发。此外，我见过他许多残忍的勾当，多数是在心平气和时干下的。他可以一时兴起拿人命开玩笑，又会突然想起自己暴怒时脱口而出的恶誓，马上付诸行动。他确实曾经把宫中的老奴遣往矿坑去。同时，受惊的似乎不只我一人，葩妲又前来替蕾迪芙和我剃发了，像母亲去逝时一样。她结结巴巴地叙述皇后如何死于难产，留下一个活着的女婴，其实，听见女奴们的号啕，我早就猜到了。我坐着剃发，心里想，若是狐必须死在矿坑，这头发就算是为他剃的。我的毫无光泽的几撮枯发躺在蕾迪芙一绺绺美丽的金发旁。

黄昏时，狐来告诉我父王不再提矿坑了——至少目前没有。一件令我向来厌恶的事如今却救了我们。近来，父王常把狐从我们身边调开到栋梁室为他办事。他发现狐会演算，能读信、写信（起初只会用希腊文，现在也会用我们的语文了），他的建议又比任何葛罗人的高明。这天，若非狐的指点，父王怎么也想不出那招抵挡伐斯国的妙方。狐是个十足的希腊人；面对邻邦或本国王公野心勃勃的要胁，父王只会答应或拒绝，狐却懂得怎样答应得痛快淋漓，怎样婉言拒绝得让对方醺然接受，仿佛喝足了美酒。他能让弱敌相信你是他最好的盟友，也能让强虏以为你的实力大过实际一倍。他太有用了，差到矿坑去简直可惜。

第三天，他们把皇后火化了，父亲把女婴命名为伊斯特拉。"很好的名字，"狐说，"真是好名字。按照你目前的程度，你该能告诉我同样的名字希腊文怎样称呼吧？"

"公公，应该是赛姬，①意为'心'。"

宫里一向不乏新生儿，到处爬着奴隶们的婴孩和父王的私生子。偶而父王会怒骂道："下三流的孬种！别人还以为这是安姬宫呢！"他威胁要将成打的婴孩像瞎狗一样淹毙。其实，哪个奴隶若能把半数以上的女仆肚子睡大，他倒会私下窃喜，尤其生男孩的话（女孩呢？除非被他看上了，否则，一成熟，总是被卖掉；有的被送进安姬宫）。因为我有点喜欢皇后，所以，那天晚上，狐不再令我担心后，我立刻去看望赛姬，结果在一小时之内，我脱离了平生所尝到的最大惊悸，进入我一切喜乐的源头。

这婴孩长得很大，不像从她母亲那羸弱的身躯生出来的；她的肌肤非常白嫩，让你觉得满室的色彩因她而熠熠生辉；她躺在那里，呼吸声那么细微，比任何襁褓中的孩子安静。

我看得入神，狐踮着脚进来，越过我的肩膀觑她。"众神作证，"他喃喃道，"老糊涂如我，也几乎要相信你的家族确有神的血统。海伦刚出母胎时必定是这模样。"

---

① Psyche，意为"灵魂"或"心"，是希腊神话中的人物之一，她与爱神丘比特的恋爱故事即本书之情节素材，异同处请参阅书末所附由路易斯本人撰写的后记。

葩姐让她吸一个红发仆娘的奶,这仆娘一脸阴郁,和葩姐一样嗜酒如命。不久我便把孩子接手过来,找了个自由民的妇人当她奶妈,这人是个农妇,诚实而健朗;此后,她们两人便常出入我的寝室,日夜无间。葩姐乐得清闲,父王知道,却不在乎。狐对我说:"可别把自己累坏了,这孩子虽然美若天仙,带起来也一样会累。"我冲着他笑。那阵子我笑的次数比先前加起来还多。累?乐在其中的话,废寝忘食都嫌不够!至于我为什么常笑,那是因为她老是笑眯眯的。赛姬不满三个月就会笑。两个月大前就认得我(虽然狐不相信)。

　　我的好日子就这么开始了。狐对这孩子爱得不得了,真令人吃惊。我猜,从前,他还是自由人时,必有自己的女儿。现在,他十足像个祖父。我们三人——狐、赛姬和我——总是同进同出,无人干扰。蕾迪芙向来讨厌上课,若非怕父王,她根本不愿近前一步,如今,父王好似忘掉他有三个女儿,蕾迪芙因此如愿以偿。她愈长愈高,胸臀也逐渐丰满,真是够美的了,只是不同于赛姬的美。

　　赛姬的美——无论什么年龄,都美得恰如其分——没有话说,凡见过她的人,不分男女,莫不赞同。她的美是那种当面不觉得,但回想起来便令人神往的那种。当她与你在一起时,你不觉得有什么特别,仿佛是天底下最自然的事。正如狐津津乐道的,她"自然而天成"——是每个女人,或每件事物,应有的本样,不像其他人或事物多少都有差爽。的确,只要凝神注视她,刹那间你便相信这正是人原有的样子。她使环绕在她四周的一切事物变得美好。当她踩过淤泥,淤泥就美丽起来;当她在雨中奔跑,雨就镶上银丝。当她拾起一只蟾蜍——蟾蜍便化为俊美——对任何长相的动物,她都具有一种奇特的却又发自本心的爱。

无疑,现在和从前一样,一年按四季运行着,但记忆中,那时似乎只有春夏两季。那几年,樱杏都提早开花,花期也比较长;至于花苞怎么经得起风吹的,我并不清楚,只记得枝桠总是映着蓝天白云飘舞,它们的影子洒在赛姬身上,像流泉淌过山谷。我渴望作人家的妻子,好成为她真正的母亲。我渴望自己是个少男,以便与她坠入爱河。我渴望她是我的亲妹妹,而非同父异母的妹妹。我渴望她是个奴隶,好让我释放她,给她富裕的日子过。

这时,狐已完全取得了父王的信赖,所以,容许他在空闲时带我们随处去,甚至是宫外几里的地方。夏季,我们经常整天逗留在东南方的山顶上,俯瞰整个葛罗国并遥望阴山。我们放眼谛观它那起伏的山脊,直到熟识每一陡峰和山坳,因为我们当中无人去过那儿或见过山外的世界。赛姬,这个反应灵敏、喜爱思考的孩子,几乎第一眼便爱上了阴山。她为自己编了许多有关阴山的故事。"当我长大的时候,"她说,"我将是个伟大又庄严的女王,嫁给世上最伟大的国王,他将为我在那山巅造一间以黄金和琥珀砌筑的城堡。"

狐拍手唱道:"比安德洛米达[1]、比海伦,比阿芙洛狄忒还美丽。"

"讲些吉祥话吧,公公。"我说,即使知道这会引起他的责备和嘲讪,但他的话像只冰凉的手贴向我腰肢,让我直打寒噤,虽然天热得山岩发烫,手一摸便灼伤。

"天啊!"狐说,"你这样说才不吉利。神的性情不是这样的,在它里头,没有嫉妒。"

无论他怎么说,我知道这样奚落安姬实在不妙。

---

[1] Andromeda,在希腊神话中,安德洛米达是埃塞俄比亚王西弗士(Cephius)和皇后凯西奥蓓(Cassiope)的女儿。凯西奥蓓炫称安德洛米达的姿容尤胜海神的众位女儿,因此触怒了海神波塞冬(Poseidon)。他派遣海怪去摧毁西弗士的王国。由于唯一能叫海神息怒的办法是献祭安德洛米达,她于是被绑在大海中的一块岩石上供海怪吞噬。英勇的珀耳修斯(Perseus)恰巧骑着飞马经过,对安德洛米达一见钟情,终于制伏海怪,成就一段英雄美人佳缘。

23

第 三 章

　　好日子被蕾迪芙搞砸了。她向来满脑子荒唐的幻想,现在更是放浪不羁了,三更半夜竟然和一位叫泰麟的年轻侍卫在葩姐的窗下谈情说爱。葩姐酒醉醒来,一听之下,这还得了,天生爱管闲事又多嘴饶舌的她,马上跑去摇醒父王,父王臭骂她一顿,却把她的话听进去了。他随即起来,带着几位兵丁闯入花园去,让这对恍惚中的情侣猝不及防。嘈杂声把整座宫里的人闹醒。父王叫来理发师,当场把泰麟阉割了(伤口一愈合,泰麟就被卖到宁寇去)。这少年郎凄厉的痛噂尚未化为呻吟,父亲已将矛头转向狐和我,把这整件事怪罪在我们身上。狐为什么没把学生管教好?我为什么不看顾妹妹?结果下了一道严格的命令,从今以后,我们必须看住蕾迪芙,不准她个别行动。"随便你们去哪里、做什么,我一概不过问,"父王说,"但必须把这婊子带着。狐,我警告你,在我未替她物色到乘龙快婿前,若让她给人破了瓜,小心你的皮,到时且看你们两人谁叫得凄厉。还有,你这母夜叉,拿出看家本领来,我凭着安姬的名发誓,你那张脸若不能把男人吓跑,才真是奇迹。"

蕾迪芙整个人给父王的震怒吓扁了,她乖乖地听话,整天随着我们。然而,她对赛姬和我实在没什么感情,相处时,总是一下子打呵欠,一下子挑衅、揶揄。连赛姬这样一个快乐、纯真、乖巧的孩子(如狐所谓的"美德的化身"),都处处让她瞧不顺眼。有一天,蕾迪芙打她,我气得失去理智,冷静下来才发现自己正骑在蕾迪芙身上,倒在地上的她面部鲜血淋漓,脖子被我紧紧掐住。狐把我拉开,最后想了个法子叫我们和解。

这样,我们三人相处的美好时光,都因为蕾迪芙的加入而遭到破坏。从此以后,打击接踵而至,终于把我们全都摧毁了。

我和蕾迪芙打架的次年,是饥荒的第一年。那年,我父亲先后向两个邻国的皇室提亲,(狐告诉我的),但都被拒绝了。周围列国的局势正在波谲云诡中,从前与凯发德的结盟原来是个陷阱。葛罗处境堪忧。

同一年,有件小事让我惴惴不安。狐和我正坐在梨树后潜心研讨他的哲学。赛姬一面哼着歌,一面穿过梨树林,往御花园面向市街的角落溜达而去。蕾迪芙跟着她。我两眼盯着她们,倾耳听狐讲解。她们似乎跟街头的某人交谈着,不久,就回来了。

蕾迪芙带着谑笑向赛姬膜拜,煞有介事地用沙淋撒自己的头。"你们为什么不来膜拜女神呢?"她说。

"这是什么意思,蕾迪芙?"我问,担心她又恶作剧。

"你们难道不知道,我们这同父异母的妹妹已经被人奉为女神?"

"伊思陀,她是什么意思呢?"我问(自从蕾迪芙加入我们之后,我不再叫她"赛姬")。

"说啊! 妹妹,"蕾迪芙鼓噪道,"人家经常跟我说你最诚实不过啦,你不会否认自己刚被膜拜过吧?"

"不是这样的,"赛姬说,"只不过是有个抱着孩子的妇人要我亲她。"

"为什么呢?"蕾迪芙问。

"因为——因为她说我若亲她,她的孩子会长得美丽动人。"

"因为你自己那么美——别忘了她说的这句话。"

"伊思陀,你亲了她吗?"我问。

"我亲了她,她是个和蔼可亲的妇人,我喜欢她。"

"别忘了她后来放了一枝没药在你脚前,向你膜拜,又用沙撒自己的头。"蕾迪芙说。

"这种事以前发生过吗?伊思陀。"我问。

"是的,有过。"

"几次呢?"

"记不得了。"

"两次吗?"

"比这还多。"

"那么,十次?"

"不,更多。我记不得了。你为什么这样瞪着我,有什么不对吗?"

"噢,这太危险,太危险了,"我说,"神会嫉妒的。他们不能忍受——"

"孩子,这根本无所谓,"狐说,"神本性里没有嫉妒这回事。那些神——你向来担心的那些神——根本是诗人的谎言和迷信。这点我们已经讨论过一百次了。"

"嗨——噢!"蕾迪芙打了个呵欠,她正仰躺在草坪上,两脚朝天踢着,直到整个下肢裸在外面(她这样做,纯粹为了戏弄狐,因为他老人家非常保守)。"哟!有个同父异母的妹妹是女神,又有个奴隶作参谋。葛罗未来的女王会是谁呢?安姬对我们这一位新封的女神作何感想,我倒是很好奇。"

"要知道安姬怎么想可不容易。"狐说。

蕾迪芙翻过身来，两腮靠在草上抬眼觑他，"但要知道安姬的祭司怎么想并不难，让我试试，好吗？"她轻声地问。

昔日我对大祭司的一切惧怕以及对未来莫名的恐惧，一下子锥心刺来。

"姊啊！"蕾迪芙对我说："把你那条镶着蓝色宝石的项链给我，就是母亲留给你的那条。"

"拿去吧！"我说，"一进宫内，我就找给你。"

"你呢？奴才，"她对狐说，"识相些，叫父亲快把我嫁给哪个王；必须是个年轻、英勇、胡色黄润、精力旺盛的。只要你们两人一关进栋梁室，我父亲全都听你的。谁都知道你才是葛罗真正的国王。"

后一年，国中有了叛变，起因是父王阉割泰麟的事。泰麟本人的家世并不显赫，父王认为他的父亲没有足够的权势为他复仇。但是泰麟的父亲结合了势力比他强大的贵族，于是，西北境内约有九位诸侯起兵讨伐我们。父王亲自上阵（当我看见披盔甲的他骑马挥麾而出，几乎对他产生从未有过的敬爱），虽然叛军被击溃，但是双方伤亡惨重，对于败卒，父王更是赶尽杀绝。这件事留下了难以弥补的裂痕，葛罗处处散发着血腥味；一切荡平之后，我们的国力大不如昔。

那年是饥荒的第二年，瘟疫开始流行。秋天时，狐也染上了,差点回生乏术。我没法看护他,因为狐一病倒,父王便说:"小妮子,现在你会读会写也会说希腊文了,我有差事让你做,你必须补上狐的缺。"所以,大部分时间我都在栋梁室,那时恰有许多事务需要摄理。虽然狐的安危让我忧心忡忡,与父王共事却没我想象中的可怕。渐渐地,他不那么恨我了,竟能友善地对我说话,像一个男人对另一个男人那样,虽然其中没有半点儿爱。因此我知道他处境的困窘。邻近的王族没有一个愿娶他的女儿,也没有一个愿把女儿嫁给他,根据法律,我们又不可与平民通婚。贵族们为着王位继承的事已窃议良久。处处埋伏战机,我们无力还击。

看护狐的是赛姬,不管人如何劝止。谁若挡着不让她进狐的门,她就打谁、咬谁;因为她身上也流有父亲那刚烈的血液,只不过她的怒火全为善而发。狐终于战胜了瘟疫,比从前显得苍白、瘦削。那凌虐我们的神抓住这个机会,开始施展他诡谲的伎俩。狐的复原和赛姬看护他的经过一下子传出宫外,有葩姐这大喇叭便够了,又加上成打的长舌妇。传说演变成:只要美丽的公主伸手一摸,疠疾立刻痊愈。两天之内,全城有一半的人簇拥到宫门外——那些勉强从病榻撑起的"稻草人"、已经老态龙钟却仍想苟延残喘的人、婴孩、进入弥留状态被连床抬来的人。我站在上拴的窗后观看他们,又怕又同情。汗臭味、大蒜味、瘟疫味,和着脏衣服的味道阵阵传来。

"伊思陀公主，"他们喊道，"把那手一摸便能医治百病的公主带出来吧！我们快死了，救救我们，救救我们啊！"

"面包，"另一群声音叫道，"打开国王的谷仓！我们快饿死了。"

这是起初的情景，那时群众还站在离宫门不远的地方。但是，他们逐渐向前推进，不久便急急地捶打宫门。有人呐喊："拿火来！"背后羸弱的声音却仍继续呻吟："救救我们，救救我们，手能医治百病的公主啊！"

"她必须出去，"父王说，"挡不住他们的。"（卫兵中有三分之二得了瘟疫）

"她真能治愈他们吗？"我问狐，"是她使你复原的吗？"

"有可能，"狐说，"也许自然容许某些人的手有医病的能力，谁知道呢？"

"让我出去吧！"赛姬说，"这些人是我们的子民。"

"我们的屁！"父王说，"哪天被我逮到机会，准叫他们为今天的暴动付出代价。快点，把小妮子给打扮好。她是够美的了，若有神助。"

他们为她穿上了皇后的仪服，头顶戴了华冠，然后打开宫门。我心中真是说不出的难受，虽然没掉泪，想哭的冲动却压迫着整个脑门。即使现在想起那天的情景，还会涌起同样的感觉。她好像一具挺直、瘦削的幽灵，从黝黑、阴凉的宫中走入灼热、充满病毒的白昼。

门一打开,群众随即推推搡搡地向后退。我想他们以为会冲出一队携枪带矛的兵丁来。但是瞬间之后,所有的呻吟和叫嚷都平息了。群众中的汉子(包括许多女人)全都跪下来。她的美,大多数人未曾见识过的美,把他们全给震慑住了。接着呜咽之声此起彼落,先是啜泣,后来竟爆发成号啕痛哭。"这是女神下凡,女神下凡!"其中有一道脆亮的女声响起,"她是安姬的化身。"

赛姬缓慢、肃穆地走进醍醐的群众中,好像一个传道的孩子。她不断伸出手触摸这人、那人。他们匍伏在她脚前,亲她的脚和衣边,甚至她的影子和她踩过的地面。她继续摸下去,似乎永远摸不完,群众非但没有减少,反而愈聚愈多。也不知摸了几个时辰,空气愈来愈污浊,甚至连站在柱廊下的我们,都闻得到浓浓的臭味。整片大地和穹苍因久候雷雨不至而绞痛着。我看见赛姬脸色愈来愈白,依然颠踬前行。

"父王,"我说,"她会把命送掉。"

"没办法啊,"父王说,"她一停,这些乱民就会把我们全杀掉。"

终于群众都散开来了,大约是日暮时分。我们把她扶上床,第二天,她便发起高烧。但是,她撑过来了。神志不清时,她喃喃惦念着阴山山脊,那用黄金和琥珀砌筑的城堡。最危急时，她的脸上看不见死亡的影子，仿佛死神不敢挨近她。当她体力恢复之后，整个人出落得愈发美丽，稚气全脱，新添一种凛凛神采。狐咏诵着："难怪特洛伊人和希腊人会为一个女人对阵厮杀那么久。她像极了长生不老的仙女。"

城中的病人有的死了，有的复原了。复原的是否赛姬摸过的那些人，只有神知道；但是，神默然不语。起初，人们毫不怀疑。每天早晨总有许多供物摆在宫门外献给赛姬：没药枝、花冠，不久又有供奉安姬专用的蜂蜜糕和鸽子。"这样妥当吗？"我问狐。

"我本该提心吊胆才对，不过，安姬的大祭司也染上了疫疾，目前正在疗养当中，大概不会对我们采取不利的行动。"狐说。

这阵子，蕾迪芙变得非常虔诚，常到安姬宫去献祭。狐和我特别安排一个可靠的老仆人陪她前往，免得她掀起风波。我猜她是去求安姬赐给她如意郎君，自从父王把她交给狐和我之后，行动失去自由的她更渴想出嫁。每天能离开我们的视线一小时，对她和我们都是乐事。不过，我警告她不可在路上与人搭讪。

"姐姐啊，请你放心，"蕾迪芙说，"你明知道他们崇拜的不是我。我又不是什么女神。见过伊思陀的男人，不只对你不屑一顾，对我也一样。"

第 四 章

在这之前,我对一般老百姓并不了解。这也就是为什么人们对赛姬的崇拜一方面让我感到害怕,另一方面却又使我觉得快慰。因为我心中非常惶恐,常想安姬到底会采取什么超自然的手段惩罚夺取她光彩的凡人?大祭司和城中的政敌(我父亲有太多仇人了!)又会如何胁迫我们——用口舌、石块还是枪矛?作为他们的敌人,群众对赛姬的拥戴,在我看来,无疑是层保护。

好景不常。首先,起哄的民众发现宫门未如想象中戒备森严,只要嘭嘭几声,便能叫它打开。赛姬的热尚未退,他们又聚集在宫门前嘶喊道:“米,米啊! 我们快饿死了。打开国王的谷仓!”这回,父王给了他们些许。“不可再来要了,”他说，"再无余粮给你们了，我可以向安姬发誓。你们想想也知道，地若不生五谷，我有办法叫它生吗？"

"地为什么不生五谷呢？"群众后头传出一道声音。

"王，你的儿子呢？"另一道声音问，"王子呢？"

"伐斯的国王有 13 个儿子，"又有一道声音说。

"王不生育，地就不生产。"第四道声音说。这回，父王认出是谁说的，随即向身旁的弓箭手之一点头示意。霎那间，箭已穿透那人的喉咙，群众抱头鼠窜。这样做真是愚蠢。父王要不就宽容他们，否则，最好把乱民全部解决掉。不过，有句话父王说对了，我们再无余粮分给百姓了。这是饥荒的第二年，谷仓里只剩下谷种，甚至宫里，我们已靠韭菜、豆饼和淡啤酒充饥。要找点营养的东西让复原中的赛姬吃，都颇费周折。

接着又发生了一场风波。赛姬痊愈之后，我也卸下了栋梁室的差使（狐已复职视事）。这天，我正打算出宫去找蕾迪芙，了却近来常让我挂心的事。父王不管我是否整天留在栋梁室帮他料理公务，反正想起来便怪我没看好蕾迪芙。我遇见她时，她正从安姬宫回来，葩姐陪着她。这些天来，葩姐和她简直如胶似漆，成天腻在一起。

"你根本不必找我，狱卒姐姐，"蕾迪芙说，"我够安全的了，有危险的不是我。你那同父异母的宝贝妹妹呢？小女神跑到那里去了？"

"最可能在花园里，"我说，"至于说'小'吗？别忘了她比你高半个头。"

"真对不起哟！我可是冒犯了女神？她会用雷劈我吗？是的，她真高，高到从远处就能看见她——半个时辰前，在市场附近的小巷里。王的女儿通常不宜单独在后街逛来逛去的，至于女神嘛……我想，无所谓吧！"

"伊思陀一个人跑到城里去？"我问。

"当时，的确只有她一个人，"葩妲饶舌道，"她拉着裙子的下摆急步走着。像这样……像这样。"（葩妲不擅长模仿，却老喜欢模仿，这是我从小便记得的。）"我本想尾随她，但这不怕死的小妮子走进了一道门……"

"好了，好了，"我说，"这孩子应该谨慎些。不过，她不会惹祸的。"

"不会惹祸？"葩妲说，"谁知道呢？"

"你疯了吗？奶妈，"我说，"六天前人们还奉她为神明哩！"

"这我可不知道，"葩妲说（她其实清楚得很）。

"但是，今天没有人会再敬拜她了。她那么又摸又祝祷的，蛮像回事似的。但是，没用啦！瘟疫比以前严重了，昨天死了一百人，这是铁匠太太的小叔告诉我的。大家说，经她一摸,非但有病的没治好,没病的也给染上了。有个女人告诉我,她的老爸爸被公主摸过后,他们还来不及把他抬回家,便在半路上死掉了。他并不是唯一的例子。如果老早听我的话……"

至少我没再往下听,我走到阳台上往城里的方向张望了约莫半个时辰。我注意到柱子的影子逐渐挪移了位置。这是我第一次发现打从断奶以来便了若指掌的事物如何刹那间变得陌生、离奇,像敌人一样。最后,赛姬出现了,她看来非常疲惫,却快步走着。她抓住我的手腕,吞着口水,像哽咽失声的人,一口气把我拉回寝宫。然后,她让我坐在椅子上,跪在我跟前,脸俯在我膝上。我以为她在哭,但当她终于把头抬起来时,脸上并无半点泪痕。

"姐姐,"她说,"错在那里呢?我是说,我自己。"

"你,赛姬?"我说,"没有啊!这是什么意思?"

"为什么他们叫我'遭天谴的'?"

"谁敢?让我割掉他的舌头。你到底去了什么地方?"

原来,她一声不响就往城里去(我认为这是再愚昧不过的事)。有人告诉她,她的奶妈,从前我雇来喂她奶、现在又住回城里的那位农妇,染上热病快死了。赛姬去她住的地方摸她——"因为大家都说我的手能治热病嘛,谁知道呢?说不定是真的。我觉得它们似乎真有治病的能力。"

我告诉她这样做是错的。话一出口,才发现病瘁的她突然长大许多,因为她接受责备的态度不再像小孩一样,也不再孩子气地为自己辩护,而是用一种肃穆的眼神静静看着我,仿佛她比我年长。我不禁一阵心痛。

　　"谁咒诅你呢?"我问。

　　"我离开奶妈家前,什么事都没发生,只是街上的人没向我致敬。不过有一两个妇人在我路过时,拉起裙脚急步走开了。总之,在回宫的路上,先是有一个男孩——十分可爱的孩子,不到八岁的样子——瞪了我一眼,往地上吐了一口痰。'噢,太没礼貌了!'我说,笑着伸手过去想摸他。他对我扮了个鬼脸,然后忽然胆怯起来,又叫又嚷地跑进屋里去。后来,我又走了一段空无一人的路,直到又碰见一撮人。我走过时,他们也向我扮鬼脸,在我背后指着说:'遭天谴的!遭天谴的!她胆敢自命为女神。'有个人甚至说:'她自己就是天谴。'接着,他们便向我丢石头,我没有被打到,但必须急急跑开。他们是什么意思呢?我什么地方对不起他们?"

　　"对不起他们?"我说,"你医治他们、为他们祈福,甚至让他们的脏病染上身来,而他们竟然这样报答你。噢,我恨不得将他们碎尸万段!起来,孩子,让我去吧!即使是现在,我们仍是公主。让我找父王去。他也许会鞭打我,揪我的头发,随他便;但他必须知道这件事。给他们面包,哼!瞧我对付——"

"冷静点,姐姐,冷静点,"赛姬说,"我受不了他打你。而且,我累了,也饿了。说了,你可别生气,方才你说话的神情像极了父王。让我们定下心来吃顿饭吧,就你和我。祸事好像要临头——我有这预感已经好一阵子了——不过,今晚还能平安无事。让我击掌召来你的侍女。"

虽然那一句"你像极了父王",从她的口中说出,使我心如刀割,直到现在,偶而想起,伤口仍会隐隐作痛。但是,我还是顺她的意息了怒。我们一起吃晚饭,嬉笑间粗茶淡饭竟吃得津津有味,心情算是开朗多了。有一件事是神无法从我身上夺走的——整个晚上,她的一举一动、一颦一笑、一言一语,全都清晰印在我脑际。

无论我心里如何预感,第二天,灾难仍未临到,接连过了几天,什么事也没发生,除了葛罗城每况愈下。舍尼特河这时只剩下一条涓涓细流,淌在一个个小水洼间;河床一片干涸,到处横着发臭的尸体。鱼死了,鸟死了或飞走了。牛不是死了,便被宰了,或者都不值得宰了。蜜蜂死了。四十年来销声匿迹的狮子又越过阴山山脊,把我们仅余的羊给攫走了。瘟疫没完没了。这些天来,我等着、倾耳听着,得空便用心观察每个进出宫中的人。父王找来许多事让狐和我在栋梁室忙。对我,这倒使日子好过些。每天邻国不断有信使来,提出些不可能又彼此矛盾的要求,不是挑起从前的仇隙,便是索讨旧日的允诺。他们无不知葛罗面临的困难,却个个环伺着我们,像苍蝇和乌鸦盯着垂死的羊不放。父王每个早上总要暴跳如雷几次。每当发作起来,不是打狐耳光,便是揪我耳朵或头发;平静下来时,眼泪汪汪地,对我们说话像个求援的孩子,完全不像与臣民商议国事的君王。

"被困住了!"他会说,"没救了。他们将一寸一寸凌迟我。我作了什么孽?这些灾殃一下子全降在我身上。这辈子,我何时不敬畏神?"

唯一好转的是,瘟疫似乎从宫中撤离了。我们损失了许多奴隶;兵丁倒好,只有一人死亡,其余的都已回到岗位。

后来,我们听说安姬的祭司也病愈了。他病了好长一段时日,有回稍见起色,又重新染上,这样几番折腾,竟能活过来,真是奇迹。原来,这次的瘟疫,年轻人的死亡率远胜过老年人,这真是又奇怪又不幸。当我们听到他病愈的第七天,安姬的祭司入宫来了。父王和我同时从栋梁室的窗户看见他走来,说:"这个臭皮囊带了半支军队来,不知有什么企图?"果然,他的轿子后面冒出许多枪矛;安姬宫有自己的卫兵,他带了不少人来。他们放下枪矛站在宫门不远处,只有轿子被抬进门廊。"他们最好原地站立,不要再走近。"父王说,"这是叛变呢?还是示威?"他接着传话下去给他的侍卫长。我想他并不想火拼,不过,年轻气盛的我倒希望拼个你死我活。我从未见男人拼斗过,像多数女孩对这事全然无知一样,我非但不害怕,反而喜欢它带来的刺激。

轿夫放下轿子,安姬的祭司被抬出来。他已经又老又瞎了,由两个庙中的少女在前面引路。这些女孩子,我以前见过的,但都是凭着安姬宫中昏黄的炬光。在光天化日下看她们,真是有点奇怪,镶金的胸衣、向头两旁平伸的假发、描得像木头面具般的脸。只有祭司和这两位少女进宫来,他的手分别搭在她们肩上。他们一进宫,父亲马上叫人把门关上、拴紧。"这只老狐狸如果心怀不轨,大概就不会来自投罗网;不过,我们得当心点。"他说。

庙中的少女把祭司引进栋梁室,有人特别为他抬来一张椅子,扶他坐上去。他几乎喘不过气来,坐了一会儿才张口说话。像所有老人一样,开口前他上下齿龈微动,好像嚼着东西。两位少女各自僵立在椅子旁边,假面似的花脸上两只眼睛木然地平视前方。苍茫的气味、少女身上油彩和薰香的气味、安姬宫的气味弥漫了整座厅。一切变得神圣起来。

第 五 章

父王说了几句欢迎大祭司的话,恭喜他病体康复,又呼人拿酒敬他。大祭司伸手阻止,说:"王上,且慢,我发下重誓,在没有传话给你之前,绝对不沾酒食。"他一板一眼说道,虽然声音微弱。我注意到他比病前羸瘦许多。

"随便你,安姬的仆人,"父王说,"你有什么话要对我说?"

"王上,我是替安姬,替葛罗所有的民众、长老和公卿传话。"

"他们联合起来派你传话?"

"是的,昨晚我们大家——应该说所有代表——都聚集在安姬宫,彻夜商议到天亮。"

"你们大家? 活得不耐烦啦!"父王皱着眉说,"没有国王的命令私下聚议，这倒是新花样；更时新的是竟然没通知国王参加。"

"没有理由通知你，王上，因为我们聚集不是为了听你训话，而是为了决定怎么叫你听话。"

父王的脸青一阵白一阵。

"一聚之下，"大祭司说，"我们全盘检讨接二连三的灾殃。先是饥荒，现在尚未消停，接着是瘟疫，再来是干旱，第四呢？最迟明年必有入侵的敌军，让人成天提心吊胆。第五是狮子，最后呢？王上，你生不出一个儿子来，这点最讨安姬厌——"

"够了，够了，"父王喊道，"你这老浑蛋，你难道以为我需要你或其他的冒牌家伙指出我的肚子哪里痛？讨安姬厌？是吗？那她为什么坐视不顾？她从我这里得到无数的牛啊羊的，这些祭牲流出的血够让一条船漂起来。"

大祭司抬起头来，盯着父王瞧，虽然眼睛看不见。这一下，倒让我看清了他消瘦之后的面容。他看起来像只苍鹰，使我比以前更怕他。父王垂下眼睑。

"只要境内不洁净，再多的牛羊也讨不了安姬的欢心，"祭司说，"我已经侍奉安姬五十——不，六十三——年了，有一件事清楚得很，她绝对不会没来由地动怒，如不把怒因拔除，就无法叫她息怒。从我替你祖父、父亲献祭以来，一直都是这样。远在你未登基之前，曾有一回，我们被伊术国打垮了，那是因为你祖父的军队中有一个人把他的妹妹睡大肚子，又把生下的婴儿杀了。他是遭天谴的那位，我们终于把他找出来，拔除他的罪，这事之后，葛罗的军队便像赶羊群一样地把伊术军队逐出国境。你父亲大概也亲口告诉过你，由于一个小妇人咒诅安姬的儿子——阴山之神，因此引来了一场水灾。她便是那遭天谴的人。我们找出她来，拔除了她的罪，舍尼特河马上退落。如今，与这些相比，临到葛罗的灾殃是我记忆中最惨重的。因此，昨晚在安姬宫我们全说：'必须把那遭天谴的人找出来。'虽然在座的人知道有可能便是他自己，谁也不反对。连我也不反对，即使那遭天谴的可能是我，或你，王上。我们全都知道只要境内一天不洁净，我们的灾难便无止尽。我们必须替安姬报仇。单靠献牛献羊不能叫她息怒。"

"你的意思是她要人？"父王问。

"是的，人。"祭司说，"男的，或是女的。"

"如果他们以为我这时有本事掳个战俘来，这才真是脑筋有毛病。这样吧，下回我逮到小偷时，就交出来让你们把他宰了祭安姬。"

"这样还不够。王上，你明知道，我们必须找出遭天谴的那人，遵照'大献'的仪典将他（或她）处死。小偷与牛羊有什么分别？这又不是平常的献祭。我们必须施行'大献'。兽又出现了。每当它一出现，我们必须行'大献'，换句话说，必须把遭天谴的人找出来。"

"兽？我可是第一次听说。"

"也许吧！做王的人总是孤陋寡闻，连宫里发生的事都不知道。我却听见了。许多夜晚我未合眼，静候安姬向我说话。她告诉我许多发生在境内让人害怕的事，譬如人自命为神，夺取神的光彩——"

我转眼看狐，撅起嘴无声地对他说："蕾迪芙。"

父王在厅中来回踱步，手握在背后，指头动个不停。

"你真是老糊涂！"他说，"兽是我祖母编的故事。"

"或许是这样，"大祭司说，"因为兽最后一次的出现是在她那个时代。当时，我们行了大献，它就消失了。"

"谁见过兽？"父王问，"它长得怎样，嗯？"

"王上，连就近看过它的人都说不上来。许多人近来才见到它。你自己在阴山上的司牧官曾于狮子首度犯境的那晚看见兽。他用燃着的火把攻击狮子，就在火光中，他看见兽——站在狮子后面——黝黑而庞大，非常可怕的形状。"

大祭司正说着，父王踱到我和狐的案前来，桌上摆着书写工具和石板。狐从凳子的另一端滑近父王，向他耳语。

"说得有理，狐，"父王轻声说，"讲出来啊，让大祭司听听。"

"遵命。"狐说，"司牧官的说法很有问题。如果人拿着火把,狮子的后面必然出现一具大黑影。这人刚从梦中惊醒,把影子当怪物。"

"这就是所谓的希腊智慧吗?"大祭司说,"可是,葛罗人不采纳奴隶的建议,即使他是王上的宠幸也不例外。如果那天看见的兽是影子,又怎么样呢?王上。许多人说它'是'影子。哪天这影子开始往城里来,就有你好看了。你身上流着神的血液,自然天不怕地不怕,但一般老百姓呢?他们会恐惧到连我也镇压不住,搞不好起哄放火烧你的宫室,烧之前,先把你关在里面。够聪明的话,还是行大献的好。"

"祭典的详细步骤是什么?"父王问,"我这辈子还未有过。"

"大献不是行在安姬宫内,"大祭司说,"牺牲者必须献给兽。神话里说,兽就是安姬,或安姬的儿子——阴山之神,或同是两者。牺牲者被带到阴山上的圣树那里,绑上树后,单独留下。这时,兽就会出现。你方才说要拿小偷充数,这会得罪安姬。在大献中,牺牲者必须是纯全无瑕的。因为,按神的话说,这样献上的男人要给安姬作丈夫,女人则给安姬的儿子作妻子。两者都称作'兽的晚餐'。当兽是安姬时,它与男人睡觉,是安姬的儿子时,便与女人睡觉。无论它是谁,一扑上来,便狼吞虎咽……有许多不同的说法……许多神话故事……许多奥秘。有人说狼吞虎咽便是爱的表现,因为按神的话说,一个女人若与男人睡觉，便是吞吃他。这也就是为什么你说要以小偷、年老力衰的奴隶或战俘作为大献的牺牲，是多么离谱的事；甚至国中最好的人都不配担任这角色。"

父王的前额全汗湿了。神的事所引起的肃穆、诡谲和恐怖气氛在厅内酝酿，愈来愈浓。忽然，狐爆出声："王上，王上，听我说！"

"说啊！"

"你难道没发觉？王上，"狐说，"祭司胡说八道。说什么影子是兽，兽是女神又是男神，爱就是吞吃——六岁的孩子说的话比这还合逻辑。几分钟前说这恐怖大献的牺牲必须是那个遭天谴的人，也就是全地最邪恶的人，献祭他，等于是替神施行惩罚。现在，又说他是全地最良善的人——纯全无比的牺牲——当作一种报偿许配给神。问他，他到底意味着什么？怎么可能两种性质同时存在？"

当狐启口时，如有任何希望从我心中窜生，这下全幻灭了。这样争辩根本无济于事。我非常了解狐当时的心境，他被祭司的谬论给惹火了，一下子气昏了头，连赛姬的安危都抛诸脑后。（我发现，任何人，不只是希腊人，只要脑筋清楚又口舌伶俐，极容易作出同样的反应。）

"今天早上我们可是彻底领教了希腊智慧，不是吗，王上？"大祭司说，"这类的话我早就听过了，不需要一个奴隶来教我。他这番辩论听似高妙，却唤不来雨，长不来米谷；献祭却能。这种辩论能力也未带给他不怕死的勇气。今天，他所以沦为你的奴隶，正因为在某一战役中，他丢下了武器，宁可让人捆绑，带到异域卖掉，也不愿枪矛穿心而死。至于了解与神有关的事呢？他那希腊智慧是帮不上忙的。他想把什么事都看得一清二楚，好像神只不过是写在书上的字。王上，我与神交涉已有三代之久，深知他们令人望而目眩；神的灵随处进出，如潮涨落；神的事，说得愈清楚就愈离谱。哪一处神宫不是黝黝黯黯的？我们从神所得的是生命和力量，不是知识和言语。神圣的智慧并非清淡如水，而是暗浓似血。为什么遭天谴的人不可以是至善又是至恶的？"

说着，说着，大祭司的脸愈来愈像一只狰狞的鸟，与摆在他腿上的鸟形面具恰好相配。他的声音虽不宏亮，却不再像老人般颤抖。狐则弓背坐着，两眼盯住桌面。我猜，被俘的往事，一经人揶揄，他的心头仿若有旧疮疤被热铁烙上一样。那一刻，我真想把大祭司绞死，封狐为王，只可惜我没这权力；不过，在这场争辩中，强者是谁，一看便知。

"好了，好了，"父王说，脚踱得更快，"你们说的也许都对。我既不是祭司，又不是希腊人。我，人们经常告诉我，我是王。你话还没说完吧，接下去呢？"

"因此，我们决定，"大祭司说，"找出遭天谴的人。我们开始卜签。首先问是否应在平民中找。签答：'否'。"

"再来呢？快说啊!"父王急道。

"我不能说得再快了，"大祭司说，"总该让我喘口气。"接着，我们问可否在长老中找，签答：'否'。"

父王的脸，颜色莫名，又青又红。这时，他正是愤怒、恐惧交加，包括他自己在内，谁都不知道哪一种情绪会占上风。

"我们又问是否可在王卿中找，签答：'否'。"

"你们接着问……?"王挨近大祭司，低声问。

大祭司说："我们接着问：'在王的家中找吗?'签答：'是'。"

"嘚，"父王喘着气说，"嘚，正被我料中了。打从一开始我便嗅到了。真是篡逆新招啊! 反了!"然后提高声音，"反了!"下一瞬间，他已走到厅门往外大嚷："反了! 反了! 侍卫们保持戒备! 巴狄亚戒备! 禁卫们呢? 巴狄亚呢? 去把巴狄亚叫出来。"

一阵急步声，铁器哐啷哐啷碰撞，侍卫队赶来。巴狄亚，侍卫队队长，相貌老实的一个人，走了进来。

"巴狄亚，"王说，"今天门外有许多人。该带多少人，你自己决定，去把门外那些持矛站着的逆贼，一个个替我宰了，不是吓跑，而是宰掉，懂吧? 一个也不留。"

"杀掉庙卒?"巴狄亚问，看看父王，又看看大祭司，最后又看回父王。

"庙鼠！庙乌龟！"父王嚷道，"你聋了吗？吓破胆了吗？我——我——"他气得说不出话。

"这是下下之策，王上，"大祭司说，"整座葛罗城已都武装起来了。王宫的每道门外都站着一队武装人马。你的侍卫队人数仅及他们的十分之一。并且，侍卫们不敢出手。你敢和安姬交锋吗？巴狄亚。"

"你会见风转舵吗？"王问，"我养了你这么多年，那天在瓦瑞林可是我用盾护住了你的命。"

"那天你的确救了我一命，王上，"巴狄亚说，"这是我永远承认的。愿安姬派我多多为你效命（明年春天或许有机会。）只要一息尚存，我就矢志效忠葛罗王和葛罗的众神。不过，若是王和神相争，最好是你们大人物间私下和解。我不与王权或神灵作对。"

"你——你简直像个女人，"父王尖声骂道，像吹响笛。接着又说，"滚吧！等会儿再找你理论。"巴狄亚行个礼，走了；从他的脸上，你可以看出他根本不在乎这羞辱，好像一条大狼狗面对小狗虚张声势的挑衅。

门再关上，父王苍白着脸默不作声，猝然间抽出他的匕首（就是赛姬出生的晚上刺死侍童的那把），三个箭步走到大祭司跟前，把两位少女推开，刀尖一下子刺透祭司的衣袍，触到他的肌肤。

"老浑蛋，"他说，"使出你的绝招吧，嘿，这把刀的滋味如何，痒痒的，是不是？这里怎么样？这里呢？一把刺进你的心嘛？还是慢慢锥？这下子可随我高兴不高兴了。外头也许有一大群蜂，蜂王却在这里。这会儿，瞧你怎么办？"

单就人间的事论，我从未见过比祭司的冷静更神奇的事。遑论匕首，只要是有人用手指戳向你的两肋间，任凭谁都难面不改色。祭司却泰然自若，把着扶椅的手并无抓紧的迹象。他头动也不动，用原来的声音说：

"戳进去吧，王上，快慢随你高兴，对我都一样。不过，不管我死活，大献是一定要进行的。我到这里来，凭藉的是安姬的神力。我活着便是安姬的代言人。其实，或许更久些。祭司是不会完全死灭的。如果你杀了我，我会更常进宫来，不分白昼、黑夜。别人也许看不见我；我想，你会看得见。"

这真是再糟糕不过了。狐常教我把大祭司想象成一个十足的阴谋家，喜欢玩弄政治权术，常常假借安姬的口吻扩张自己的权力、土地，迫害自己的对敌。我觉得并非这样。他笃信安姬与他同在。瞧他坐在那里——命悬刀口，瞎了的眼却眨都不眨，定定凝视着父王，面目表情如苍鹰——连我都相信安姬与他同在。我们真正的敌人实在不是凡人。厅里充满了神灵，肃穆得令人颤栗。

父王像野兽一样呻吟、咆哮，转身走离大祭司，整个人跌坐在椅子上，靠着椅背，两手摩搓过脸庞，又摩搓着头发，累坏了似的。

"接下去呢？把它说完，"他说。

"后来，"祭司说，"我们问遭天谴的是不是王上，签答：'否'。"

"什么？"父王说，（以下是我一辈子觉得最可耻的事）他的脸一下子开朗起来，只差没笑出声。我以为他一直都知道箭头指的是赛姬，所以，一直替她担心着，想尽力保护她。原来，他并未想到赛姬，也未想到我们其他人。我竟然一直相信他是个面对争战勇气十足的人。

"继续，继续，"他说。他的声音已经变了，变得脆亮许多，好像突然年轻了十岁。

"签占出你最小的女儿，王上。她便是遭天谴的人。伊思陀公主必须作大献的牺牲。"

"这就难了，"父王说，很沉痛的样子，但我知道他在演戏，不想让人看出他终于松了一口气。我急得失去理智，刹那间，已扑到他跟前，像求情的人一样抱住他膝盖，嘴里不知嘟嚷些什么。我哭着恳求，叫他爸爸，这是我从未用过的称呼。我相信这一插曲颇让他开心。他试着踢开我，看我还是紧抱着不放，身子在地上滚来滚去，脸和前胸都擦伤了，终于站起身来，一把抓住我的肩膀，把我提起来，然后倾全力将我摔开。

"你！"他喊道，"你这臭妮子、娼妇、卖春药的，竟敢在男人面前插嘴！神堆在我身上的愁苦、灾难还不够吗？还要你来抓我、烦我？稍微让你一下，恐怕还咬我一口呢，瞧瞧你那张脸有多凶，像只发威的母狐狸。再这样撒野下去，就把你送到侍卫房去挨揍。安姬啊！难道鬼神、狮子、兽影、乱民、懦夫折磨我还不够，还要加上这个臭妮子？"

他真是愈嚷愈得意。我在昏晕的边缘，不能哭，不能说话，也站不起来，隐约听见他们商议着祭杀赛姬的过程。先是把她囚禁在自己的寝宫——不，最好是那间五角屋，这比较安全。庙卒将协助宫中侍卫加强戒备，把整座王宫团团包住，因为老百姓正像风信鸡——说变就变，说不定会前来营救。他们冷静、谨慎地商议着，仿佛在筹备一趟远行或一场节庆。然后，在一阵嘶喊声中，我失去了知觉。

第 六 章

"她醒了，"是父王的声音，"狐，你扶那一边，把她扶上椅子。"他们两人把我抬起来，父王的手比我想象的轻柔。后来，我发现武士的手几乎都是这样。厅中只剩下我们三人。

"小妮子，喝点，这对你有用，"扶我坐上椅子后，他拿一杯酒凑到我嘴边，"哇，溅得像小娃娃一样。慢慢喝。对了，这不就好多了？如果这他妈的狗洞王宫里还有一片生肉的话，应该拿它敷在你擦伤的部位。女儿啊！谁叫你与我作对。男人最受不了女人多管闲事，尤其是自己的女儿。"

他有一种说不上来的愧疚，不知是为了打我，还是为了毫不抵抗就把赛姬交出，谁晓得？此刻在我眼中他只不过是个懦弱、卑怯的王。

他摆好酒杯。"事到如今,"他说,"叫嚷、拉扯都无济于事。狐方才告诉我,甚至在你崇拜的希腊,照样有这种事发生。"

"王上,"狐说,"我还没说完哩。的确有个希腊城邦的王杀了他女儿祭神,但是,后来,他的妻子把他杀了,他的儿子又杀掉他的妻子,也就是自己的亲生母亲。结果,有鬼从阴间上来把他儿子追得发疯。"①

一听之下,父王搔搔头,表情木然。"这就是神一贯的作风,"他喃喃,"先逼你做某件事,然后再为这件事惩罚你。不过,还好,我既没有妻子,也没有儿子。"

这下,我的声音可又恢复了。"王上,"我说,"你不可以这样做。伊思陀是你的女儿,你千万不可以让他们杀她。你连救救她都没试一下。一定有办法可想的。在今天和大献的日

---

① 故事见于希腊悲剧大师埃斯库罗斯(Aeschylus)的三部剧俄瑞斯忒斯(Orestes)。希腊联军讨伐特洛伊的主帅阿伽门农(Agamemnon),为了求取顺风使希腊舰队扬帆出征,被迫祭杀女儿伊菲革涅亚(Iphigeneia)。经过多年围攻,希腊军终于以木马屠城计将特洛伊夷为平地。凯旋回国后,阿伽门农旋即为变节的妻子克吕泰涅斯特拉(Clytemnestra)所杀,借口替女儿报仇。后来,他们的儿子俄瑞斯特斯(Orestes)又弑杀母亲及其情夫为父报仇。三部剧最后结束在雅典。被来自阴间的复仇女神(Furies)终日追逐,几近疯狂的俄瑞斯特斯终于抵达雅典,将整桩连环血案呈上希腊最优秀的法庭,请求陪审团给予公断,最后投票结果,他获得赦免,复仇女神因此易名为慈悲女神(Eumenides)。

子之间……"

"听！听！"父王说，"你这傻瓜，明天就是大献的日子啰！"

我又差点昏倒。这和她必须被祭杀一样是噩耗，恐怕更严重。直到现在，我才真正难过起来。我以为她若还有一个月的时间活——一个月？是的，一个月等于永恒——我们还有快乐的日子过。

"这样好些，"狐轻声用希腊语对我说，"对她，对我们都好。"

"你在那里嘀咕些什么？狐，"父王说，"你们两人这样盯着我，好像我是用来吓小孩的双头巨人，说啊！你们要我怎么办？狐，凭你的机智，如果你是我的话，会怎么办？"

"我会先用武力抵抗一天看看。或者多争取点时间，譬如说，这几天公主恰好月事来，不适合做新娘，或说我做了个梦，梦中有声音指示，大献最好等到新月再举行。我或许会用钱买通人发誓，宣称祭司卜签时作弊。河的对岸有半打人租用他的地，一向对他不满，这些人是最佳人选。我也会办个大宴会。总之，任何可以争取时间的举措。只要给我十天功夫，我会差个密使去找伐斯国王，答应他任何条件，只要他及时率兵来拯救公主，即使把葛罗和我自己的宝座拱手送他，都可考虑。"

"什么？"父王咆哮道，"你真会慷他人之慨。"

"但是，王上，如果我身为国王又为人父，为了救公主，不用说王位，就是自己的性命，我都愿牺牲。让我们力战到底吧！将奴隶们武装起来，若是他们表现出大丈夫的英勇，就还给他们自由。即使到了这地步，如果宫里的人都同心协力，我们仍可以拼得过他们。最坏的情况，不过是大家舍身成仁。这总比两手染着女儿的血下阴间好。"

父王又一次跌坐在椅子上，开始又气馁、又不死心地训话，好像老师在调教一个笨学生（我曾经见过狐这样对蕾迪芙说话）。

"王是我，是我询问你的意见。通常替王出主意的人，总告诉他怎样扩充或保住王权和国土，这才叫做替王出主意。你呢？你叫我把王冠抛上屋顶去，出卖疆土给伐斯国，亲自把脖子伸出来让人家斩。下一步你大概要告诉我，治疗头痛最好的方法是把头砍掉吧？"

"我懂了，王上，"狐说，"请你原谅。我忘了你的安全才是我们应该不顾一切保住的。"深深了解狐的我，不用看也知道他脸上的表情是什么，这真像啐父王一口痰似的叫他难堪。其实我经常看见他用这种表情瞅父王，只是父王从未察觉过。我决定一语道破了。

"王上，"我说，"我们身上流有神的血液，这样尊贵的家族承受得了这种耻辱吗？想想，你死了之后，人们讥笑你曾用小女孩当作挡箭牌救自己的命,这滋味如何?"

"听听她!听听她!狐?"父王说:"瞧我不把她打个鼻青眼肿!不说把她的脸揎个稀烂,反正毁不毁容对她没半点差别。臭妮子,你当心点,我不想一天之内揍你两次,不过,别得寸进尺。"他又站起来在厅中踱步。

"你这个催命煞星!"他说,"你会把人逼疯。人家会以为献给兽的是'你'的女儿。拿生命作挡箭牌,你说。似乎没有人想到她是谁的女儿。她是我的,我的骨肉。这可是我的损失,有权利生气、叫嚷的是我。如果我不能好好利用她,我生她干嘛?这干你屁事?你以为你这样哭闹、叫骂,背后隐藏的歪脑筋我看不出,是不是?有什么女人会这样爱同父异母的妹妹,何况你这个母夜叉?真是只有鬼才相信。简直不合常理,看我哪天不把你拆穿才怪。"

我不知道他是否真的相信自己所说的话;看样子他可能相信。他脾气一来,什么乱七八糟的事都相信;而且,宫中任何人都比他了解我们女生相处的情形。

"是的,"他说,稍稍冷静一点,"值得同情的是我。人们要的是我的骨肉。不过,我只能秉公行事,不能为了救自己的女儿,就把国家给毁了。你们两人联合起来怂恿我徇私。其实,这种事史有前例。我为她难过,但是,祭司说得有理,安姬有她当得的祭。为了一个小女孩——一个男人也一样——就值得我们大家赔上自己的命？聪明的人都知道,牺牲一人保全群众方为上策。每一场战争不都是这样的吗？"

酒和激愤使我恢复了元气。我从椅身站起,发现自己能站稳。

"父王,"我说,"你说得对。一人为众民捐躯本是合宜的,请以我代替伊斯陀,献给兽。"

父王缄默不语向我走来,(轻柔地)拉起我的手腕,领我走到厅的另一边悬挂大镜的地方。你也许奇怪他为何不把镜子挂在寝宫里,原来,他颇以拥有这面镜子自豪,希望每个访客都见识它。这镜子是在遥远的某个国度磨造的,邻国的王所拥有的,没有一面比得上它。我们用的镜子通常很模糊,这面镜子让人一照,整个容貌看得一清二楚。因为我从未单独留在栋梁室,所以,从未照过它,他让我站在镜前,我们两人并肩出现镜中。

"安姬要求国中最漂亮的少女作她儿子的新娘,"他说,"你却要给她'这张脸'。"他默默扶我站在镜前一分钟;也许以为我会哭,或把脸转开。最后他说:"走开！像你今天这样撒野,任凭哪个男人都受不了。你那张脸啊,最好马上用块牛排补一补。走,狐和我必须赶紧磋商。"

走出栋梁室时,我第一次感觉腰痛;原来,摔倒时把腰扭了。然而,看见短短时间内,整座王宫起了变化,我随即又忘了痛。宫中，突然拥挤起来。所有的奴隶，不管有事没事，总是跑来跑去，或三三两两聚拢，脸上表情庄严，轻声交谈着，哀伤中略含一丝喜悦（对这，我倒不介意，反正只要宫中有大事发生，他们的反应就这样）。阳台上有许多庙卒闲荡；一些庙中的少女坐在廊下。从院子传来香火的味道，牲祭不断。安姬已经接管王宫了；诡谲、肃穆的气氛到处弥漫。

走到梯阶下方，我会碰到谁呢？除了蕾迪芙之外。她泪涟涟向我跑来，哇啦哇啦哭诉："噢，姐姐，姐姐，多可怕呀！噢，可怜的赛姬！只是赛姬一人，对不对？他们不会要我们全家人，会吗？我没想到会这样——我不是故意的——不，不是我——噢，噢……"

我把脸凑近她，低声却清晰地说："蕾迪芙，哪天我若当上葛罗国女王，或在宫中掌权，看我不把你吊起来慢慢用火烧死才怪。"

"噢，太残忍了，太残忍了，"蕾迪芙抽泣道，"这种话你怎说得出口，况且我已经难过死了？姐姐，不要生气，安慰我一下嘛——"

我把她推开，继续走我的。蕾迪芙的哭功，我早就领教过了。她的眼泪不全是假的，但廉价若臭沟水，我明白了——其实，我早就略有预感——是她到安姬宫去告状，并且不怀好意。当然啰，除了存心恶作剧之外，她根本没料到会导致这种结局（她从来不管自己任着性子会惹出什么祸）。如今，她后悔了；但是，只要一枚胸针或者新的情夫出现，她马上停止哭泣，呵呵浪笑。

走到楼梯顶端（我们的宫殿不只一层，甚至还有走廊，造型不同于希腊的建筑），我几乎喘不过气来，只觉腰痛加剧，一只脚还有点跛。我仍然尽快赶到那间囚着赛姬的五角房。门自外拴着（我后来用这间房施行软禁），门前站着一个全副军装的人，他是巴狄亚。

"巴狄亚，"我气喘吁吁，"让我进去。我必须见伊思陀公主。"

他和蔼地看着我，摇摇头说："不可以，姑娘。"

"但是，你可以把我们两个人都关进去呀！巴狄亚。除了这一道，又没其他门。"

"越狱逃亡都是这么开始的，姑娘。虽然我同情你和那位公主，但，这行不通。我奉了最严格的命令。"

"巴狄亚，"我哭求他，左手压着腰间（痛愈厉害了！），"这是她活着的最后一晚。"

他转过脸去，又说："抱歉，不可以。"

我一言不发转头就走。虽然除了狐的之外，他的脸是我当天所见的唯一一张仁慈的脸；那一霎那，我却恨他，胜过恨父王、祭司甚或蕾迪芙。我接着所做的事证明我的确急疯了。

我拼命跑进寝宫，里边有父王的兵器。我拿了一把素净的好剑，抽出剑身，瞧了一瞧，试试它的重量。对我，丝毫不算重。我又摸摸剑棱、剑尖，当时觉得够利了，虽然剽悍的武士恐怕不以为然。很快地，我又回到赛姬的囚房。虽然身为女人，激怒中的我不乏男人的胆量。"看剑，巴狄亚！"我大声喊出。

对从未使过兵器的女孩而言，这的确是疯狂的尝试。即使懂剑术，脚跛加上腰痛（深呼吸时更是要命），也让我施展不开。虽然这样，为了制伏我，他还是显了点身手，主要的原因当然是避免还击时伤到我。没两下子，他已经把剑挑落我的手。我呆立在他面前，手掌重重压着腰，浑身粘嗒嗒地出汗，忍不住发抖。他的眉间不见一滴汗，呼吸速度没变；对他，就是这么不费吹灰之力。发现自己如此没用，不禁新愁浇旧愁，纳闷极了，于是孩子气地放声大哭，像蕾迪芙一样。

"姑娘，你不是男的真是太可惜了，"巴狄亚说，"你像男人一样眼明手快。我没见过哪个新兵第一次出手有你这么灵活的；我真想训练你，只可惜——"

"巴狄亚啊，巴狄亚，"我哽咽着，"杀了我吧，这样就一了百了了。"

"不可能的，没这么好死的，"他说，"你不会马上断命，而是慢慢拖磨至死。你以为剑一刺一抽，就叫人一命呜呼吗？这是故事书的玩意。当然啦，除非我横刀把你的头斩断。"

我一句话都说不出，只知道哭，哭。

"真是要命，"巴狄亚说，"我可受不了这个。"这时，他的眼眶也盈满了泪水；他是个心肠软的人。"谁叫她们一个这么勇敢，另一个又长得那么可爱。来吧！姑娘，别哭了。就让我赌上自己的命吧！也顾不得安姬发怒了。"

我凝视他，还是说不出话。

"如果帮得上忙，我愿为里面的那位姑娘舍命。你或许奇怪，为什么身为侍卫长，我竟然站在这里，像个普通狱卒。我不愿让别人做这差事呀，我以为，如果可怜的姑娘叫唤时，或有任何理由让我进入囚房内，在她的感觉里，我总比任何陌生人亲切。小时候，她曾经坐在我膝上……不知道诸神懂不懂得人情味啊？"

"你要让我进去？"我问。

"有一条件，姑娘。你必须发誓，一听我敲门，即刻走出。这里目前很安静，呆会儿就会有人进进出出。庙里的两位姑娘马上来了，已经通知我了。你爱呆多久尽管呆，不过，我一发出信号，你一定得立刻出来。敲三下——就像这样。"

"一听你敲三下，我会立刻出来。"

"请发誓，姑娘，手按在我的剑上。"

我发了誓。他左右看看，拿掉门栓，说："快点进去。愿天保佑你们。"

第 七 章

五角房的窗户开得又小又高,甚至中午都需照明,正因这样它才可以充当囚房。这是我曾祖父盖的,原为一栋高塔的第二层,后来因故停工,未再往上搭建。

赛姬坐在床上,身旁燃一盏灯。当然,我一下子扑进她臂弯中,但是,一瞥间看见的景象——赛姬、一张床、一盏灯——成为我一辈子难忘的记忆。

我还未开口,她便说:"姐姐,他们把你怎么了? 瞧,你的脸,你的眼! 他又打你了。"这时我才发现她一直哄慰着我,好似受害的孩子是我。这给巨大伤恸中的我,平添一阵心痛。从前那段快乐时光中我们之间的爱不是这样的。

灵敏、柔细如她,马上体会出我的感觉,她随即叫我"麦雅"①,这是婴儿时期狐教她的。是她最先学会的几个字之一。

"麦雅,麦雅,告诉我,他把你怎么了?"

"噢,赛姬。"我说,"有什么要紧呢?杀我都无妨!只要他们抓我,不抓你。"

她还是不罢休,逼得我全盘说出,虽然时间那么有限。(我怎能拒绝她?)

"妹妹,没什么好说的了,"我最后说,"对我,这一切都无所谓。他是我们什么人?说他不是我们的父亲,怕会羞辱你我的母亲。说是的话,'父亲'这称呼就变成了诅咒。从今以后,我相信他会临阵躲到女人的背后去。"

她听了竟然笑了(让我怵然心惊)。她几乎没怎么哭,即使哭,我想,大半也是因为爱我、同情我。她坐在那里,挺直着前身,俨若女王,没有半点行将就死的迹象,只是手非常冷。

"奥璐儿,"她说,"你让我觉得,比起你来,我更是狐的高足。你难道忘了每天早晨我们念来自勉的话?'今天,我会遇见残暴的人、懦夫和骗子、嫉妒人的、醉酒的。这些人所以这

---

① Maia,罗马神话中的大地女神,又称为地母。英文的五月(May)从之得名,是万物繁滋的盛季。

样,因为他们不能明辨是非。'这种恶临到他们,却未临到我;然而,我要同情他们,不要——"她以敬重的态度模仿狐的声调;模仿的技术比蓓姐高明多了。

"噢,孩子,你怎会——"我又泣不成声。她所说的这一切听来虚飘飘的,离我们眼前的悲痛那么遥远。我觉得我们不应这样谈下去,至少不该现在。至于谈些什么好,我不知道。

"麦雅,"赛姬说,"你必须答应我,你不会做出惊天动地的事吧?你不会自戕吧?千万别!为了狐的缘故。我们三人是要好的朋友。"(为什么她一定要说"朋友"?单单是朋友吗?)"现在,只剩下你和他了,你们必须同心协力,比以前更团结,就像殊死战中的同袍。"

"噢,你的心是铁打的,"我说。

"至于父王,请为我向他道别。巴狄亚是个谦恭、明理的人。他会告诉你垂死的女孩应该对自己的生身之父说些什么。临终总不要显得卤莽、无知。除此之外,我对父王没有什么好说的了。对我,他简直像个陌生人;我对养鸡妇的婴儿认识得都比对他多。蕾迪芙嘛——"

"把你的诅咒给她吧。如果死人会——"

"不,不。她所做的,她并不知道。"

"不管狐怎么说,我都不会饶恕蕾迪芙,即使你求情,也没用。"

"你愿做蕾迪芙吗？什么？不愿？那么，她实在值得同情。如果他们容许我支配自己的首饰，你一定要留下我俩真正喜欢的，那些大的、贵重的全都给她无妨。狐和你若喜欢什么，就自己留下。"

我再也忍不住了，把头埋在她腿间哭泣。多么希望她也这样靠在我的腿间！

"抬头看看我吧，麦雅。"不多久，她说，"别惹我心碎，我可是要作新娘子的人了。"她忍心说，我却不忍心听。

"奥璐儿，"她轻柔地说，"我们是神的后裔，绝不要羞辱了这血统。麦雅，每回我摔跤时，叫我不要哭的，不都是你？"

"我想你大概一点都不怕，"我说，听起来几乎像在责备她，虽然这不是我的本意。

"只有一件事，"她说，"我心里某个角落还残留着一道冰冷的疑惑，一抹可怕的阴影。假若——假若——阴山并没有神也没有神圣的兽；而绑在树上的人只是一天又一天因饥渴、因风吹、因日晒慢慢死去，或被乌鸦和野猫一口一口啄死，那么……噢，麦雅，麦雅……"

这时，她开始哭起来，恢复她孩子的天真。除了抚慰她，和她一起哭外，我能做什么？说来，十分叫人惭愧——她这么一哭，我反倒在悲苦中尝到一丝甜味。我来五角房探监，本来就是为了安慰她。

她先停止了哭泣,抬起头来,又俨若女王地说:"但是,我不信这个。大祭司曾到我这里来过。从前我不认识他。他和狐所想象的不一样。姐姐,你知道吗?我愈来愈觉得狐并不认识真理的全面。当然,他知道的已够多了,如果没有他的教导,我心中必像地牢一样黝黑。然而……我不知怎么说才恰当。他把整个世界称作一座城,但这座城的根基是什么?城底下是地球本身。城外面呢?所有的食物是否从那里来的,包括危险在内?……万物或生长或朽烂,或滋养或毒害,或在阴湿中粼粼发亮……总之,(我说不上来为什么)让人觉得多多少少像安姬……"

"是的,像安姬宫,"我说,"全地不都充满她的味道吗?你我这样阿谀她,难道还不够?诸神想把我们拆散……噢,这叫我怎受得了?……他们有什么绝招还没使出呢?当然,狐错了,他根本不了解安姬。他理念中的世界未免太单纯了些。他以为神并不存在,或者(傻呵!)神若存在,必定比人良善。他心地太好了,所以,从未想到神的确存在,但是比最坏的人还坏。"

"或者,"赛姬说,"神真的存在,但不会做这些事。即使会做这些事,这些事也不像表面看来的那样,这难道不可能吗?如果我真是嫁给一位神,那又如何呢?"

我真被她惹火了。我连命都愿为她舍了(至少,这是真的,我知道),竟然在她赴死的前一晚还会生她的气。她说得那么沉着、富有哲理,好似我们正在梨树后与狐辩论,眼前还有数不清的时辰、岁月。我们之间的离别,对她,仿佛算不了什么。

"噢,赛姬,"我几乎尖叫起来,"这是什么?除了谋杀的懦行之外,还能是什么?他们把你抓起来,你,他们曾经膜拜过,而连只蟾蜍都不忍心伤害的你,他们抓来喂怪兽……"

你会说——我也已经对自己说了几千遍——知道她内心已稳妥地相信大祭司的话,认为自己是去嫁给神当新娘,而非给兽当食物,我应该与她站在同一阵线,支持她的看法。我到她这里来,不就是为了尽可能安慰她吗?的确不应拿走她原有的信心。但是,我无法自制。也许这与我的自尊有关,跟她的有点类似,那就是不愿意蒙起自己的眼睛,不愿意遮掩事情可怕的一面;或者,焦虑中自有一种苦毒的冲动,要说出,不断地说出,最坏的可能。

"我知道,"赛姬用低沉的声音说,"你认为它会来把我这祭物给吞吃了。我自己也是这么想。总之,就是死。奥璐儿,你以为我像小孩一样不懂事吗?如果我不死,怎能替葛罗全境付上赎价呢?而且,如果我所要去的是神那里,当然必须经过死亡。这种方式,有关神的讲论中最离奇的部分,也许是真的。被吞吃和与神结合也许没什么不同。实际的情形,我们并不了解。一定有许多事，连大祭司或狐都不知道。"

这回我咬咬自己的嘴唇，一句话也不说，心中只觉龌龊莫名。她难道认为兽的淫欲比饥饿境界更高？她难道愿与一条虫、一只巨晰蜴或一阴影交欢？

"至于死，"她说，"门外的巴狄亚（哦，我多么爱巴狄亚）一天至少瞻仰它六次，前去寻找它时还吹着口哨。如果被死吓倒的话，那真是白作狐的学生了。而且，姐姐，你也知道，他自己曾经透露，除了他所追随的之外，希腊还有其他思想大师。有些大师教导说，死亡就像在一间狭小、漆黑的房子（这便是我们死前所认识的人生）开了一扇门，通往一辽阔、真实的所在，那儿，真正的太阳照耀着，我们将遇见——

"噢，残忍，残忍！"我哀哭着，"你留下我一人，不难过吗？赛姬，你曾经爱过我吗？"

"爱你？怎么了，麦雅？除了你和狐公公外，还有谁让我爱？"（不行，她怎能在这当儿扯进狐来？）而且，姐姐啊，你不久就会来和我团聚的。她以为，人的一生，在今天晚上的我看来，会很漫长吗？就算我活下去，又怎么样呢？想象得到的，我最后总会被嫁给某个王——恐怕和父王一模一样。这一来，你看，结婚和死又有什么两样？离开娘家——失去你，麦雅，和狐——失去自己的贞操——生孩子——所有这些都是死。说真的，奥璐儿，我自己也把不准。此去对我也许是最佳的选择。"

"最佳!?"

"是的,活下去的话,我指望什么呢?这王宫、这样的父亲——这个世界有什么值得留恋呢?最美好的时光我们已经共同度过。奥璐儿,有件事我必须告诉你,我从未告诉过别人,包括你在内。"

现在的我当然知道即使是最相爱的人,彼此也有秘密。但那天晚上,听她这么一说,我心痛如刀割。

"什么事呢?"我说,一面看着我们的两双手在她腿上相牵。

"我一直对死怀有一种憧憬,"她说,"至少,从有记忆以来便如此。"

"噢,赛姬,"我说,"难道我的存在未带给你任何快乐?"

"不,不,"她说,"你不了解。这与一般的憧憬不同。每当最快乐的时候,我憧憬得更厉害。可记得那些快乐的日子,我们到山上去,狐、你和我三人,风和日丽……葛罗城和王宫在眼前消失。记得吗?那颜色和气味,我们遥望着阴山。它是那么美丽,使我油然产生一种憧憬,无止境的憧憬。那里必有某处地方可以满足我的憧憬。它的每一样景物都在呼唤我:赛姬,来!但是,我不能去,还不能去!我不知道去哪里。这使我难过,仿佛我是一只笼中鸟,而其他同类的鸟都归巢了。"

她吻着我的双手，又放开它们，站起身来。她和父王一样，讲起令自己激动的话时，喜欢踱来踱去。从这一刻起，我觉得自己已经失去她了。（多令人惊骇啊！）明天的献祭只不过为一件已经开始的事作结（多久以来？在我毫不察觉下），她已经离开我，活在自己的世界中了。

既然我写此书是为了控告神，公平的话，也应写入一切别人可以用来控告我的。所以，让我写下这个：正当赛姬说着的时候，我觉得尽管我很爱她，却抹不去心头的一股怨恨。虽然，极其明显地，她所说的这一切在此刻带给她无比的勇气和慰藉。我却不要她有这勇气和慰藉，这些就像梗在我们中间的厚障蔽。如果众神是为这怨恨的罪弃绝我，我的确犯了这罪。

"奥璐儿，"她说，眼睛灼灼发亮，"你知道的，我就要到那阴山去了。记得我们怎样常常瞻仰它，渴望它？还有那些我编的故事——那座黄金和琥珀砌成的古堡，那么耸入云天……我们以为永远无法到那里去。如今，万王之王将为我盖这座城堡。真希望你能相信！请听我劝，千万别让悲哀堵住你的耳朵，使你的心肠变硬——"

"心肠变硬的是我吗？"

"永远不要对我心硬；我也不会对你心硬。不过，请听我说，众神要人的血，并且指出要谁的，这些事真的像表面上的那样邪恶吗？如果他们选上国中其他一个人，那他真会吓死，让他承受这种悲哀，真是残酷。但是，他们选中我，而我，麦雅，打从孩提时期，还被你两手抱进抱出时，就已经为此预备好了。我一生中最甜蜜的事莫过于憧憬——憧憬到阴山去，去找出一切美的源头——"

"这是最甜蜜的事？噢，残忍呵，残忍！你的心不是铁打的，而是像石头般硬。"我啜泣着，不过，她可能没听见。

"——那是我的家乡，我原应出生在那里。你以为这毫无意义吗——这一切的憧憬，对家乡的憧憬？真的，此刻我觉得的，不像是离去，而像归来。从我出生到现在，阴山的神一直追求着我。噢，至少请抬起头来看我最后一眼，向我贺喜吧！我去，乃是去到我情人的怀里，你难道不了解——？"

"我只知道你从未爱过我，"我说，"你尽管去神那边吧，你已变得和他们一样残忍。"

"噢，麦雅！"赛姬哭了，她终于又流泪了，"麦雅，我……"

巴狄亚敲门了。没有时间说动听的话了，也没有时间收回已溜出嘴的话。巴狄亚又敲门，敲得更响。我曾抚剑发誓，这誓言像剑一样刺入我心。

最后的，忘情的拥别！记忆中没有这经验的人多么有福。有这经验的人，可忍受得了我这样白描直抒？

第 八 章

　　一回到走廊,我的腰痛又发作了,与赛姬在一起时,竟浑然未觉。不过,悲哀的感觉倒僵化了一阵子,虽然脑筋变得十分清明。我决定陪赛姬到阴山上的圣树那里,除非他们用铁链把我拴住。我甚至打算躲在山上,等祭司、父王和其他人离开后替赛姬松绑。"倘若真有幽影兽,"我想着,"让我救不了她,那么,我会亲手毙了她,免得她被兽蹂躏。"为了应付这一切,我必须好好吃喝一顿,睡个好觉(已经午夜了,我仍滴米未沾),但首先,必须弄清楚谋杀(他们所谓的"大献")到底什么时候进行。所以,我强忍着腰痛,在走廊踅来踅去,终于撞见一位老奴,父王的酒师,他应知详细过程。整队行列,他说,将在天亮前一小时从宫中出发。我于是回到自己的卧房,叫侍

　73

女为我端来饭食，一面坐着等候那时辰临到。忽然，一阵晕眩涌上，除了觉得浑身发冷之外，我无法思考、知觉。侍女端上食物，我勉强自己吃，却咽不下，仿佛嘴里被塞满布团似的。不过，倒喝了点她们为我找来的啤酒，又喝了许多水（因为啤酒使我翻胃）。餐没用完，人已快睡着了，迷迷糊糊中，我依稀记得自己深知哀恸临身，却怎么也想不起为了什么。

她们把我抬上床。身体一被碰触，我立刻抖缩，并发出呻吟，一下子，便不醒人事了。所以，当她们照我的指示，在天亮前两小时叫醒我时，我觉得只不过是心跳一下之后的事。一醒过来，我忍不住尖嚎，因为睡了一觉，伤处全都绷硬起来，每动一下，有如被热铁箍灼咬。有只眼睛，上下眼睑肿得闭合住了，等于瞎了。她们看见扶我起床让我这么痛苦，便恳求我躺下。有个侍女说起床也没用了，国王已经指示，两个公主都不准出席大献。另一个问是否需叫来葩姐。我用恶毒的字眼叫这个侍女闭嘴，告诉她，若有元气，我必定好好打她一顿。果真这样，实在不公平，因为她是个好女孩（还算幸运，我的侍女们都不错，因为一开始我便亲自调教，拒绝让葩姐插手）。

她们总算帮我穿上了衣服，努力想喂我吃点东西，甚至拿来一点酒，我想是从父王的酒瓶里偷来的。她们全在哭，我没有。

为全身酸痛的我穿衣，需要折腾半天。所以，酒未来得及喝,便听见音乐已经奏起,奏的是庙乐——安姬的音乐,鼓、号、响板、钹齐声喧噪——暧昧、令人嫌厌,神圣中充满死亡的味道。

"快!"我说,"他们要出发了。噢,我起不来。扶我,扶我。不,再快点! 如有必要,拖也行。我若呻吟、喊叫,就当没听见。"

他们费尽九牛二虎之力才把我扶到楼梯头。向下俯视,我看见栋梁室和寝宫间的大厅炬火荧荧,人头攒聚。众多卫兵中夹杂一些贵胄少女,她们戴发冠、蒙面纱,作伴娘妆扮。父王穿着耀眼的华冕,有个人戴着鸟形面具。传来的气味和薰烟显示,无数牲口已在院子里的祭坛上被宰杀了(即使全地闹饥荒,神的食物仍需想尽办法弄到)。大门洞开着,穿过它,可以瞥见清冷的晨曦。门外,成群安姬庙的祭司和少女在那里吟唱。一定有一大堆看热闹的人,因为在歌声一间歇,便传来人群的嚣噪。(绝不会错!)任何兽类聚合一处,都不会发出像人的喧嚷那样丑陋的声音。

我一直没见到赛姬。神比我们聪明,总会使出人意想不到的狠招,让我们提防不得。终于,我见到赛姬了,但是,见到不如不见。她直挺挺端坐在大祭司和父王之间的抬舆上。我起先所以没见到她,是因她脸上涂满了油彩,全身穿金戴银,又顶了一头庙姑似的假发。我不知道她有没有看见我。她的眼睛,嵌在那厚厚的一层毫无生气的假面中,显得非常奇怪;当她往外张望时,你辨不清她张望的方向。

实在高明,神的伎俩。杀她还不够,必须假借她父亲的手;把她从我身边夺走还不够,必须夺走三次,让我心碎三次。第一次是用卜签定罪她,然后是昨晚她那番离奇、冰冷的话;现在呢?用这副粉饰、俗丽的恐怖模样,来毒害我对她的最后印象。安姬戕夺了最美丽的生灵,把她变成一具丑陋的玩偶。

根据她们后来的描述,我试着下楼梯,但一移步就瘫倒了,她们只好把我抬回床上。

此后,我病了许多天,对这些天毫无记忆。她们说,我神智反常,两眼一直睁着没睡。我倒依稀记得自己看见各种不同的景象互相缠扭,层出不穷,却又似乎千篇一律。每幅景象一出现,尚未读懂它,又变成另一幅景象。不过,每幅新的景象总在同一处地方扎痛我。同一条线贯穿所有的幻觉。请注意,这又是神的伎俩。睡觉也好、癫狂也好,人都逃不了他们的魔掌;借着噩梦、幻觉,他们照样追讨你。其实,这时的你最受他们摆布。唯一勉强能抗拒神的(完全的抗拒并不存在),是保持高度清醒、明智,认真工作,不听音乐,不仰观天空俯视大地,并且(最重要的)不爱上任何人。如今,他们发现我为赛姬心碎,便让她成为我一切幻象中的死敌。一想到她,我就有按捺不住的冤气。她对我深恶痛绝,我则成天想报复她。有时,她、蕾迪芙和我是三个玩在一起的孩子,没一会儿,她和蕾迪芙便把我赶走,不让我加入游戏,两人手牵手站着嘲笑我。有时,我是个美女,情人长得略像可怜的遭阉割的泰麟(荒谬吧),或者略像巴狄亚(我想,因为他的脸是我病倒之前最后见到的男人脸)。但是,就在我们跨入洞房之际,或者就在喜床边,赛姬出现了,满脸油彩,戴着假发,整个人不及我的前臂长,但伸一根指头,便把我的情人拐跑了。他们走到门口,同时转过身来指着我嘻笑。但这些都是影像最清晰的片断,大部分时候却是模糊、混乱的——赛姬把我推下高崖,赛姬(像极了父王,却仍是赛姬本人)踢我、扯住我的头发甩我,赛姬把着火炬、剑或皮鞭追赶我,追过一片辽阔的沼泽、黑濛濛的山——我抱头鼠窜。总之,不断的欺凌、恨恶、嘲讪,而我下定决心报复。

当我开始康复时,幻象便消失了,唯一留给我的,是意识间一种深受赛姬伤害的感觉,只是我无法定下神来分辨到底是怎么回事。她们告诉我,曾有几个小时我躺在那里呓语:"残忍的女孩,残忍的赛姬,她的心是石头做的。"不久,我的神志又恢复正常了,知道自己疼惜赛姬,她也从未刻意伤害我。虽然最后一次的聚首,她没怎么谈到我,倒说了一大堆话顾及阴山神、父王、狐、蕾迪芙,甚至巴狄亚。这点颇让我伤心。

没多久,我注意到某种悦耳的嘈杂声已持续好一阵子。

"那是什么?"我问,被自己喑哑的嗓音吓了一跳。

"什么是什么? 孩子,"是狐的声音,我隐约知觉他坐在我床边已有几个时辰了。

"那嘈杂声,公公,在我们头上的。"

"那是雨声,亲爱的,"他说,"真应为这雨和你的康复感谢神,我——你还是再睡一会儿吧! 来,先喝了这个。"他把杯子凑上来时,我看见他颊上有泪痕。

我的骨头一根也没有折断,所有的疼痛已经随着瘀伤消失了。不过,我还是很弱。弱和工作是神未从我们身上夺走的两样苦中之乐。若非他们必然早已洞悉,我才不愿写出来,免得他们激动得连这两样也夺走。我是弱得无法感受太多的悲伤或愤怒。所以,元气尚未恢复的这些天,心情可谓相当快活。狐(他自己也苍老了许多)对我呵护备至,侍女们亦然。我这才明白原来大家还蛮喜欢我的。我睡得非常香甜,雨继续簌簌下着,偶尔,温和的南风从窗外吹入,伴着阳光。好长一阵子,我们谁也不提赛姬,尽谈些平常的事。

她们告诉我许多事。从我生病的那天起,气候就变了。舍尼特河又满了起来。虽然解旱太迟,来不及挽救大部分的农作物(只有一、两畦田结了穗);不过,菜倒是长得很好。最令人高兴的是,草奇迹似的回生了;比我们预期中的有更多牲畜获得保全。瘟疫更是全过去了(我的病与瘟疫无关)。鸟又飞回葛罗来,丈夫会射箭或设陷阱捕猎的妇女不必愁锅中没东西烧了。

这些事,侍女们告诉我,狐也告诉我。当旁边没人时,狐又另外告诉我其他消息。父王现在可是人民的救星了,人民爱戴他、拥护他。大献的当儿,他成为人们同情、称颂的焦点。在山上的圣树边,他号啕大哭,撕掉自己的衣袍,亲拥了赛姬不知多少次(他以前从未拥过赛姬),一遍又一遍说着自己不敢保留最心爱的人:"让她死吧,如果人民的福祉这样要求。"全体群众闻之恸哭——狐听人说。他本人并未在场,因为奴隶和外邦人不准出席大献。

"你知道吗?公公,"我说,"父王真会演戏。"(当然,我们用希腊语交谈。)

"不全然吧!孩子!"狐说,"他一边演,一边自己也当真起来。他的眼泪不见得虚伪,当然,也真不到哪里去——同蓓迪芙的一样。"

他接着告诉我从伐斯国传来的好消息。群众中曾有个傻瓜说伐斯王有十三个儿子。其实,他生了八个,其中有一个早夭。大儿子痴懋,无能执政,王于是(按照当地的法律所许可的)任命三儿子俄衮为继承人。结果,他的二儿子楚聂不满越次废立,轻易间便在国中挑起反动情绪,他登高一呼,许多人加入叛军行列,矢志为他争回继承权。这么一来,伐斯全地可

79

能陷入内战起码一整年。目前,对峙的双方已经对葛罗摆出怀柔姿态,所以,与伐斯毗邻的边境目前当能太平无事。

几天之后,狐好不容易又跟我在一起(父王常常需要帮忙,大部分时候他无法来找我),我说:

"公公,你仍相信安姬只是诗人和祭司捏造出来的吗?"

"为什么不是? 孩子。"

"如果她不是神,为什么妹妹死后便有这些事发生? 长久以来笼罩我们的危机和瘟疫一下子烟消云散。为什么呢? 当那天他们——风竟然立刻转向了呢?"我发现自己不知道如何称呼那仪式。我的悲伤随着元气的恢复又回潮了,狐也一样。

"这是该死的巧合,该死的巧合,"他嘀咕,五官扭曲起来,部分因为愤怒,部分为了噙住泪水(希腊男人与女人一样爱哭),"就是这种巧合滋长了蛮族的迷信。"

"可是,公公,你不是常告诉我世上没有巧合的事吗?"

"是没巧合,方才我只不过情急之下随口胡诌。我的意思是,这些事的发生与赛姬的死无关。它们全是同一网络的部分。这网络称为大自然,或太一。西南风越过一千里海陆吹到这里,若要这风不吹来,全世界的气候便需从头改观。万事都笼罩在这个大网络里;你不能从中抽出一根线,或加入一根线。"

"所以,"我用手肘撑起上半身,"赛姬死得毫无意义。父王假如多等几天，她便能免于一死，因为一切会自行否极泰来。这点，你认为堪称安慰？"

"不是这么说。他们的恶行，就像一切恶行一样，出于无知又徒劳。值得安慰的是，作恶的是他们，不是她。有人说，被绑上树时，她眼中毫无泪水，手也不颤抖一下。大家离去，留下她一人时，也没听见她哭喊，她死得那么良善、柔顺、勇敢，和——和——唉！唉！噢，赛姬，我的小——"感情胜过了理智，他用外袍掩住脸，哽咽离去。

第二天，他说："小妮子啊，昨天可让你瞧见我没长进的样儿了。我研究哲学，起步太迟了。你还年轻，还有希望。爱和失去爱原本是自然设定给人性的。如果不能承受后者，那是我们自己的愧咎，不是赛姬的。用理性而不用私情看，人生所能臻至的美德，她哪样没做到？——贞洁、节制、谨慎、温柔、仁慈、勇气——和名誉；虽然名誉只是糟粕，若应将它列入，她可堪与伊菲革涅亚和安提戈涅①齐名呢！"

当然，有关这两位少女的故事，他早就讲给我听了，并且

---

① Iphigenia，见第六章注。安提戈涅(Antigone)，忒拜王俄狄浦斯(Oedipus)的女儿。父亲死后，他的儿子波吕涅克斯(Polyneices)叛变攻打底比斯城，未果，反被暴尸野外。安提戈涅，为了亲情，不顾新王颁布的禁令，冒死掩埋波吕涅克斯。她是希腊传奇中赫赫有名的烈女。悲剧大师索福克勒斯(Sophocles)曾将她护持人伦的壮烈事迹写成诗剧 Antigone。

常常讲,所以我记得一清二楚,包括诗人们的遣词用字。然而,我请他再重述一遍,主要是为他着想;因为我已经够大到懂得人(尤其是希腊人)能够从自己口中说出的话获得安慰。不过,我自己也爱听。这些平日熟习的事物能帮人抑制住强烈的伤感;从恢复健康以来,我的思绪总掺和着哀愁。

次日,我第一次下床,便对狐说:"公公,我失去了作伊菲革涅亚的机会,那么,让我做安提戈涅吧!"

"安提戈涅? 怎么作呢? 孩子。"

"她亲手掩埋了哥哥。我可以学她——总还有些遗骸可寻。即使是兽,也不会吃尽每一根骨头。我必须到圣树那儿。可能的话,我会把它……它们……捡回来,好好烧成灰。如果太多了,带不回来,就埋在山上。"

"这倒是颇敬虔的行为,"狐说,"合乎人的礼俗,虽然未必合乎自然。不过,这时上山去,就气候说,恐怕晚了点。"

"所以要尽快行动啊! 二十五天之后,就要开始下雪了。"

"但愿你能做到,孩子,你病重了好一阵子了。"

"我能做的就只有这个。"我说。

第 九 章

　　我已经可以起身在宫里、花园里走走了，不过，有点偷偷摸摸的，因为狐告诉父王我还在生病，以免他把我叫到栋梁室做事。父王常常问："这小妮子怎么搞的？她难道想一辈子赖在床上？我可不愿供养只吃饭不做事的懒虫。"失去赛姬并未使他因此对蕾迪芙或我仁慈些。刚好相反，"听他说话的口气，"狐说，"仿佛世上作父亲的疼女儿，没有一个比得上他疼赛姬。"神把他的心肝宝贝夺走了，独留给他一个小荡妇（蕾迪芙）和一个母夜叉（就是我）。不用狐告诉我，我也猜得到。

　　我自己倒是忙着筹计怎么到山上圣树那边去收拾赛姬的遗骸。我决心这样做，说起来很轻松，真正去做，却是极其困难。我从未骑过牲口，所以，只能步行。从宫里到树那儿，一个识路的男人都得走上六个钟头。我，一个女人，又不识路，至少要八个钟头。然后，花两个钟头做所要做的事，回程就算六个钟头吧，总共需要十六个钟头，这不是一口气可以完成的。我必须在山上过一夜，随身需带食物（尤其水）和保暖的衣服。我的元气若未完全恢复，这计划也行不通。

事实上，现在回顾，我似乎尽量拖延着。并非畏难，而是做完这件事后，余生好像没什么可留恋的了。只要这件事尚未完成，我和下半辈子枯寂的荒原之间便还有一道隔障。一旦收拾好她的骨骸，一切与她有关的事似乎就从此结束了。但是，纵使这件壮举还搁浅在前头，已有沮丧从日后荒寥的岁月向我汹涌地扑过来，与我先前捱受的痛苦不同。我没有哭，也没有扭指头，倒像水被装进瓶里闲置在阁楼：完全静止，没人喝它、倒它、泼它或摇它。日子没完没了，仿佛影子钉牢在地面，日头不再移动。

有一天，百无聊赖到了极点，我从一道小门进宫，门后一条狭窄的甬道，两旁各为侍卫房和乳酪间。我坐在门槛上，与其说是身体疲劳（神不安好心，使我越长越壮），不如说是意兴阑珊，下一步不知该往哪里去或该做什么。有只臃肿的苍蝇正攀沿门柱往上蠕动。我记得当时觉得这虫蛆恹恹懒懒、似无目标的蠕动，恰是我人生的写照，甚至是全体人类的生活写照。

"姑娘，"声音从后传来，我抬头一看，是巴狄亚。

"姑娘，"他说，"恕我直言。我也尝过悲伤的滋味。像你现在一样，我曾经镇日枯坐，任由时间瘸腿蹒过，一晃便是几年。是战争医治了我，我还不知有什么更好的疗伤方法。"

"但是，我又不能打仗。"我说。

"你能，差不多能了。"他说，"可记得在小公主的囚房外（蒙神恩眷的人啊，愿她魂魄平安!），我曾说你眼明又手快。你以为我是说来安慰你的，也许是吧，但的确也是事实。现在，侍卫房没有人，这里又有几把钝剑，不妨进来，让我教你使剑。"

"不，"我无精打采地说，"我不想学，学了也没用。"

"没用？试试再说。当身体的每一根肌肉，包括手腕和眼睛都活动起来时，人就无暇悲伤了。这是事实，姑娘，不管你相不相信。此外，像你这样一付天生的好身手，若不加以训练，简直是可耻的浪费。"

"不，"我说，"不要管我。除非用利剑，让我死在你刀下。"

"随你胡说。只要试过之后，你就不会这样了。来，你不学，我就永远站在这里。"

一个和蔼的男人总能说服小他几岁，心中伤悲的女孩。我终于站起身来，跟他进去了。

"那盾牌太重了，"他说，"这面正好。喏，这样把住它。一开始便需记住,你的盾是武器,不是一堵墙。攻击时,不只是剑,连盾也是利器。看,我这样挥舞盾,让它像蝶翅一样翻舞。只有这样,你才能把从各个方向击来的箭镞、矛头和剑尖挡开。现在,这是你的剑。不,不是这样拿。你必须稳稳把住它,却不要太用力,它又不是野兽,想挣脱你的掌握。对了,这样好多了。再来,左脚跨向前——不要看我的脸,看我的剑,击刺你的又不是我的脸。接着,让我教你一些防身术。"

他足足把我留了半个钟头。我从未这样聚精会神过,整段时间内,什么也没想。不久前,我才说工作和体弱可以聊慰伤心人,其实,汗尤然——它比哲学更能医治乖僻的心灵。

"够了,"巴狄亚说,"你的姿势非常好,我有把握把你训练成剑士。明天你会来吧?不过,别穿这样的衣服,碍手碍脚的,最好只到膝盖。"

我真是又热又渴,赶忙越过甬道,跑进乳酪房喝了一大碗奶。凶年以来,我已经忘了食物可以如此甘美。这时,有位兵丁走进甬道对巴狄亚说话(我猜他看见我们在做什么),我听不清巴狄亚的回答。过一会儿,他提高了声量:"不错,她长得不怎么样,但是,她是个勇敢、诚实的姑娘。若有个瞎眼的男人,而她又不是王的女儿,准可以做人家的好太太。"听在我耳里,这简直近乎情话。

此后,我每天都向巴狄亚学剑,他的确是我的良医。我仍然悒郁寡欢，只是麻木的感觉消失了，日子又恢复了正常的步调。

不久，我告诉巴狄亚自己多么想到阴山去以及为什么。

"真是设想周到，姑娘，"他说，"太惭愧了，这原是我该做的。的确，我们至少该为蒙恩眷的公主做这件事。你不用去，我替你去。"

我说我要亲自去。

"那么，你必须让我跟着去，"他说，"你一个人绝对找不到地方。再说，路上若遇见熊罴、豺狼、流氓或山地野人，那更糟糕。姑娘，你不会骑马吧？"

"不会，没人教过我。"

他耸耸眉想着。"一匹马够了，"他说，"我坐在马鞍上，你紧挨着我。上山不必六个钟头；另有一条捷径。但是，我们所要做的事恐怕比较费时，必需在山上过一夜。"

"王上容许你出宫那么久吗？"

他噗嗤一笑。"噢，很简单，我会编个故事。他待我们可不像他待你一样。虽然他言语粗暴，对士兵、牧人、猎夫等，倒不算是恶主。他了解我们，我们也了解他。只有在面对女人、祭司和政客时，他才会恶形恶状。其实，是因为他怕这些人。"这点，我倒从未想过。

六天之后，巴狄亚和我在清晨挤牛乳的时刻动身，这天天气阴霾,四下里漆黑如夜。宫中没人知道我们的动静,除了狐和我的侍女之外。我穿了件带兜帽的黑披风,又戴了面纱。披风下是件学剑时穿的短裤,又佩上男人的腰带和一把利剑。"我们顶多只会遇见野猫或狐狸,"巴狄亚预先告诉我,"但是,任何人,无论是男是女,上山去,绝不能不带武器。"我侧坐在马背上,一手抱着巴狄亚的腰,另一手扶着膝间的骨瓮。

城里阒无人声,只听见我们的马蹄达达响,虽然稀稀落落有几户人家灯亮着。

从城里走向舍尼特河的途中,一阵倾盆大雨从背后扫来,渡河时,又乍然停了,乌云开始消散。但是,往前望去,仍然没有破晓的影儿,因为那正是阴云聚拢的方向。

右边越过安姬宫。它的造形是这样的:一片鹅卵形的基址,上面矗着一块块年代久远的大石头,每块石头有两人高四人宽。没有人知道这些石头哪来的,怎么运来的,是谁矗起来的。石头之间砌有砖块,把整座墙填实。屋顶是用茅草葺成的,略作穹窿状,所以整座建筑圆凸凸的,好像伏在地面的一只大蜗牛。祭司们说这是神圣的形状,酷似那枚孵出世界的蛋或孕育世界的胎房。每年春天,大祭司必被关进宫内,然后从西边的门持剑冲出,象征新的一年诞生了。当我们路过时,有烟从宫中袅袅升起,因为安姬前的火永远不熄。

一过了安姬宫,我的心情开始起了变化。一方面因为已进入陌生的地域,另一方面一离开那神圣不可侵犯的地方,我刹时觉得连空气都沁甜起来。阴山庞然耸峙在前,挡住了晨曦;但是回首望去,在城的远方,赛姬、狐和我经常漫步的山巅,黎明已经来临,更远的西天,云彩一片酡红。

我们上上下下爬过许多座小山,但总是愈爬愈高;山径还算平坦,两旁尽是草坡,左边有一座浓密的树林,此刻路正往那方向拐去。从这里,巴狄亚岔离正路,骑上草坡。

"那就是圣道,"他说,朝树林指去,"他们带着公主走那条路,近路则陡峭多了。"

我们走了好长一段草径,渐渐往上爬向一山脊,它高高地挡在眼前,把整座阴山遮住了。一爬上峰棱,我们歇下来让马喘口气。这时,周围的景物全都改观了。我开始惴惴不安。

我们一头撞进了大白昼,阳光亮得刺眼,气温暖和(我把披风撩到背后)。浓浓的露水为草地缀上一毯明珠。阴山,比我想象中巍峨、遥远,手掌般大的日头挂在它的峰顶上,使它看来不像实物。隔在阴山和我们之间的,是茫茫一片山谷起伏,有丛林、巉岩和数不完的湖泊。前前后后,左左右右,整个斑斓多彩的世界随山峰耸入云天,远方甚至有一抹粼粼的海波(虽然不及希腊的大洋浩瀚);一只黄莺啼啭;除此之外,唯有旷古幽邃的沉寂。

我不安个什么劲?你应能相信,我是带着感伤动身的,这是一趟悲哀的差事。然而，劈头迎来的，仿佛是一道声音，不知是挑逗或挑衅，虽然无言无语，若用言语说出，应为："你的心干嘛不雀跃？"愚蠢呵，我的心几乎雀跃地回答说："是啊，为什么不雀跃？"我必须灌输自己无数的理由，才能叫自己的心不雀跃。他们把我心爱的人夺走了——我，丑陋得不可能找到爱的公主、父王的喽啰、可恨的蕾迪芙的囚官；父王去世之后，搞不好被人杀了，或沦为乞丐——谁知道葛罗国日后的下场呢？然而，我的心禁不住雀跃起来。眼前辽阔、壮丽的景观使我心旌飞扬，我整个人仿佛腾空逍遥，往八方遨游，一一浏览尘世所有奇特、美丽的物象，直到天崖海角。病前不知有多少个月，触目所见尽是干旱、枯槁，而今，四围的清新、润泽让我觉得自己误解了世界。它是这样的和蔼、充满喜笑，仿佛它也有颗雀跃的心，甚至连我的丑陋都变得难以置信，谁能察觉丑的存在呢？当他的心邂逅了长久以来所憧憬的，仿佛在他丑陋的容貌、粗壮的肢体之内，有个温柔、新鲜、轻灵而惹人爱怜的人。

伫立峰棱不过一晌功夫，此后几个小时，我们又上下爬过几座蜿蜒的山头，大部分时候牵着马步行，有时走在断崖边缘。我的不安持续着。

我应该抗拒这种痴愚的兴奋，不是吗？单就礼节的要求看，我绝不能带着快乐的心情掩埋赛姬。如果喜滋滋地前往，怎能叫自己相信爱过她呢？同时，理性也这样要求。对这世界，我认识得太清楚了，不会受惑于它突现的笑脸。一个男人若三次发现自己的女人不贞，却一再被她淫荡的挑逗蛊惑，这种男人，哪个女人受得了？如果刹那的风和日丽、苦旱后新冒的草芽、病后的健康，便能叫我与这鬼神出没的、瘟疫猖獗的、臭朽的、暴君似的世界和好，我岂不像这种男人吗？不，我是明眼人，不是白痴。说真的，当时我并不知道，如今倒是明白了，原来，若非为了把人导入另一新的痛苦，神绝不会邀请人进入这种不可抑遏的喜乐中。人是诸神的泡沫，他们要弄你，把你吹鼓起来，然后弹指戳破你。

即使不认识这点，我已自有主见。我能够驾驭自己。难道他们以为我不过是只口笛，容让他们随兴胡吹？

爬上最后一座山头，面对真正的阴山，我的不安停止了。虽然阳光依旧刺眼，高处不胜寒，冷风凛冽。脚底下，介于我们和阴山之间，是一片幽郁的峡谷，受了咒诅似地布满暗色的苔藓、地衣、碎岩、巨石。从阴山山麓倾塌而下，有一整沟的石屑趴向谷底，仿佛阴山长了疮，流出成串石状的脓。我们仰头上眺，它那庞大的山躯耸向云天，峰顶乱石纠结，状若巨人的白齿。眼前见到的山貌实在不比屋顶陡峭，除了左手边有几座令人触目惊心的巉岩；总之，它像一面单调的墙往上矗伸。此刻，它更是黝黑一片。到了这里，神已不再挑逗我了。这里甚至没有任何景物可使最快活的心雀跃。

巴狄亚指向右前方,在此,阴山坡度平缓,形成一山坳,比我们所站的地方低。背后,除了天之外,空无一物。就在山坳上,衬着天空,孤零零地站着一棵没叶子的树。

我们牵着马,步行走下黑谷,一路举步维艰,石头非常滑溜,直走到最低洼的地方,才接上圣道(它从北端进入峡谷,也就是我们的左边)。由于已经很近了,我们不需再爬山。几个转弯便抵达山坳。冷风刺骨。

圣树近在眼前,我竟然害怕起来。很难说为什么,只知找到枯骨或遗体的话,也许能叫我停止害怕。我相信自己当时有一种孩童似的没来由的恐惧,担心赛姬既没活着又没死。

终于到了。铁腰圈,空悬的链子从腰圈绕上枯树干(树皮已经剥落),风吹来,不时发出嘎嘎的响声。见不到骨头、残衣、败絮,也见不到血迹,什么都没有。

"这怎么解释呢? 巴狄亚,"我问。

"神把她带走了,"他说,脸色苍白,声音压得很低(他是个敬畏神的人)。"一般的野兽不会吃得这么干净俐落,至少会留下几根骨头。除了神圣的幽影兽之外,也没有任何野兽能够不解开铁链便把她带走。即便如此,应能找到一些摔落的首饰。若是人呢? 除非携有工具,否则也无法替她松绑。"

没料到这一趟来,竟是徒劳,什么事也没得做,什么东西也没得收。我毫无意义的人生就此开始了。

"我们还是可以到处找找看，"我痴傻地说，明知道什么也找不到。

"是，是，姑娘。我们可以到处找找，"巴狄亚说。我知道他是出于一片好心。

我们于是找起来，一圈一圈往外找，他走这头，我走那头，眼睛盯着地面搜寻。气温酷冷，披风随风乱甩，把我脸颊和小腿都刮痛了。

巴狄亚出声叫喊时，正走在我前头，向东穿越山坳。我先把打在脸上的头发往后扯，这才看见他。我急步向他奔去，有如添翼，因为西风把我的披风吹涨成帆。他给我看自己找到的东西——一颗红宝石。

"我没见过她戴这颗宝石，"我说。

"姑娘，为这最后的一程她戴了。他们按照神圣的礼仪妆扮她全身，连她脚屦上的带子也镶上了红宝石。"

"噢，巴狄亚！这么说来，有人——有东西——把她带到这里来。"

"也有可能是脚屦被衔到这里。这点，一只野狼都办得到。"

"继续找，沿着这方向继续找。"

"小心点，姑娘，如果一定要找，让我来吧。你最好留下来。"

"为什么？有什么好怕的？无论如何，我不留在这里。"

"我不曾听说过有谁越过这山坳。大献时，连祭司都只走到圣树那边。我们已经很接近阴山的险恶地带——我是说，神圣地带。一过了圣树，他们说，便是神界。"

"那么，该留下来的是你，巴狄亚。他们已经把我整够了，再整也是徒然。"

"姑娘，你走多远，我便陪你多远。但是，让我们少谈他们的事，最好完全不谈。首先，我必须回去把马牵来。"

他回到系马的短灌木那里。有片响之久，我完全看不见他，独自一人站在凶地边缘。后来，他又回来了，牵着马，非常勇敢地跟我往前走。

"小心点，"他又说，"随时可能走上断崖。"的确，再多走几步，我们仿佛一脚踩进空中，接着愕然发现自己正走在陡坡的转弯处。这时，从我们走下黑谷以来一直被云遮住的太阳，突然蹦了出来。

往下一看，好像撞见了世外桃源。脚底下，众山环抱中，偃卧着一小山谷明亮如珠。谷口向南，在我们的右方。谷的本身形似阴山南麓的一道山沟。虽然地势高，气候却比葛罗温和。我从未见过这么翠绿的草皮。有盛开的金雀花、野葡萄、许多蓊郁的树丛、无数耀眼的水面——深潭、溪流、一道道悬泉。我们丢石头测试哪一处山坡最容易走马。一路下坡，迎面的空气愈来愈暖和、甜沁。我们已走出了风口，可以听见自己的语声；不久又听见溪流潺潺、蜂群嗡嗡。

"这可就是神的秘谷了，"巴狄亚嘘声说。

"是够隐秘了。"我说。

走到谷底，暖和得让我想把手与脸浸入湍急、澄澈的溪流中；溪的对岸，便是谷的主体。我正要举手掀开面纱，忽然听见两道互喊的声音———道是巴狄亚的。我抬头张望。一种莫名的战栗从头到脚袭贯全身。那儿，不到六尺远的地方，溪的彼岸，站着赛姬。

第 十 章

我欣喜若狂，又哭又笑，隔着水喃喃自语，却连自己都不知道说了些什么。是巴狄亚的声音把我拉回现实。

"小心啊，姑娘，说不定是她的鬼魂。说不定——噢！噢！——是神的新娘啊！成了女神了。"刹那间，他满脸吓得惨白，弯身捧起尘灰，直往前额猛撒。

不能怪他。她实在神采焕发，恰如希腊语所形容的，不过，我一点都不觉得她懔然可畏。怕她？我一手抱大，又教说话、又教走路的赛姬？她衣衫褴褛、肤色黝黑许多，是日晒风吹的结果；但是，那一脸笑——她的眼瞳像两颗明星，她的四肢丰满、光润（除了那一身褴褛），没有丝毫露宿野外、三餐不继的痕迹。

"欢迎！欢迎！欢迎！"她说道，"噢，麦雅，这正是我所期待的，我唯一的心愿。就知道你会来。多令人高兴啊！还有慈心的巴狄亚，是他带你来的吗？当然啰，我早就猜到。来，奥璐儿，涉过河来。我会告诉你哪里最便捷。可是，巴狄亚，抱歉，你不能过来。亲爱的巴狄亚这里不是——"

"是，是，神所恩眷的伊思陀，"巴狄亚说（我想他反而松了一口气），"我了解的，我不过是个士卒。"他接着轻声对我说，"姑娘，你去吗？那可是吓人的地方。说不定——"

"还用问吗？"我说，"即使这是条火河，我也要过去。"

"当然啦，"他说，"你我不同，你身上流有神的血。我和马就留在这头。这儿没风，又有肥草吃。"

我已走到岸边。

"再过去点，奥璐儿，"赛姬指着，"这是最容易涉的地方。往前直走，绕过那块大石头。慢点！脚要踩稳。不，不要走左边，那里水很深。走这边。好了，再一步就到了，来，我拉你一把。"

缠绵病榻加上在室内呆太久似乎使我的体质变弱了些。总之，河水冰凉得使我喘不过气来，水流既急又猛，若非赛姬及时伸出手，我早就没顶随波而去。百感交集中，有个念头掠过脑际："她变得何等强壮啊！将来准比从前的我力气大，瞧她哪天出落得既美丽又健壮。"

接下来是一阵手忙脚乱——一时间又想讲话、又想拥泣、又想亲嘴、又想深吸一口气。她把我领到离河几步远的地方，让我坐在暖和的石南丛中，自己再傍着我坐下。她的手紧紧握着我摊在腿上的手，就像那晚在囚室中一样。

"怎么啦？姐姐，"她快活地说，"你觉得我的门槛又冷又深，是吗？瞧，你差点没停止呼吸。让我来帮你恢复元气。"

她一骨碌站起，走去不远的地方取来一些东西。一粒粒清凉的小黑莓用绿叶子包着。"吃吧！"她说，"这岂不像神的食物吗？"

"是没吃过比这更甜的，"我说，当时真是又饥又渴，因为已到了午时，甚至还晚些，"不过，赛姬，告诉我，这是怎么回事？"

"等等，"她说，"等这筵席过后再说。喏，酒来了。"我们的背后有一溜细细的水泉从覆满苍苔的石岩中渗出。赛姬两手合成杯，接了一捧水凑近我唇边。

"喝过比这更珍贵的酒吗？"她问，"有比这更漂亮的酒杯吗？"

"的确爽口，"我说，"不过，最难能可贵的是这杯子。世上的东西中我最钟爱的，莫过于它。"

"那么就送给你吧，姐姐。"她慨然应允，像极了厚赐礼物给人的女王或富婆。我感动得热泪盈眶，许多赛姬童年的嬉戏情景又历历在目。

"孩子,谢谢你。"我说,"真希望它确实属于我。不过,赛姬,严肃点吧,动作且快些。说说,这些日子,你是怎么过活的?对了,你又是怎么脱身的?哦,别让眼前的快乐给冲昏了头。现在,我们该怎么办?"

"怎么办?乐在其中啊!难道还有比这更重要的吗?我们的心为何不该雀跃?"

"是啊,我们的心不正雀跃着吗?但是,你难道没想过——多离奇啊!这下子我可以饶恕众神了。再过一阵子,大概也能饶恕蕾迪芙。但是,怎么可能呢?——不到一个月,冬天就来了,你怎能——赛姬啊,你怎能活到现在呢?我以为,以为——"想起自己所以为的情景,我整个人泣不成声。

"喔,麦雅,喔——"赛姬(这日又是她安慰我)。"所有的担忧、害怕全都过去了。一切已恢复祥和,我会帮你体认这点;直到你快乐起来,我才能放心。是的,你还没听我说哩。你一定十分惊讶吧?发现这华美的居所,而我竟然住在其中。喏,瞧我这副模样,你难道不觉得惊奇?"

"是的,赛姬,我真是整个人给吓呆了。我当然愿意听你娓娓道来,不过,首先,让我们筹谋、筹谋吧!"

"奥璐儿,你太严肃了,"赛姬调侃我,"你总是一天到晚筹东谋西。当然啦,调教像我这么蠢笨的孩子,不这样也不行;

况且你实在教导有方。"她轻吻我一下，就这样把过去种种——那段令我眷恋不已的往日——作了了断，接着便开始讲她自己的故事。

"离宫的时候，我的神智并不清明。那两位庙姑还未替我涂面、妆扮，便先让我喝了种又甜又黏的液体——某种迷魂药吧，我想——因为喝过不久，我便觉得轻飘飘的，好像在梦中一样。这种感觉愈来愈强烈，持续了好一阵子。姐姐，我想，每个被杀来献祭安姬的人，都会给灌这种药，这便是为什么我们总觉得这些人死得非常安详的原因。我脸上的油彩尤其加强了这种效果，它使我的脸变成硬梆梆的，好像不是我的脸。我并不觉得要被祭杀的是自己。这感觉更随着喧哗的庙乐、炉香和炬火一圈圈扩大。我看见你，奥璐儿，站在楼梯头。虽然想向你挥别，手却沉重得抬不起来，简直像铅那样重。心想无所谓吧，因为你不久也会醒觉过来，发现这一切不过是一场梦。从某个角度看，的确是这样，不是吗？眼前，你不正在梦觉边缘吗？什么，还在难过？我一定得帮助你明白。"

"你或许以为出了宫门之后，凉爽的空气会使我的头脑清醒过来，不过，药性似乎尚未完全发作。我一点也不怕；当然也不兴奋。坐在抬舆上，脚下一片人头，这幅情景本身就够离奇了……又加上一直在那里喧腾着的号角和响板。我根本分不清上山的路是长是短。每一寸路似乎都很绵远，远到能让我看清路上的每一粒石头；甚至每经过一棵树，我总能定睛注视良久。然而，整趟路程却又好像眨眼间的事；不过，无论如何，总是长到让我的心智恢复了些许。我开始知觉事情有点不妙，于是，首度觉得有话要说。我试着喊出声来，让他们知道搞错人了，我只不过是可怜的伊思陀，绝不是他们想杀的那个人。但是，除了呻吟和呢喃之外，我什么也说不出。这时，一个有着鸟状头面的人出现了，或者说一只躯干像人的巨鸟。"

"可能是大祭司。"我说。

"是吧，如果他戴上面具之后，还是个祭司的话；说不定戴了面具的他已浑然成了神。总之，他说：'再给她一些。'一位年轻的祭司于是踩上某人的肩膀，把那又甜又黏的液体再灌进我嘴里。我不想喝，但是，麦雅，你知道，那就像你叫理发师替我拿出扎入手心的刺一样——许久以前，你记得的，你紧紧按着我，叫我要乖，说一下子就好了。是的，正像这样，所以，我便觉得最好还是听话。"

"接下来我所知道——确实知道——的是，我被扶下抬舁，踩在火烫的地上，他们把我绑上树，用铁链缠绕我的腰身。是铁链的银铛声把剩余的药效从我脑中驱出。父王在一旁，又哭又叫，一面撕扯着自己的头发。麦雅，你知道吗？他真的凝视着我，定神凝视着我，我觉得这几乎是他第一次正眼看我。不过,当时我只希望他不要再哭闹下去,希望他和所有的人都走开,好让我一个人留下来好好哭它一场。这时,我真想哭,我的头脑愈来愈清醒,整个人于是害怕起来。我强自效法着狐常说的那类希腊故事中的女子,心里明白自己应能撑到他们离开,但是,他们必须快点离开。"

"噢,赛姬,你自己说的,一切的凶险都过去了。忘掉那可怕的一刻吧!快点告诉我你是如何获救的。要讲、要安排的事还多着呢,哪有时间——"

"奥璐儿,时间要多少就有多少。你难道不乐意听我的故事?"

"当然乐意啊,而且每一细节都乐意听。不过,且等一切安全无虞又——"

"如果这里不够安全,哪里算安全呢?这是我的家哩,麦雅。而且,如果你不听惨暗的片断,又怎能体会出我经历到的神奇和荣美呢?其实,情况并不那么糟,你知道。"

"糟到让我不忍卒听。"

"噢,请别这么说。总之,他们终于走了,留我单独面对蔚蓝的苍天,四周环踞着焦黄、枯槁的崇山峻岭,到处一片死寂。毫无风吹的影儿,连圣树旁也不例外;记得吗?就像旱灾到了末期的情景。我渴得半死——全是那黏液在作怪。接着,我初次察觉他们把我绑得让我蹲坐不得。这时,我才开始气馁,难过得哭了,噢,麦雅,我多么需要你和狐啊,我只能祷告、祷告、祷告,求神让将要发生的事尽快发生。然而,什么事都没发生,除了流泪使我更渴之外。接着,过了好长一段时间,有些东西慢慢聚拢在我身旁。"

"东西?"

"噢,没什么可怕的。起先只有野山牛。可怜哟,瘦成那样子,真替它们难过。必定与我一样饥渴。整群围成一大圈,一步步揎近我,却总不敢揎得太近。最后,隔了一些距离,对我哞叫。接着来了一只我从未见过的野兽,大概是山猫吧。她一骨碌凑近前来。由于我的手可以活动自如,便想伸手把它打走。其实,根本多此一举,因为它先后扑前、撤退不知多少次,才敢过来嗅我的脚趾(我想,起先它很怕我,就像我怕它一样)。接着它纵身立起,前爪趴向我,又嗅了一回。后来,就走了。它这一走,我倒有点怆然;本来嘛,它总是个伴。你可知我这时在想些什么?"

"什么?"

"起初,我要让自己开心,便试着遐想昔日梦幻中那座矗立在阴山上以黄金、琥珀砌筑的城堡、还有神。我努力让自己相信真有这回事。可是,我一点都信不来,并且想不通当初怎会信这套。往日的一切憧憬一下子幻灭了。"

我按了一下她的手,什么话也没说。不过,内心里却暗自高兴。大献的前夜，为了抚慰她，任由她这样幻想，也许是好的。（谁知道呢？）现在，我很高兴，她终于克服了这些。我实在不喜欢这门子事，太不自然了，太违反人情了。也许，这样窃喜正是神讨厌我的原因之一。反正，他们从来不告诉你。

"唯一对我有帮助的，"她继续说，"是完全不同的想法。其实，很难说是种想法，实在无以名状。其中包含了许多狐的哲学——他所说的有关神或'神圣本质'的话——又掺和了大祭司有关血与大地的讲论，说什么祭牲可以使五谷生长。我这样解释并不周全。它仿佛来自我的心灵深处，比看见黄金琥珀城堡的那部位还要深邃，比恐惧和哭泣还要深邃。它悠悠邈邈，无形无体，却又可以牢牢攀附，或者让它牢牢攀附。接着，一切都改观了。"

"改观？"我不了解她说的是什么，不过，也明白她自有道理，必须让她用自己的方式把经过讲出来。

"噢，当然是天气啦。绑在树上，我看不见，但却可以感觉到。刹那间，我觉得阴凉起来。于是，知道背后葛罗的天空必定乌云密布，因为整座阴山全都褪了色泽，我自己的影子也消失了。然后——这是甘美时刻的开端——一声风啸——西风啊——抚过我的颈背。风愈吹愈疾；你可以听到、闻到和感到雨近了。因此，我十分知道神的确存在着，并且雨水是我唤来的。风开始在我四围呼啸（那么轻柔的声音实在不应称之为呼啸),雨也滂沱。圣树为我稍稍遮了雨;我把手伸出,接了点雨来舔,实在太渴了。风愈吹愈猛,仿佛要把我举离地面,若非腰间的铁链,我早就扶摇上天了。就在这时——一瞬之间——终于——他出现了。"

"谁啊?"

"西风。"

"你看见它了?"

"不是它,是他,风神;西风他本人。"

"赛姬,当时你是醒着的吗?"

"噢,绝不是梦。人不可能做那样的梦,因为那是人眼未曾见过的。他虽然取了人的样式,但你绝不会将他错认为人。噢,姐姐,如果你亲眼看见,你就能了解,我怎能叫你了解呢?你见过麻疯病患没?"

"当然见过。"

"那么,你必然知道健康的人站在麻疯病患旁,特别显得神采焕发。"

"你是说,比往常健康、红润?"

"是的,站在神的旁边,我们简直就像麻疯病患。"

"你是说,这位神全身通红?"

她拍掌大笑。"噢,不通,不通,"她说,"我明白了,原来,我并未让你了解我到底在说些什么。不过,别介意。你自己终会亲眼看见神。这必定会发生,奥璐儿,我会想办法让它发生。总有办法的。瞧,这也许行得通。当我看见西风时,起先真是既不喜又不惧,只觉得惭愧。"

"惭愧什么呢?赛姬,他们又没剥光你的衣服?"

"不是这回事,麦雅,我惭愧自己是个凡人。"

"这又有什么办法?"

"你不觉得最叫人惭愧的,正是自己最无能为力的事。"

我想到自己的丑陋,便一言不发。

"他将我抱起,"赛姬说,他那俊美的双臂温热得几乎把我熔化,一时间,说不上来怎么回事;总之,毫无痛觉的,他已把我拉出腰链,又把我腾空抱起,远离地面,盘旋直上。当然,一眨眼,他又不见了。我见到他,就像惊鸿一瞥。这又何妨呢?我已经知道西风是他,不是它;因此,一点也不怕乘风飞翔,甚至不怕在空中来个翻筋斗。"

"赛姬,真有这种事吗?你不是在做梦吧?"

"如果是做梦,姐姐,你想,我怎么会到这里来?倒是在这之前所发生的事才像一场梦哩。为什么,葛罗的一切、父王,还有老葩姐,现在对我来说,实在悠悠忽忽得像极了梦,麦雅,且让我往下说吧。他把我腾空抱起,盘旋了一阵子,又轻轻放下地面。起先,我直喘着气,晕眩得看不清眼前的景致;西风实在是位洒脱、粗犷的神。(姐姐,你想,年轻的神是否应该学学怎样料理人事？他们的手那么不经意一摸，就能叫我们粉身碎骨。)但当我恢复知觉之后——哇，你能想象那是多美妙的一刻——我看见矗立在自己眼前的，正是一幢宫堡，我正躺在它的门槛。瞧，它可不只是我曾经梦寐以求的那幢用黄金和琥珀砌筑的城堡。如果仅止于此，我也许会以为自己真在做梦。但是，它的确不只如此。无论是葛罗的或狐形容的希腊建筑，都无法与它媲美。这是全然崭新的造型，人心从未想过的——喏，就在那儿，你可亲自观赏——等会儿，我就带你参观每一个角落。它岂是言语所能描述？"

"一眼便可看出这是神的居所。我指的不是人敬拜神的寺庙，而是神的家，是他作息的所在。原先，即使给我再多的钱，我都不愿进去。然而，奥璐儿，我不能不进去，因为有一道声音——悦耳吗？噢，比任何音乐悦耳；不过，我还是听得汗毛直竖——奥璐儿，你知道它说什么吗？它说：'进来吧，这是你的家(是的，它说这幢房子是'我'的家)，赛姬，神的新娘，请进来吧。'"

"我又自惭形秽了，又对自己身为人感到惭愧，并且怕得要死。但是，抗命的话，耻辱更大，恐惧更深。瘦小、冰冷、颤抖着的我走上台阶，穿过阳台，进入内院。四下不见半个影子。这时，突然声音此起彼落，环绕着我，发出欢迎的致辞。"

"什么样的声音呢？"

"像是女人的声音——至少，与风神那雄健的声音相比，显然是女人的声音。她们说：'进来啊，姑娘，进来啊，女主人。不要害怕。'声音仿佛随着说话者移步，在我前头引路，虽然我见不到任何人影。就这样，她们把我引入一凉爽的厅堂，有着拱形的堂顶，堂中一张桌子，桌上摆有水果和酒，那些水果见所未见——不过，你马上要见识到了。她们说：'姑娘，沐浴之前，请先把这吃了；随后还有盛筵哩。'哦，奥璐儿，我怎能叫你明白我的感受呢？我知道她们全都是精灵，而我多么想俯伏膜拜她们。但是，我不敢；如果她们奉我为这幢宫堡的女主人，我就必须有女主人的样子。不过，我一直怕这当中藏有恶毒的嘲弄，说不定突然间暴出一声可怕的冷笑——"

"哇！"我说，长吁了一口气，对这把戏，我是再清楚不过了。

"不过，我错了，完全错了。姐姐，这就是身为人的一部分耻辱。她们给我水果，又给我酒——"

"是声音给你吗？"

"是那些精灵。我看不见她们的手。不过，你知道，盘子和杯子看起来并不像自行在移动。你深知有手在操作着。而当我拿起杯子（她的声音变得非常轻柔），我——我——感觉到另有一双手，触摸着我的。又是那种几乎把我烧熔的温热，虽然一点也不痛。这真让人消受不了。"她突然脸红起来，莫

108

名其妙地笑了。"现在,可就无所谓了,"她说,"然后,她们带我去沐浴。这浴室啊,你待会儿将看到,是一个四周环绕着雕栏画栋的露天内院,而水呢?简直温润如玉,馨香如……馨香如这整座山谷。当她们为我解衣时,我羞死了,不过——"

"你不是说她们全是女精灵吗?"

"噢,麦雅,你还是不懂。这种羞耻之心与她们是男是女无关。有关的是身为人——怎么说呢?——生来不够完全。你认为梦徜徉在醒世中不会自惭形秽吗?后来(她愈说愈快了),她们又替我穿好衣服——世界上最美丽的衣服——接着,便是盛筵——且有音乐伴奏——之后,她们把我带上床——这时夜幕已低垂了——而他……"

"他?"

"新郎呀……神的自己。别用那表情看我,姐姐。我仍是你的赛姬,忠诚不渝的赛姬。这是任何事物都改变不了的。"

"赛姬,"我起身说道,"我受不了。——你已经告诉我许多神奇的事。如果这些全是真的,那我过去这辈子岂不彻底错了,一切均需重新来过。赛姬,是真的吗?你不是说着玩的吧。你的宫堡在哪里呢?让我参观一下。"

"当然啰,"她说,站起身来,"请进吧。不过,别怕,不管你看见或听见什么。"

"远吗?"我问。

她惊讶地看了我一眼。"什么远不远?"

"宫堡啊,神的家。"

你见过在人群中走失的孩子吧！他好不容易一眼找着自己的母亲,快跑过去,那妇人转过身来,却露出一张陌生的脸,这孩子愣住了,一时说不出话来,接着便放声大哭。赛姬的表情正像这样;先是一愣,随后茫然;所有让人觉得快乐的把握刹那间分崩离析。

"奥璐儿,"她说,开始颤抖起来,"你是什么意思?"

我也吓了一跳,虽然不知到底怎么回事。"什么意思?"我说,"宫堡在哪里呢? 走多远才能到呢?"

她嚎叫一声。然后,惨白着脸,狠狠地瞪着我说:"眼前不就是吗? 奥璐儿,就是它啊！你正站在宫门的台阶上。"

第十一章

这两个冤家正在作殊死斗。若有人当时看见我们，相信他会这样认为。的确，相距数尺对峙着，每根神经都紧绷起来，彼此又虎视眈眈，我们两人之间真可谓剑拔弩张。

叙述到这里，已接近我所以对神提出控诉的关键所在；因此，理应不计一切代价写下事实的全貌。但是，要彻底弄清在这些重大、静默的时刻里我到底想了些什么，实在不容易。太常回忆反而把记忆本身给搞模糊了。

我想自己的第一个想法必定是："她疯了。"无论如何，对于诡谲莫测、不合常理得让人容忍不了的事，我绝对全心加以摒斥，不容它闯入心门。这样拼命抗拒，无非为了自保，免得自己心思狂乱，失去控制。

但是，呼吸平缓下来之后，我轻描淡写地说："我们必须马上离开，这地方太可怕了。"（我记得自己耳语似的说。）

这么说来，她那看不见的宫堡，我岂不信以为真？说给希腊人听，他们必定嗤之以鼻；在葛罗，则不然，因为葛罗人与神太亲昵了。我们知道，在圣山上，在圣上最幽邃的地域——这使巴狄亚闻之心悸，连大祭司也裹足不前的地域——什么事都可能发生。人的心门再怎么闭锁，也排挡不了。是的，就是这样。无所谓信不信，而是神那捉摸不定、茫茫无涯的恶作剧令人想起就怕——整个世界（包括赛姬在内）已经逸出我的掌握。

总之，她完全误会我的意思。

"那么，"她说，"这下子你可看见了。"

"看见什么？"我问，这是装傻，我当然知道她指的是什么。

"你怎么搞的？这个啊！"赛姬说，"喏，这不是门吗？瞧，这墙真是金碧辉煌——"

不知为什么，一听她这样说，无名的怒火——父王特有的怒火——打从我心底烧起。我发现自己大声狂喊着："闭嘴！别说了！这里什么也没有！"（虽然狂喊并非我的本意。）

赛姬满脸通红。这下子，她也生气了。"如果你真的看不见，摸一下总可以吧！"她哭叫着。"摸摸它，拍拍它。就在这里——"她想抓住我的手腕，却被我甩脱了。

"算了吧！我告诉你！这里确实什么也没有。你在睁着眼睛说瞎话,想叫自己相信真的有这回事。"不过,我这样说,也与事实不符。我怎能分辨她到底真是看见了那肉眼看不见的,还是发疯了? 总之,离奇得令人憎恶的事已经发生了。仿佛可以用蛮力将它挡回似的,我扑向赛姬。冷静下来一看,我两手正扳住她的肩膀,把她当孩子似的死命摇撼。

她已经不是孩子了,且比我想象中还有力多了,所以,一下子就挣脱了我。我们又分开对立,气喘咻咻,比先前更像对决的死敌。有种锐利而狐疑的表情,是我从未见过的,遽然出现在赛姬脸上。

"你不是尝了酒吗? 你想,我能从哪里弄到酒!"

"酒? 什么酒? 你到底说些什么?"

"奥璐儿,我给你的酒啊! 还有酒杯,酒杯呢? 我不是送给你了吗? 你藏到那里去了?"

"噢,算了吧! 孩子。我现在没心情玩这种无聊的游戏。根本没有酒。"

"可是,我刚才不是给过你吗? 你也喝了,还有可口的蜂蜜糕。你说——"

"你给的是水,用你自己的手捧着。"

"那你怎么称赞说酒很甘美,杯子很稀奇。你说——"

"我称赞的是你的手。你方才像在办家家酒(你明知道的），我只不过是随势应和。"

一惊之下，她的嘴巴张得好大。即使这样，却仍清丽秀美。

"是这样子吗？"她缓缓说道，"意思是你并未看见杯子，也未尝到酒？"

我默然不语。方才我所说的，她该够明白了。

她的喉咙动了一下，好像吞咽着什么（噢，她那美丽的颈项！）。风雷似的激怒这么压抑下来，她的情绪转变了；现在是冷静的哀伤，掺杂点怜悯。她用握紧的拳头捶打着前胸，和悼亡人一样。

"唉！"她哀叹道，"他指的原来就是这样。你看不见，也感觉不到。对你而言，它完全不存在。噢，麦雅……我为你难过。"

我几乎要全盘相信她了。她接二连三叫我惶惑、动摇。对她，我束手无策。那宫堡，在她看来，简直就像平常的事物一样可信；她那笃定的样子，使我想起肋间顶着父王的匕首、对安姬依然笃信不移的大祭司。站在赛姬旁边，我的弱势与站在大祭司旁的狐恰可比拟。这山谷的确令人毛骨悚然；神灵和诡异到处游移，实在不是凡人应该涉足的地方。这里，我看不见的东西大概成千上万吧。

希腊人能够了解这种感受有多可怕吗？几年之后，我一再梦见自己置身在一熟稔的环境——多数时候是栋梁室,眼睛看见的与手摸到的联系不起来。我把手放在桌面上,触摸到的不是平滑的木板,而是暖烘烘的皮毛,从桌角且会伸出一温热而潮湿的舌来舔我。醒来之后的感觉告诉我,这类的梦乃源于眼睁睁望着赛姬的神宫却什么也没见到的那一瞬间。因为惊悸是同样的:一种令人恶心的不谐调,两个世界接在一处,好似骨骼断裂处的两片碎渣。

但在实际的经验里(与梦中的经验不同),随着惊悸而来的是无法平复的哀恸。因为世界已经支离破碎,而赛姬和我又不活在同一碎片里。山啦,海,疯狂,甚至死亡,都无法把我们分隔得如此遥远、如此令人绝望。是神!是神!永远摆脱不掉的神……把她偷走了。什么也没有留下。一道思想像早开的番红花钻出我久被冰封的脑袋:难道她配不上神?难道他们不该霸住她?但是,随即,庞大的、盲目的、令人窒息的悲哀汹涌如涛,一波波把这思想吞卷而去,我于是哭喊道:"不行这样,不行这样。噢,赛姬,回来吧! 你在哪里? 回来啊,回来。"

她马上拥着我:"麦雅! 姊姊,"她说,"我在这里。麦雅,别哭了。我受不了了。我——"

"是,是……噢,我的孩子——我可以触摸到你——我正紧拥着你。但是,噢——却只像在梦中拥你。事实上,你远在天边,而我——"

她领我走了几步,让我坐在长满青苔的河岸上,自己傍着我坐下,用话语和抚摸极力安慰我。我知道即使暴风雨或激烈的战役也有突来的片刻宁静。所以,我尽情享受她的安慰。她说些什么,我并不在意,所珍惜的是她的声音和声音中的情爱。就女人而言,她的声音算是够浑圆的了。即使现在,偶而她说话的声调,伴着话的内容,还会从我耳际响起,仿佛她正陪伴我在房中——多温柔的声音啊,又丰腴如沃土上的玉米结穗累累。

到底她说了些什么?"麦雅,或许你因此也能学会如何叫自己看得见吧。我会恳求他叫你能看见。他了解的。当我求他让我晤你一面时,他曾警告我会有出乎意料之外的事发生。我怎么也没想到……毕竟我只是傻赛姬,如他所称呼的……真是傻得不知道他指的是你连看都看不见。所以,他有先见之明。他会教我们……"

"他"? 我几乎把"他"给忘了;或者,即使没忘,从她开始告诉我,我们正站在他的宫门之前时,我已将他置之度外。现在,她左一个"他",右一个"他",他他他,连名字都省略了,道地新娘子对夫君的昵称。听在耳里,叫人不由得心腑僵冷,正如我日后在战场上所经历的:当所谓的"他们"或"敌人"刹那间变成一个活生生的人站在两尺之外杀气腾腾地瞪视你,你的心马上发冷、变硬。

"你说的是谁?"我问,其实意味着,"你干嘛提他?他与我有何相干?"

"麦雅!"她说,"我不是已经告诉你了吗?除了我的神,还会是谁。他是我的情人,我的丈夫,我的堡主。"

"噢,这叫我怎受得了?"我说,一骨碌跳起来。她最后那几句话说得何等温柔,还带点微微的颤音,听得人不觉火大。我可以感觉自己的怒气又回潮了。然后,忽然灵光一现,赦令在望似的,我责怪自己什么时候把先前认为她疯了的想法给忘得一干二净。她疯了;当然,整桩事铁定是疯人狂想无疑。除非我同她一般疯癫,才会另作它想。疯了!疯了!这样一判定,谷里的空气顿时不再那么全然神圣可畏;我觉得自己的呼吸舒畅了许多。

"得了吧!赛姬,"我凌厉地说,"你的神呢?他在哪里?宫殿呢?宫殿在哪里?在乌有之乡吧!我看嘛!是在你的幻想中。他在哪里?叫他现身出来让我瞧瞧,如何?他长个什么模样?"

她转眼旁顾,声调比往常低沉,吐字却仍清晰,仿佛方才的对话与她正要说的相比,简直微不足道。"噢,奥璐儿,"她说,"连我自己都还没见过他的面。每回他亲近我,总在神圣幽暗的笼罩下。他说,我绝对不能亲见他的面,或者知道他的名字，至少目前还不到时候。他禁止我把任何灯盏、烛台带入他的——我们的——内室。”

说着，她抬起头来。当我们四目相遇时，我看见她眼中漾满难以言宣的喜乐。

“哪有这种事，”我说，大着嗓门发出严峻的声音，“别再提这些事了。起来，时候不多了——”

“奥璐儿，”她说，后仪十足，“我这辈子从未对你撒过谎。”

我试着态度温和些，然而出言依旧冷峻。“是的，你无意撒谎。但是，赛姬，你心智不正常。你把幻想当真。这准是由于惊恐和孤单再加上他们灌你的迷药。放心，我们会把你治好。”

“奥璐儿，”她说。

“什么事？”

“若全是我幻想出来的，这么多天来，你想我是怎么活过来的？我看起来像露宿野外，靠吃野莓果充饥的人吗？我的手臂瘦削了吗？脸颊凹陷了吗？”

我宁愿说谎，回答她“是”，但是，根本办不到。从她的头颈至赤裸的脚趾，生气、美丽、幸福像流泉般漫过她全身，又似从她内里涌溢而出。难怪巴狄亚会把她当作女神膜拜。衣衫褴褛尤其显出她的美丽；瞧她那副蜜人儿的模样，红润似玫瑰，白晰似象牙，而姿韵生动，分明是个气血温畅、躯体完好无缺的人。她看来甚至比从前高（当时我虽惊异，却以为绝不可能）。我无言以对，她用一种类似嘲讽的表情睨我。知道吗？眉眼间略带讽味的她真是可爱极了。

"这下你可懂了？"她说，"一切都是真的。所以——麦雅，请你听我说完，好吗？——所以，一切会恢复正常。我们会——他会让你看得见，那时——"

"我才不稀罕！"我哭喊起来，脸逼近她的，直到她在我的淫威之前退却。"我不稀罕。这件事叫我好恨。恨，恨，恨，你了解吗？"

"为什么？奥璐儿，你恨什么呢？"

"噢，整桩事——唉，我怎么称呼它呢？你明知道的，至少你从前知道。这，这——"忽然间，她所说的有关"他"的某些事从我脑际闪出，我忐忑不安，"这东西在黑暗中与你亲昵……却不准你看清它。好个神圣的幽暗，你这么称呼它。这是怎么一回事啊？呸！太像住在安姬宫了。与神有关的事总是暗暗昧昧的……我想，我闻到了——"她肃穆的眼神，她的美丽，满怀怜悯却又冷漠无情，使我一时无言以对。我的泪水又夺眶而出。"噢，赛姬，"我哽咽着，"你那么遥不可及。我的话你听得见吗？我够不到你。噢，赛姬，赛姬！你曾经爱过我……回来吧。我们与神、与诡异、与这些冷酷、阴暗的事有何相干呢？我们不过是凡间女子，不是吗？噢，请回到现实世界吧。别去理那些古怪的事。回到我们欢愉度日的所在。"

"但是,奥璐儿,想想呵。我怎能回去? 这是我的家。我是人家的妻子。"

"妻子,谁的妻子。"我耸耸肩问。

"但愿你能认识他,"她说。

"你那么喜欢他! 噢,赛姬。"

她默不作声,双颊红晕。她的表情,她整个人的神态,说明了一切。

"你啊,真配做安姬宫的庙姑,"我残忍地说,"你早该住进安姬宫了——那里幽幽昧昧的——到处是血、薰香、呢喃和脂肪烧焦的臭味。你竟然喜欢它——喜欢住在自己看不见的东西当中——惑于它慑人的幽昧和神圣。难道你丝毫不在乎离开我,背弃我俩所爱的,进入那一切暧昧……"

"不,不,麦雅,我绝不能回到你身边。我怎能这样做呢? 不过,你可要到我这儿来。"

"噢,这是疯人疯语。"

是疯人疯语吗? 抑或不然? 实情如何呢? 哪种情况更糟糕? 如果神是好意的,这时应该出来说话了。但是,请注意,他们怎么反应呢?

开始下雨了。濛濛细雨,只是对我而言,情况却完全改观。

"来，孩子，"我说，"躲到我的披风下。瞧你那身破衣裳——快点，别成了落汤鸡。"

她现出惊讶的表情。"我怎会淋湿呢？麦雅，"她说，"我们正坐在宫内，头上有屋顶遮蔽。至于'破衣裳'？——噢，我忘了，你原来连我的锦衣都看不见。"她说着的当儿，两颊雨珠闪烁。

有缘读到这本书的希腊仁君啊，你若以为她这一番话便能叫我脑筋转过来，不妨问问令堂或妻子。当我看见她，这个我一手带大的孩子，坐在雨中，像牛一样的蛮不在乎，就断定她那宫堡和神若非痴人梦话，简直匪夷所思。这时，一切狂乱的恶作剧，一切意见上的摇摆不定，全都过去了。刹那间，我知道自己必须果断择定孰是孰非；同时，也知道自己应该择定什么。

"赛姬，"我说（我的声音变了），"这是十足的妄念。你不能留在这里。冬天马上到了。你会冻死的。"

"我不能抛弃我的家，麦雅。"

"家！这里哪有家？起来，快，快躲到我的披风下。"

她摇摇头，有点疲倦。

"没用的，麦雅，"她说，"我看得见，你却看不见。你我之间，谁能作裁判呢？"

"我叫巴狄亚来。"

"我无权准许他进来。况且他自己也不愿来。"

这倒是真的,我知道。

"起来,孩子,"我说,"你听见没?照着我的话做。赛姬,你从未违抗过我的命令。"

全身淋得湿透的她抬头看着我说,声音非常柔和,心意却坚硬如石,"亲爱的麦雅,我已经身为人妻了。我必须遵从的,不再是你了。"

那时我才知道恨自己所爱的人是什么滋味。我的手指一下子握紧她的手腕,另一只手攫住她的前臂。我们奋力拉扯着。

"你'必须'走,"我气急败坏地说,"我们要强迫你离开——把你藏起来——巴狄亚有太太,我想——把你锁住——在他家——让你神志恢复正常。"

根本无济于事。她比我有力气。(当然啰,我想:"他们说疯子比常人多出两倍力气。")我们的手臂都浮现对方的指痕。这真是一场纠缠不清的角力。终于,我们松手了。她瞪着我,愤怒而困惑。我情急地哭了(正如我在她囚房外哭一样),全人崩溃在羞愧和绝望中。雨停了。我想,它已按着神所要的发挥了作用。

我没有其他办法可想。

首先恢复过来的是赛姬,从来都是这样的。她把手搭在我肩上，手臂上有一抹血痕，是我抓伤她了吗？

"亲爱的麦雅，"她说，"从我有记忆以来，你极少对我发过脾气。这会儿，不要破例。瞧，日影几乎要掩过整片院子了。原本希望日头偏西之前，好好款待你一番的。现在呢？——你只尝到野莓和凉泉。早知道，让你和巴狄亚一起吃面包和洋葱，恐怕还可口些。无论如何，日没之前，我必须送你走。我答应过他的。"

"你要把我永远送走吗，赛姬？就这么两手空空的走？"

"是的，你必须独自离去，奥璐儿；不过，我恳请你尽快再来。我会替你想办法，一定有办法可想的。那时——噢，麦雅——那时我们便能重逢而无云烟阻隔。现在，你则必须离开。"

除了遵从她，我还能做些什么？就体力而言，她比我强壮；她的心思，我又不可企及。她正领着我走回河边，穿过寂静的山谷——被她称为山谷的。现在，在我看来，再没有比这山谷更讨人厌的了。空气冷冽得让人直打哆嗦。夕阳在一团乌黑的山坳后燃烧。

在水边，她的身子挨近我。"你会尽快回来，是吧?"她说。

"如果可以的话，赛姬。宫里的情形你是知道的。"

"我想，"她说，"未来几天内，父王不会对你构成拦阻的。现在，时间不多了。向我吻别吧，亲爱的麦雅。来，扶着我的手,用脚探探哪块河石平稳可踩。"

我再一次挨忍冰冷的河水如剑刺割。从河的这边,我回望对岸。

"赛姬,赛姬,"我放开嗓门呐喊,"时间还来得及。跟我走吧。天涯海角——我会帮助你偷渡离开葛罗——我们可以靠乞讨走遍天下——或者你可以住进巴狄亚的家——总之,什么地方,随你喜欢。"

她摇摇头。"我能吗?"她说,"我身不由己。你忘了吗?姐姐,我已是人家的妻子了,虽然,我永远仍是你的人儿。如果你了解的话,会快乐些的。奥璐儿,别哭丧着脸。一切将会否极泰来,恐怕比你梦想中的还圆满呢!尽快回来哟。暂且短别了!"

她转身走向那骇人的山谷,终于没入树丛中。这时,河的这边暮色已经浓了,四周笼罩在山坳的阴影下。

"巴狄亚,"我喊道,"巴狄亚,你在哪里?"

第十二章

巴狄亚,暮色中一具暗淡的身影,向我走来。

"你没带神所恩眷的公主过来?"他问。

"嗯,"我岂有心情告诉他所发生的事?

"那么,我们必须讨论一下如何过夜了。天色已暗得找不到路把马牵回山坳;即使可以,也得从山坳往下走过圣树,到另一边山谷去。绝不能睡在山坳上——那儿风太大了。再过一小时,连这儿,风吹不到的地方,都会冻死人,何况那边。我们恐怕必须睡在这儿,即使这不是凡人愿意逗留的地方,因为离神太近了。"

"有什么关系?"我说,"和其他地方没啥两样。"

"那么,随我来吧,姑娘。我已捡了一些树枝。"

我随着他；在静寂中（除了河水的潺潺声比先前噪耳外，四下悄然）隔着好一段距离，已能听见马齿撕咬草梗的碎裂声。

男人，又是武士，真是再神奇不过的动物。巴狄亚选择了河岸最陡峭的一处，那儿有两块岩石合在一起，构成近似岩穴的藏身处。树枝全铺好了，火也点燃了，由于被火淋湿，不时哔剥哔剥响。他从行囊中取出的食物比面包和洋葱可口，甚至有一小瓶酒。我仍是个处子（对许多事像傻瓜一样懵懂无知），觉得在悲恸、忧虑中，竟对眼前的食物垂涎三分，实在有点难为情。我从未吃过比这更可口的食物。火燃烧着，这是漆黑的天暮下唯一的光芒。在火光中的这一顿晚膳我吃得津津有味，好像在家里用餐似的。这就是人间烟火，满足人的口腹之欲、暖和人的血肉之躯。有这就够了，何必誊出心思去思索有关神和一切诡秘的事。

吃过饭，巴狄亚略带羞涩地说："姑娘，你不习惯露宿，搞不好，天还没亮，就被冻惨了。所以，请容我放肆——我算什么呢？对你而言，跟你父亲的一条狗差不多吧！——是的，请容我放胆说，让我们紧挨着身子睡，背对背，就像战场上的同袍一样。把两件披风摊开重叠，当被子合盖。"

我马上应诺。真的，世界上再也没有别的女人比我更无理由对这件事感到羞涩。不过，他这么说，我倒十分惊讶；那时,我还不知道,如果你长得够丑,所有的男人(除非对你深恶痛绝)马上会忘记你是个女人。

巴狄亚的睡态也是十足的军人本色:呼吸两下就睡沉了,但若有急事,一口气又完全醒过来(打从这件事起,屡试不爽)。我觉得自己整夜都没睡。起先,地又硬又陡,后来寒气沁骨。除此之外,思绪像万马奔腾,狂人也似的怒突贲张,绕着赛姬、我的困惑和其他事打转。

后来,空气愈来愈严酷,我只好溜出披风(外层已被夜雾浸透),来回踱步。接着发生的事,我要请有缘读到本书,能够为我主持公道的希腊仁兄特别留心阅读。

天已经蒙蒙亮了,谷里雾气深重。当我走下水塘捧水喝时(我又渴又冷),在灰茫氤氲的衬托下,那河潭有若黑暗的深渊。水是那么冰凉,一喝似乎把我散乱的心神给定住了。是淌流在神域秘谷的河水特别具有这种疗效,还是明暗的强烈对比发挥了醒脑作用?这又是一件费解的事。当我抬头再次向对岸的雾里探看,所见的景象险些叫我的心跳出胸腔。那宫殿矗立在水一方,朦朦胧胧的(彼时彼地又有哪一物象不朦胧?)却又十分具体、笃定,重重墙堵千回万转,柱列、拱廊、雕楹蟠延数亩,浑然美的迷阵,正如赛姬所说的,旷古绝今,世所未见。尖塔、拱壁森然凌空(凭我的记忆,绝对想象不出这种造型),高耸、峭拔得令人难以置信,巍峨之状恰如峭岩化箭脱弦,腾空蔚成劲枝繁花。窗牖星散,未见任何光线透出。整栋殿宇正酣睡中。某个角落里,那个"它"或"他"怀里拥着赛姬,睡眠方酣,不知它是圣善? 狰狞? 俊美或丑怪? 而我,白天时到底说了些什么? 做了些什么? 对于我的亵渎和不信,它会怎样惩罚呢? 我必须过河去,是的,哪怕会溺毙,也得想办法过河去。我必须俯伏在那块玮宫门的台阶上替自己求饶,恳求赛姬和神赦免我。我竟然胆敢指责她(更糟糕的是,竟把她当幼孩般哄劝着)无视于她的地位比我高出许多;因为若我所见的是真的,她几乎已不是凡人了……我于是陷入极大的恐惧中。忽而又想,或许这只是幻影吧。想着,便又瞧了瞧,想确定这宫殿有否消褪或改变。就在我站起身来(我一直跪在方才饮水的地方),两脚还没站稳之际,整幅景象倏然消失了。短短一瞬间,我想我瞥见云烟缭绕,状若塔楼、宫阙。但是,一下子什么蛛丝马迹全灭没了。我所凝望的,只是一片白茫茫的雾。这时,我的眼睛开始酸涩起来。

读到这里,请你评断一下。我刹那间看见(或者自以为看见)宫堡的这回事——到底对谁不利? 对神呢,还是对我? 神可否以此作为部分辩词(如果他们提出答辩的话),说这是一种征兆,一种暗示,意在指引我如何解开谜底? 关于这点,我无法接受。如果征兆的本身只不过又构成另一道谜,那又有何用? 或许吧,我顶多只能这么接受——我果真看见了,蒙在我俗眼上的迷障暂时被揭除了，以致我能够看见真相。然而，也未必；对一个心思烦乱，又似乎并非完全清醒的人来说，望穿微曦中的氤氲，想象在云雾里看见那数个时辰来不断萦绕自己胸间的，本就不足为奇。而神若蓄意降下奇绝的幻景，借以戏弄这人，则更易上加易。总之，或这或那，神都摆脱不了戏弄人的嫌疑。他们设下谜团，然后提供一无法验出真伪的线索，徒令人左右猜臆，仿佛被困在漩涡中，愈陷愈深。如果他们诚心指引人，为什么他们的指引那么扑朔迷离？赛姬三岁讲话时就很清楚了，难道说神还不到三岁？

回到巴狄亚那里时，他刚睡醒。我并没有告诉他自己看见什么。直到叙述在这本书中，我从未向人吐露过。

下山的路很不舒服，因为没有阳光，风一路刮在脸上，有时夹着骤雨。坐在巴狄亚身后，我少受了许多风雨。

近午时分，我们在一座小林子的背风处下马，拿行囊中剩余的食物裹腹。当然，那谜仍然整个早上困扰着我。就在这个风吹不到，因此有点暖和的地方（赛姬够暖吗？冷天马上就到了），我决定把全盘经过告诉巴狄亚，除了在雾中所见的之外。我深知他是个诚实的人，守得住秘密，并且有自己的一套见解。

他很认真地听着，但听完之后一言不发。我必须逼他说说感想。

"对这整件事,你怎么解释呢?巴狄亚。"

"姑娘,"他说,"我向来不敢妄谈神及有关神的事。我对神不敢不虔信。譬如,我绝不用左手吃饭;满月时绝不与我太太同房;不敢用铁刀子割开鸽胸,掏出肠脏清洗;任何亵渎、逆时的事,我一概不做,即使王上命令。至于献祭,我总照着自己的薪俸所应摆上的,如数做到。除此之外,我认为愈少与神打交道,神便愈不会惹我麻烦。"

不过,我决心逼他说出意见来。

"巴狄亚,"我说,"你想,我妹妹是不是疯了?"

"瞧,姑娘,"他回答,"你这第一句话根本就不该说。疯?蒙神恩眷的公主怎会疯?我们分明见到她了,而任何看见她的人都能确定,她的神智完全正常。"

"那么,你认为谷中真有一宫堡,虽然我什么也没看见?"

"一涉及到神的居所,我实在不清楚什么是真,什么是幻。"

"这个在黑暗中亲昵她的人又是谁?"

"无以置评。"

"噢,巴狄亚——亏得人们说你是沙场上的勇士!连悄悄告诉我你的想法,你都不敢?我急需你提供意见。"

"什么意见?姑娘?我又能做什么?"

"你怎么解释这道谜?真的有人亲近她吗?"

"她自己这么说的,姑娘。卑微如我者怎敢认为蒙神恩眷的公主撒谎?"

"他是谁?"

"她自己最清楚。"

"她什么都不知道,她自己承认从未见过他。巴狄亚,哪种丈夫会不许自己的新娘子看清他的脸?"

巴狄亚默不作声,姆指和食指捏着一小块石头在地上划来划去。

"怎么样? 你说啊!"

"这好像没什么谜不谜的嘛,"他终于开口了。

"那么,依你看,答案是什么?"

"依我看嘛——当然,这是人的浅见,神所知道的必定更清楚——我只能说,这位新郎倌的长相若让赛姬看见了,一定不讨她喜欢。"

"面目狰狞吗?"

"姑娘,别忘了,她可是被称作'兽的新娘'。好了,该上马了,回家的路还没走一半哩。"说着,他已站起来了。

他的想法,我一点都不觉得新奇;这正是折腾在我脑里各样可能的猜测中最恐怖的一个。可听他这么说,我还是吓了一跳,因为,我知道他对这答案丝毫不存疑。这时,我算是相当了解巴狄亚了,深知他之所以迟迟不肯回答我的问题,是由于不敢说出口，而非不确定。正如他所说，我所谓的谜对他并不算谜。这就像葛罗的老百姓透过他对我说话一样。无疑的，当今国中任何一个敬畏神的人都会这样认为。他们绝不会想起其他掠过我脑际的猜测；这是唯一的答案，显而易见，通明似正午。干嘛追根究底？神和幽影兽本是一体。赛姬已经献给他了，我们也获得了雨水与和平（看来伐斯国不会犯境了）。相对地，神把她带走了，带到他们的隐密处，那里，或许有某种丑陋不敢现形的东西，某种鬼灵或妖魔或禽兽似的东西——或三者皆是（关于神的事，人岂能说清？）——正随心所欲地享受她。

我真是六神无主，所以，一路上，再也没什么念头窜出来跟巴狄亚的答案作对。感觉上，我像一个遭受拷打的囚犯，正要昏厥的刹那，被人泼水在脸上，于是，比所有幻觉还令人难挨的真相，又重新大白在眼前，硬绷绷的事实，无可置疑。此刻，一切我其他的猜测，在我看来，简直就是自己随兴编造出来的如意美梦；不过，现在，我醒过来了。哪有什么谜团？最坏的可能就是真相，像人脸上的鼻子那样一目了然。是畏惧曚瞎了我的眼，让我老是明白不过来。

我的手暗中握紧了披风的剑把。生病之前，我曾发誓，如果无法可想，我宁愿杀死赛姬，也不愿让她任由妖怪逞欲、解饥。现在，我又重新痛下决心。想到所下的决心，连自己都不免颤惊。"事情到了这步田地，"我的心在说话，"就只能把她杀了。"（巴狄亚已经教我如何命中要害，叫人一剑毙命）。然而，下一刻，我又心软了，忍不住痛哭失声，直到分不清是泪水还是雨水湿透了面纱。（先前的骤雨这时已缓作霏霏细雨。）我转念一想，干嘛要救她脱离兽，或劝她与兽作对？也许根本就不该干涉这件事。"她那么快乐，"我的心说，"不管它是什么，是疯狂或神或怪兽，总之，她很快乐。这是你亲眼看见的。在山中的她，比以前与你相处时要快乐十倍。由她去吧！不要糟蹋了她的幸福。明知自己办不到的，不要去破坏。"

我们已经下到山脚了，安姬宫几乎在望（如果视线不被雨幕遮挡的话）。我并未被自己的心说服。我发觉单单希冀所爱的人快乐是不够的，有一种爱比这更深沉。为人父的愿意看自己的女儿因卖淫而快乐吗？一个女人可以忍受自己的情人做个快乐的懦夫吗？我的手又移回剑把。"不行，无论如何，不行。不管后果如何，不计一切代价，她死、我死或千千万万人死，即使与众神厮杀得片甲不留，赛姬不行——绝对不行——供妖怪淫乐。"

"我们总是王的女儿啊！"我说。

话音未落，我就止住了，我是国王的女儿，可他是怎样的国王啊。我们正涉过舍尼特河，巴狄亚（心里总不忘盘算下一步该做的事）告诉我，一越过市区，未到王宫之前，我最好及时下马,穿过那条小巷——就是蕾迪芙第一次看见赛姬受人膜拜的地方——再经由花园从后门回到女房。要是父王发现"大病卧床无法到栋梁室帮他忙的我",竟然跋山涉水溜到圣树那里,想想也知道他会怎么收拾我。

第十三章

　　宫里几乎已被暮色淹漫，当我走近寝室门口时，有一道声音用希腊语问："一切可好？"是狐。据侍女说，他蹲在那里，像只猫守候在老鼠洞口，已有好一阵子了。

　　"还活着，公公，"我说，亲了他一下，"你先出去，但尽快回来。我全身湿得像条鱼，必须洗澡、更衣、吃饭。你一回来，我会把一切告诉你。"

　　换好衣服，快吃完饭时，他来敲门了。我叫他进来，同桌坐下，为他倒了杯酒。寝室内没有其他人，除了朴碧之外，这位肤色黝黑的女孩是我的随身近侍，对我忠心耿耿，又有情分。她不懂希腊语。

　　"还活着，你说。"狐举杯说道，"瞧，让我向宙斯，伟大的拯救者，敬酒。"他希腊式地旋了下酒杯，敏捷得只让一滴酒逸出。

"嗯，公公，还活着，健康极了，还说她很快乐。"

"我感觉自己的心快乐得嘭嘭跳着，孩子。"他说，"你的话几乎让人难以置信。"

"这是甜头，公公，酸楚的在后头。"

"说啊！酸甜苦辣都得接受。"

我把整个经过告诉他，但保留了雾中瞬间的一瞥。看到他的神色随着我的叙述逐渐黯然，又知是我使然，于是心中十分凄惶，不由得自问："如果连这样，你都觉得不忍，又怎忍心粉碎赛姬的快乐？"

"唉，可怜的赛姬！"狐说，"这小娃儿可被整惨了！藜芦算是对症下药，再加上休息、静养和悉心的照顾！噢，我们能使她恢复正常的。是的，我有十足的把握，只要我们好好看护她。只是，要如何——提供她所需要的呢？孩子，我真是束手无策了。我们必须动动脑筋，筹谋一番。我多么希望自己是奥德修斯，或赫尔墨斯。"①

---

① Odysseus，在荷马两部伟大的史诗《伊利亚特》和《奥德赛》里，他是众多英雄中最为足智多谋的；赫尔墨斯(Hermes)则为穿梭在众神之间传达信息的"神使"，来回奔波的形象自然使他成为天涯旅人的保护神。

"那么，依你看，她是疯了，确实疯了？"

他看了我一眼。"怎么啦，孩子，你难道还有别的想法。"

"你会说我愚蠢，我想。但是，公公，你又没跟她在一起。她泰然自若，话中没有半点错乱。同时，她笑得很开心，眼神又不焕散。如果当时我闭着眼睛，恐怕也会相信她所说的宫堡就像这座王宫一样真实。"

"但是，你的眼睛是睁开的，你并没有看见什么。"

"你难道不认为——不可能的吗？——没有百分之一的机会吗？——有些事物真的存在，虽然我们看不见？"

"我当然认为有这可能，譬如说，公义啦，平等啦，灵魂啦，还有音乐。"

"噢，公公，我指的不是这些。如果人除了躯体外，尚有看不见的灵魂，难道屋子就没有灵魂吗？"

他搔搔头，像束手无策的老师惯有的动作。

"孩子，"他说，"你让我相信，原来，几年下来你根本从未了解过'灵魂'这个字所代表的含义。"

"你了解的含义，我知道得够清楚了，公公。但是，你，即使是你，就通晓万事万物吗？难道除了我们所见的之外，就没有其他东西——我指的是实体的东西——存在吗？"

"太多了，譬如，我们背后的东西，远处的东西。甚至，所有的东西，如果周围一片漆黑的话。"他趋身向前，把手放在我的肩上。"我开始想,孩子,如果我找得到那藜芦,第一帖就该用在你身上。"他说。

起先,我有点想告诉他雾中见到的那一瞥宫景。但是,我说不出口;他是世界上最不能接受这种事情的人。这当儿,他已经让我对曾有过的想法感到羞愧了。还好,一个叫人快活点的想法掠过我的脑际。

"那么,也许。"我说,"这个在黑暗中亲昵她的郎君原也是出自她的狂想。"

"我希望自己能相信是这回事。"狐说。

"为什么不能相信?公公。"

"你说她体态丰满,肤色红润?没有挨饿的迹象?"

"她从未这样健美过。"

"那么,这些天来,是谁给她东西吃?"

我无言以对。

"是谁替她开铁链?"

我从未想过这问题。"公公!"我说,"你到底在想些什么?你——特别是你——不会是在暗示做这些事的是神吧?如果我这样说,必会让你讥笑。"

"我大概会哭吧!噢,孩子啊孩子,什么时候我才能把那些三姑六婆、算命郎中、庙公祭司从你魂间清理出去?你想,神圣的大自然——哇,这太亵渎了,太荒谬了。你何不干脆说宇宙发痒了或万物的本质偶尔在酒窖里醉倒了?"

"我又没说它是神,公公。"我说,"人家只是问,你想它是谁。"

"人啊,当然是人。"狐说,双手捶着桌面。你难道还幼稚无知? 一点都不知道山中有人?"

"人!"我喘着气。

"是啊,流浪汉、无家可归的人、亡命之徒、小偷。你的机灵劲儿到哪儿去了?"

我气得涨红了脸,整个身子跳了起来。凭我们的出身——王室的女儿,即使透过合法的婚配,与没有神圣血统的人交媾(这个人至少也须是个王族之孙),都是件让人打从心底作呕的事。狐的想法令人难以忍受。

"你胡说什么?"我问他,"赛姬宁可被绑在尘桩上烧死,也不愿——"

"冷静点,孩子。"狐说,"赛姬毫不知情。据我看来,某个强盗或逃犯发现这可怜的娃儿,被恐惧、孤单、加上饥渴,整得半疯了,于是替她解开铁链。再说,如果她神智错乱的话,在疯狂的状态中最可能呓语些什么? 当然是她那座在山上用黄金和琥珀砌成的宫堡。从小,她就有这幻想。那家伙就顺手推舟,说他是神的使者……为什么? 她所说的西风的神就是这么来的。其实,是这个人把她带到谷中来,又在她耳边轻

139

语说，神，她的新郎，晚上会来。天黑之后，这人就回来了。

"那宫堡呢？"

"她长久以来的幻想，疯狂了的她信以为真。她怎样对这流氓描述这幢华屋，他便照样应和。也许还加盐添醋一番。幻象就这般愈叠愈牢固。"

那天，这是我第二次被吓得魂不附体。经狐这么一解释，事情变得平常而明白，容不得我怀疑。当巴狄亚说出他的看法时，也是这样。

"看来，公公。"我有气无力地说，"谜被你解开了。"

"这根本不必借助于俄狄浦斯。① 但真正的谜还待破解哩。我们应该怎么办？噢，我真是钝极了，什么办法也想不出。你的父亲常掴我耳光，把我的脑筋都给掴糊涂了。一定有办法的……只是时间太紧迫了。"

"行动也太不自由了。我总不能老是装病猫，赖在床上。父王一旦知道我人好好的，我怎能再上山一趟？"

---

① Oedipus。在希腊神话中，这位弑父娶母的悲剧英雄，最脍炙人口的特色是他的善于解谜。人面兽身的怪物斯芬克斯（Sphinx）据守在底比斯城外，要求每一个进城的人解开他的谜题："什么动物早晨用四只脚走路，中午用两只脚，黄昏用三只脚？"若猜不出，当场便把这个人勒毙。底比斯全城风声鹤唳，如遭围城。有一天俄狄浦斯恰巧路过这里，不假思索便将谜底揭穿："人"。斯芬克斯无法继续作怪，底比斯人将俄狄浦斯视为救星，并拥戴他为王。

"噢,关于这点——我差点忘了,今天有消息传来。狮子又开始出现了。"

"什么?"我惊叫一声,"在山上吗?"

"不,不,没那么糟糕。其实,倒是个好消息。在南部某地方吧,宁寇以西。王将召开一场狩狮大会。"

"狮子又回来了……所以,安姬又耍了我们一遭。这回,他或许会献祭蕾迪芙吧。王是否大发雷霆?"

"大发雷霆?不,为什么?想想也知道,损失一位牧人,几条灵犬(在他看来比牧人还值钱),和数目不详的阉牛,对他,还算是好消息哩!从没见他那么兴致勃勃过。整天,他嘴里嘟哝的尽是狗啊,猎具啊,天气啊……这类杂七杂八的东西,又忙进忙出——传令给这个侯,那个爵的——和司猎官深谈——巡视狗舍——为马蹄上铁——啤酒如水猛灌——甚至连我的背都被他称兄道弟地拍得肋骨作痛。与我们有关的是,至少明后两天,他会出外狩猎。幸运的话,还会持续五、六天哩。"

"我们应该把握住这机会。"

"不能再拖了。明早天一亮,他就出发。不管怎样,事不宜迟。山上一入冬,露宿野外,她必死无疑。同时,再耽搁下去,她准会怀孕。"

我好像心窝被击了一拳。"让这人生大痲疯,长癣!"我气咻咻地说,"咒他,咒他!赛姬怀乞丐的孬种?一旦被我们抓到,就给他来个剐刑,一寸一寸凌迟他,让他不得好死。噢,我恨不得咬他的肉、啃他的骨。"

"你这么激动只会扰乱我们的计划——和你自己的灵魂。"狐说,"真希望有个地方可以让她藏身(如果我们如愿带她下山的话)!"

"我已想过了。"我说,"我们可以把她藏在巴狄亚家。"

"巴狄亚,他绝不敢把一个被献祭的人窝藏在家里。一涉及神和坊间鬼怪的传闻,他连自己的影子都怕。他啊,愚夫一个。"

"他才不是,"我厉声反驳。狐老是瞧不起没有他理念中所谓希腊慧根的人,不管这人多勇敢、多诚实。这点相当令我气愤。

"即使巴狄亚肯?"狐进一步说,"他的妻子也不容许他。巴狄亚怕太太是出了名的。"

"巴狄亚!像他这样的男子汉?我才不相信——"

"呸!他是个情痴,像阿尔喀比亚德一样。① 怎么说呢?

---

① Alcibiades(西元前 450—404 年)。他的俊美和才华是当代希腊人中的佼佼者,曾得苏格拉底的赏识,收为门生。但是,他野心勃勃,缺乏操守,经常纵横捭阖于雅典、斯巴达和波斯之间,制造争端,给雅典政局带来层出不穷的骚扰。后来,苏格拉底被控"败坏年轻人的德性",例证之一便是他的种种劣行。除了是个没有立场的天才军事家外,他也是个有名的情痴,娶豪门之女为妻,又喜拈花惹草,曾在出任斯巴达王阿基斯二世(Agis Ⅱ)的参谋时,染指王后。

这家伙娶太太时不要求嫁妆的——纯粹为了她的姿色,可以这么说。全城的人都知道这回事,而她呢?把他当奴隶一样指使。"

"那她一定是非常凶恶的女人啰,公公?"

"她是不是干我们什么事?不过,你本不该想要把我们的宝贝赛姬安顿在他们家。还是远一点好,孩子,必须把她送出葛罗。万一葛罗人知道她没死,准会把她找出来再献祭一次。把她送到她母亲的娘家呢?我又觉得行不通。噢,宙斯,宙斯,宙斯,多么希望我有十个重甲步兵,加上一位头脑清楚的人率领他们!"

"我甚至不知道,"我说,"要怎样才能说服她离开山上。她顽固极了,公公,不像从前那样听我的话。我想,我们必须用武力。"

"我们哪来武力?我是个奴隶,你又是个女流。我们不能带领十二个持矛的兵丁上山。即使能,秘密就保不住了。"

这之后,我们呆坐了好一会儿。火舌摇曳不定,朴碧盘腿坐在壁炉旁,添了根柴进去,一面用珠子玩着一种她家乡特有的游戏(她曾经试着教我,我却老学不会)。狐多次欲言又止。看来,他不断想出新的计谋,只是马上又看出其中的破绽。

最后,我说:"只能这么办,公公。我必须回到赛姬那儿,想办法说服她。只要她站到我们这一边,只要她知道自己的处境多么可羞多么危险，我们三个人可以再好好想办法。也许，她和我必须一起浪迹天涯——像俄狄浦斯一样。"

"还有我，"狐说，"你曾经劝我逃。这次，我要逃了。"

"有件事是确定的，"我说，"她不能留在那边供那流氓糟蹋。我一定会采取行动的，任何行动；只要能制止这件事，我责无旁贷。她的母亲死了。（除了我之外，她哪知道什么母亲？）她的父亲是脓包，不只是脓包父亲，也是脓包国王。王室的荣耀——赛姬本人——只有我能护卫。她绝不能留在山上，必要的话，我将……我将……"

"将怎么做呢？孩子！你脸都白了，要昏倒了吗？"

"如果别无他法可想，我就杀掉她。"

"胡说！"狐大喊一声，连朴碧都中止游戏，转眼瞧他。"孩子啊孩子，你被激情冲昏头了。你可知道这是怎么回事？你的心现在是一分爱、五分怒气和七分骄傲。神知道我爱赛姬，你也知道；你知道我像你一样爱她。想到我们的宝贝——阿耳忒弥斯①和阿芙洛狄忒的综合体——过着乞丐般的生活，又躺在一个乞丐的臂弯里，是多么令人伤心的事。即使这样，都胜过你所说的那件可憎的伤天害理的事。为什么？平心静

---

① 阿耳忒弥斯（Artemis），希腊女神之一，由于性喜狩猎，故以"女战士"的形象著称。荷马以后的诗人，常拿她与阿芙洛狄忒对比，视之为贞烈的象征。

气想一想，务求合乎理性和自然，不要感情用事。虽然处境卑微、艰困，虽然是穷人的妻子——"

"妻子！不如说是他的姘头、娼妇、妓女、窑娘。"

"自然不懂得这些称呼。你所谓的王族通婚，是依循法律和习俗的，不一定合乎自然。自然的婚姻是一男一女的结合，男的追求，女的应允，就行了。所以——"

"男的追求——我看，更可能是胁迫或欺骗吧？——他只不过是杀人犯、夷狄、逆贼、逃奴或其他什么龌龊角色。"

"龌龊？我的看法与你的不同。我自己便是个夷狄兼奴隶，也随时准备逃亡——不顾被鞭打和戳刺的危险——只为了对你和对她的爱。"

"你当我的父亲，十倍有余，"我说，拉起他的手凑近自己的唇。"我没有这个意思。但是，公公，有些事你并不了解。赛姬自己也这么说。"

"可爱的赛姬，"他说，"我常常这样教她。很高兴她学得这么到家。她从来都是好学生。"

"不相信我们家人身上流有神的血液？"我问。

"当然相信。所有家族皆然。所有人类都有神的血统，因为每个人里面都有神性。我们都本于一，即使那个染指赛姬的人也不例外。我称他流氓或歹徒。他极可能是。但也有可能不是。好人也可能沦为逃犯或流浪汉。"

我默不作声。他说的话我全听不进去。

"孩子,"狐突然说(我想,女人,至少爱你的女人,不会这样做),"老年人睡得比较早。我的眼睛几乎睁不开了。让我走吧。也许明天早上,我们能把事情看得清楚些。"

除了遣他走之外,我还能做什么?这就是男人让人泄气的地方,最忠实的男人也不例外。他们刚专心致力于一件事,但是某件无聊的琐事,像吃饭啦、喝杯酒啦、睡觉啦、开个玩笑啦或一个女人啦,总会蹦出来分他们的心,于是(即使你是女王),也得将就他们,让他们称心如意把这琐事排遣妥当再说。当时,我还不懂这个。莫大的孤寂涌上心头。

"每个人都离我而去了,"我说,"没有人关心赛姬。他们根本不把她放在心上。赛姬之于他们,还不及朴碧之于我。稍微替她设想一下,他们就累了,就得去做其他的事,狐去睡觉,巴狄亚回到他那美娇娘身边——去挨骂。奥璐儿,你真孤单。看来,需要做什么,你必须自己筹谋、行动。没有人会帮你。所有的神和人都不睬你了。你必须自己猜谜。不要奢望有什么话会临到你,一直要等到你猜错了,他们才蜂拥而至,责备你、嘲笑你、惩罚你。"

我叫朴碧上床睡觉。然后,我做了一件我认为极少人做过的事。我自己,单独向神说话,想到什么说什么,不在庙里,也没献祭。我俯卧在地,全心地呼唤他们。我收回从前说过的一切违抗他们的话。我答应做任何他们要我做的事,只要他们给我一个兆头。他们什么也没给我。当我开始祈求时,屋里映着酡红的火光,屋顶上雨声淅沥;当我再起身的时候,火已经微弱多了,雨仍然咚咚下着。

这时,觉察到自己孤立无援,我说:"我必须采取行动……不管做什么。所以,今晚,一定要好好休息。"我躺上床。当时,我的情况正是这样……身体很累,所以,一下子就睡着了;但是,心情极度悲痛,只要身体的疲劳一恢复,马上会醒过来。午夜过后没几个时辰,我就醒了,再也睡不着。火熄了,雨也停了。我走到窗前,望着窗外那片空茫的黑色,用手揪起一把头发,以指关节顶着前额思索。

我的神智比昨晚清醒多了。现在,我知道自己,很奇怪地,先后接受了巴狄亚和狐的解释。但,其中必有一个是错的。我找不出哪一个错,因为两者各有道理。如果葛罗人信的是真的,巴狄亚所说的就站得住脚;如果狐的哲学是真的,狐所说的就站得住脚。但是,我无法分辨到底是葛罗的信仰对,还是希腊的智慧对。我生长在葛罗,又是狐的学生;我发现多年来自己原是活在这两种不同的信念中;一半这,一半那,从未调谐过。

那么,何必在巴狄亚和老师之间判定是非呢?这么一说,我竟然发觉(并且稀奇自己为什么一直没发觉)他们两人的说法其实没有什么区别。因为，两人都同意一点：相信某一邪恶或可耻的东西占有了赛姬。杀人害命的窃贼或神出鬼没的幽影兽——这两者有区别吗？有一件事是他们两人都不信的：那夜里前来亲昵她的，是某种美好的存在。除了我之外，没有人曾经这样大胆地想过。凭什么他们应这样想？只有绝望之余异想天开的我才会认为这是可能的。这东西在黑夜里来，又不准人看见。什么样的郎君会躲避新娘子的睇视，除非他有不可告人的理由。

甚至连我都只瞬间臆及与这相反的可能，那是当我凝视着河对岸那宛若宫堡的幻景时。

"它绝不可占有她，"我说，"她不可以躺在那么龌龊的怀抱里。今夜必须是最后一夜。"

突然间，记忆里山谷中那位容光焕发、喜乐洋溢的赛姬浮现在我眼前。那可怕的试探又回来了：且容让她沉缅在那虽然愚呆但却快乐无比的美梦中吧，管它后果如何，由她去吧，何必硬要把她拉回悲苦的现实呢？难道对她我非要作个穷追猛讨的复仇女神，不能作个慈祥的母亲？有一部分的我这样说："不要多管闲事。所有的一切有可能是真的。你是置身在自己无法了解的奇迹中。小心，小心。谁知道你会为她和自己招来什么灾殃？"但另一部分的我回答说："我是她的母亲，可也是她的父亲。（除了我之外，她哪有父母？）所以，我对她的爱必须严格而深谋远虑,不能随随便便、放任纵容。爱有时必须采取壮士断腕的手段。毕竟,她只是个孩子。如果这件事让我百思莫解,更何况她?孩子必须听长辈的话。想当年,我叫理发师拔出扎入她手中的刺时,不也是很心痛吗?然而,我处置得很恰当,不是吗?"

我痛下决心。现在,我已经知道应该怎么做了,并且不能拖过这一个即将破晓的日子——只要巴狄亚不跟着去猎狮,而我又能说服他摆脱他那个妻子的话。做人啊,即使在极度的悲恸中,也会对一只老在脸上嗡叫不停的苍蝇耿耿于怀,一想到他的娇妻,这个受宠的,突然间蹦出来阻碍我计划的女人,我的心里就有气。

我躺回床上静候天明,心中笃定知道应如何采取行动。

第十四章

似乎过了好一阵子，宫里才开始有动静，虽然王要出狩使大家比平常早起。我一直等到宫里已一片喧噪，才起床着衣，我穿上前日所穿的衣服，带了一个瓦瓮。这一回，瓮内我放进了一盏灯，一小瓶油和一长条细麻布。

约有一个半掌幅宽，正是葛罗的伴娘用来裹身的那种。我的这条，从赛姬的母亲结婚那晚之后，便一直藏在箱箧里。接着，我叫朴碧起床，为我端进食物；我吃了少许，把其余的放进瓮里，盖在麻布下。听到马蹄声、鸣角声和吆喝声，我知道王的猎狮行伍已出发了。我于是戴上面纱，穿上披风，走出寝宫。我叫第一个碰见的奴隶去问清楚巴狄亚是否随王出狩，如果他留在宫中，请他来见我。我在栋梁室等他。单独一个人在那里,让我觉得有种异样的自由;的确,虽然忧虑重重,我仍然感受到王一不在,整座王宫变得快活、自如多了。我想,从人们的表情,就可以知道大家都感受到了。

巴狄亚来见我。

"巴狄亚?"我说,"我必须再去山中一趟。"

"我不可能跟你一道去,姑娘,"他说,"我所以未随王出狩(真是霉运),单单为了一项任务:看守王宫。我甚至必须在这里过夜,直到王回来。"

这让我太失望了。"噢,巴狄亚,"我说,"那我们该怎么办?我着急死了,为了我妹妹的事。"

巴狄亚用食指抚过上唇,这是他懊恼时惯有动作。"而且,你又不会骑马。"他说,"说不定可以——不,这是糗念头。没有任何马可以交给不会骑马的人骑。练过几天武也无济于事。最好的办法是叫另一个人陪你去。"

"但是,巴狄亚,必须是你。其他人不行,这是非常秘密的行动。"

"我可以让格连陪你去两天一夜。"

"谁是格连?"

"那皮肤黝黑的矮个子。他很可靠。"

"他能守口如瓶吗?"

"叫他开口才是问题。这么多天来,难得听他说上十句话。不过，他很忠心，对我尤其忠心，因为我曾经帮过他。"

"这和有你陪又不一样，巴狄亚。"

"这是最好的安排了，姑娘，除非你能等。"

我说我不能等，巴狄亚便传令叫来格连。他是一个脸颊瘦削的人，瞳孔乌亮，怯生生地觑我（我以为）。巴狄亚叫他备马，在小巷与市街的交会处等我。

格连一走，我便说："巴狄亚，给我一把匕首。"

"匕首？姑娘，做什么用呢？"

"做匕首用啊！给我吧，巴狄亚，你知道我没有不良的企图。"

他诧异地看我一眼，到底还是给了我。我把它挂在腰带上，也就是前一天挂剑的地方。"巴狄亚，再见！"我说。

"再见！姑娘？你会呆过一宿吗？""不知道！"我说。丢下他在那里莫名其妙，我赶忙出宫，疾步穿过小巷与格连会合。他把我安放在马背上（碰到我时，除非是我幻想，活像摸到蛇或巫婆），我们随即出发。

那天的旅程和上次的完全不同。整天，除了"是的，姑娘"或"不，姑娘"，格连再也没说别的话。雨也大多了，甚至骤雨之间吹的风都是湿的。天色一片阴灰，沿途的山和谷，前日我和巴狄亚路过时，光影分明，这天则一片迷濛。由于晚了几个小时出发，那天我们从山坳走下秘谷时是正午过后，而今天已近黄昏了。到了那里，好像神有意耍弄（或许真是这样），天气转晴了，让人不由得以为谷中自有阳光。咆哮的风雨只能像山脉一样环伺在它的外围。

我把格连带到上回巴狄亚和我同衾过夜的地方，告诉他在那里等我，不要随意渡河。"我必须自己单独过河。夜幕低垂时，或夜里，我也许会渡回这头。但是，只要在这头，我都会留在那边，靠近水浅可渡的地方。不要来找我，除非我叫你来。"

他又是一句"是的，姑娘"，露出对此行不太感兴趣的神色。

我走向水浅的地方——距格连约有一箭程远。我的心仍静若冰、重如铅、冷似土；但是，丝毫不怀疑、犹豫。我踏上第一块过河的石头，喊出赛姬的名字。她一定就在近旁，因为一会儿我便看见她走下岸边来。我们好似爱的两种形象——快乐的和严格的——她，那么年轻、那么容光焕发，两眼和四肢都洋溢着喜乐——我呢？心事重重，意志坚决，携带着痛苦。

"我说得没错吧，麦雅，"我一渡过河与她相拥，她便说，"父王并没有拦阻你，对吧？向我这位女先知致敬！"

我吃了一惊，因为完全忘了她曾这样预言，我随即把这感觉撇在一旁，以后再想。此刻，行动要紧，绝对不能再迟疑、思索。

她带我走离河身些许——不知是进入她那座幻宫的哪一部分——我们坐了下来。我扯下兜帽，摘掉面纱，把瓦瓮放在身旁。

"噢，奥璐儿，"赛姬说，"你脸上阴云密布！小时候，你大大生我气时，便是这副表情。"

"我生过你的气吗？哦，赛姬，你可知每回我骂你或拒绝你时，心里都比你难过十倍？"

"姐姐，我又没怪你的意思。"

"那么，今天也别怪我，因为我们必须严肃地谈一谈。现在，听着，赛姬！我们的父亲根本不像父亲。你的母亲又死得早，你根本从未见过她的亲人。我一直是——从前我努力做到，现在仍需尽力扮演——你的父亲兼母亲兼亲人，甚至也做你的王。"

"麦雅，从我出生以来，你照顾我胜过这一切。你和亲爱的狐是我唯一的亲人。"

"是的，还有狐。等一下，我会提到他的。这样说来，赛姬，如果有人必须照顾你、建议你、护庇你，必须告诉你像我们这种身上流有神的血液的人应该怎样洁身自爱，这人必然是我。"

"但是，奥璐儿，你说这些做什么呢？你不会以为我现在有了丈夫，就不爱你了吧？我多么希望你能了解，这只会使我更加爱你——更加爱每个人、每样事物。"

听她这么说，我全身打了个哆嗦，不过，被我掩盖过去了。"我知道你仍爱我，赛姬，"我继续说，"如果不是的话，我就活不下去了，但是，你也要信任我。"

她一言不发，我已说到紧要关头了，想起这事的可怕，竟说不出话来，我搜索枯肠，考虑怎样开口。

"上回你提到，"我说，"我们把你手中的刺拔出那件事。那次，我们的确把你弄痛了。但是，我们做得对。爱有时必须不怕让对方痛苦。今天，我必须再一次让你痛苦。赛姬啊！你还只是个孩子，不能自己爱怎么做，就怎样做。你要让我管你、引导你。"

"奥璐儿，现在我有丈夫可以引导我了。"

她反复这么说，实在很难叫人不生气、不害怕。我咬咬嘴唇，然后说："唉，赛姬，正是为了你的这位丈夫（你这么称呼他），我必须让你难过一番。"我盯住她的眼睛，厉声说："他是谁？他是什么东西？"

"一位神，"她说，声音低微、轻颤，"我想，是阴山的神。"

"唉，赛姬，你被骗了。如果知道真相，你会宁可死，也不愿与他同床。"

"真相？"

"我们必须面对它，孩子，鼓起勇气。让我拔掉这根刺。

155

一个不敢露面的神会是怎样的神呢？"

"不敢露面？别再激怒我了，奥璐儿。"

"想想，赛姬。美丽的事物会遮掩自己的面目吗？光明正大的人会怕别人知道他的名字？且听我说，你必须从心里认清事实，不管你嘴上怎么袒护他。想想，你被称为谁的新娘？兽的。再想想，若不是兽，什么人会住在这山上？盗贼和杀人犯，比野兽还凶恶的人，像山羊一样好色，我敢说。落入这种人的手中，他们会放过你吗？孩子，这就是你的郎君。若非是一怪兽——魅影兼怪兽，总之，是种鬼异的、幽灵似的东西——便是大坏蛋，他的唇，只要碰到你的脚或你的衣摆，就会玷污我们的血统。"

她静默了好一会儿，目光落在两腿之间。

"被我说中了？赛姬，"我终于打破沉默，语气尽量温和——但是，她把我抚慰她的手甩开。

"你会错意了，奥璐儿，如果我脸发白，那是因为愤怒。不过，瞧，姐姐，我把怒火给克制住了。我会原谅你的。你毕竟是好意——我相信。但是，你怎会用这样的想法来抹黑、折磨自己的心灵……别再这样了。如果你曾爱过我，现在就抛开这些想法。"

"抹黑我的心灵……？不只我一个人这么想。告诉我，赛姬，我们所认识的最有智慧的两个人是谁？"

"狐是其中的一个。至于第二个——我认识的人不多。我想，巴狄亚这个人也蛮有他自己的见解的。"

"那天晚上，在五角狱里，你自己说他是个足智多谋的人。现在，赛姬，这两个人——完全不同类型的智者——对你的这位丈夫，都有同样的看法，包括我在内。他们毫无疑问地彼此同意。我们三个人都确信不疑。他若非幽影兽，便是罪犯。"

"你把我的故事告诉他们了？这太不够意思了。我叫你要保密。我的主人不准我说出去的。哦，奥璐儿！这不像你，倒像葩姐哩。"

我忍不住脸气得通红，但是，我绝不罢休。"毫无疑问的，"我说，"这东西——这被你称为丈夫的东西——是诡秘得不可揣测的。孩子，难道他那丑陋的爱情弄瞎了你的心眼，让你看不清最明显的事实？一位神？但是，对你，他偷偷摸摸，还啰嗦着：'嘘！''保密啊！''别泄漏出去！'活像个逃奴。"

我不确定她有没有听进去，只见她说："狐也这样想！太奇怪了。我本以为他不会相信有幽影兽这东西。"

我并没说他相信，但如果她这样领会我的话，我认为没有纠正她的必要。这是个可以把她导向关键真相的错误。只要她能醒悟过来，任何可行的办法我都可以接受。

"他、我和巴狄亚，"我说，"没有一个人稍曾一刻相信如你所幻想的——它是个好东西；更别说这石南丛生的荒野可能是宫堡了。我敢保证,赛姬,若问葛罗的男女百姓,每个人都会说同样的话。事实太明显了。"

"这又干我何事?他们怎会明白!我是他的妻子,我知道。"

"你从未见过他,怎么知道?"

"奥璐儿,你怎么这样单纯!我——我怎会不知道?"

"你怎么知道,赛姬?"

"叫我怎样回答这种问题呢?这根本不宜……不宜明说……尤其对你,姐姐,你还是个处女哩。"

这种妇人式的一本正经,由像她这样的孩子表露出来,简直叫我受不了。看来,她几乎在揶揄我(现在,我认为她并不是这意思)。不过,我还是强作镇定。

"好吧,如果你这么确定,赛姬,你该不会拒绝证实它吧?"

"证实?虽然我自己并不需要。"

"我带来了一盏灯,一些油。瞧,就在这里。"(我把它们放在她旁边。)"等到他——或它——睡着时,照看看。"

"我不能这样做。"

"唉!你看!你就是不愿证实。为什么?因为你自己也不确定。如果你确定的话,会急于想证实的。如果他,如你所说的,是神,只要一瞥,就能叫我们解除一切的疑惑。你所谓的我们的黑暗的想法就能一扫而空。但是,你不敢。"

"噢,奥璐儿,你的想法真怕人! 我不敢的理由是——他不许我,更别说你怂恿我玩的这把戏。"

"这种不许啊,还有你的服从,在我——在巴狄亚和狐——看来,只有一个理由。"

"那么,你们对爱情懂得太少了。"

"你又在揶揄我的童贞了。算了吧,总比你陷入粪坑的好。你此刻所说的爱,我是一无所知。要听这类的悄悄话,比起我来,蕾迪芙——或是安姬宫里的庙姑,或是父王的婊子们——会是更好的听众。我知道的,是另一种爱。你不久就会发现它是什么了。你不该……"

"奥璐儿,奥璐儿,你胡言乱语,"赛姬说,她并没有生气,只是睁大了眼睛看我,很伤心的样子,但是伤心归伤心,没有半点屈服的迹象。别人会以为她是我的母亲,而非我(几乎)是她的母亲。我早已知道过去那个乖顺的赛姬永远消失了;只是这回仍把我吓了一跳。

"是的,"我说,"我胡言乱语。你把我激怒了。但我总是这么想(如果我错了的话,你会纠正我的,对不对?),任何种类的爱都急于为他们所爱的洗清不实的罪名,如果办得到的话。对一个母亲说,她的孩子丑死了,如果他很俊美,她会马上把他现出来给大家看,任何禁令都阻止不了她。要是她把他藏起来,这就表示别人的指控是对的。你怕证实,赛姬。"

"我怕——不,我羞于——违抗他。"

"瞧,你把他纵容成什么样子!简直比我们的父亲还差劲。违抗这么不合理的命令,为了这么好的理由——他若真爱你,会生你的气吗?"

"你太幼稚了,奥璐儿,"她摇头回答,"他是个神,他决定怎么做,都有理由的,这点毋庸置疑。我凭什么要知道呢?我只是他的单纯的赛姬。"

"这么说,你不愿意了?你认为——这可是你自己说的,你可以证明他是神,好除掉那困扰我的疑惧,但是你不愿意这样做。"

"如果我能的话,我会愿意的。"

我环顾四周。太阳已快落到山坳后了。一会儿,她会遣我走。我于是站起身来。

"这件事该了结了,"我说,"你必须照我的意思做,赛姬,我命令你。"

"亲爱的麦雅,我已经没有服从你的义务了。"

"那么,就让我的生命结束在这里吧!"说着,我把披风甩后,伸出赤裸的左臂,一刀用匕首刺透,直到刀尖露了出来。把刀从伤口抽回,那才真叫痛;我不知道自己当时为什么丝毫不觉得痛。

"奥璐儿!你疯啦?"赛姬叫着,跳了起来。

"瓮中有麻布,拿来替我裹伤,"我一面说,一面坐了下来,把左臂托直,让血滴在石南上。

我以为她会尖叫一声,绞扭着手,或昏倒过去。她的脸吓得够白了,不过,还算镇定。她替我包扎手臂。血一层一层渗出,但终于被她止住了。(我戳的部位无甚大碍,算是幸运的了。当年的我若像现在一样,对手臂的内部构造了若指掌,可能就不敢下决心这样做了。谁知道呢?)

裹伤费了点功夫,当我们再开口交谈时,日更西沉了,空气也更冷了。

"麦雅,"赛姬说,"你为什么要这样做?"

"让你知道我心里多着急。孩子,是你逼我走上了绝路。现在,我让你选择。这刀锋上还沾着我的血,就凭着它发誓吧,说你今天晚上便照着我的吩咐做,否则,我先杀了你,再自戕。"

"奥璐儿,"她说,头微仰,很有后仪的样子,"你省了这招吧,何必用杀我来威胁呢? 你对我另有一种影响力。"

"那么,发誓吧,孩子。你知道我从未背过誓。"

她此刻的表情是我无法了解的。我想,一个情人——我的意思是,情夫——也许会用同样的表情看背叛他的女人。最后,她说:

"你的确让我领教了一种我从未见识过的爱。那就像窥入一座幽暗的无底坑一样。这种爱是否比恨好,我实在不知道。噢,奥璐儿——你明知我对你的爱,明知它根深蒂固,不会因任何其他新起的爱而稍有减退,便利用它作工具、武器、策略和折磨人的刑具——我开始觉得自己从未了解过你。不管以后发生什么,你我之间的情谊算是就此断绝了。"

"不必再嚼舌根了,"我说,"除非你发誓,否则,我们两人就在此同归于尽。"

"如果我照做,"她激动地说,"那不是因为我怀疑自己的丈夫或他对我的爱,而是因为我认为他比你好。他没有你这么残忍,我信得过他。他会了解我违背他,是因为受了胁迫。他会原谅我的。"

"不一定要让他知道,"我说。

她那责备我的眼神啃啮着我的心。然而,她内在的高贵不正是我调教出来的吗?她整个人的内在哪一样不是我的杰作?现在,高贵的她竟然那样看我,仿佛我是所有卑鄙的人中最卑鄙的一个。

"你想,我会把灯藏起来?会不告诉他?"她说,每一句话都像锥子锥肉一样。"好吧,反正都一样。让我们,如你所说的,作个了断。你每说一句话,就愈让我觉得你像个陌生人。从前,我那么爱你——尊敬、信靠并且服从你(倘若合宜的话)。现在——总之,我不能让你的血玷污我们的门槛。你的威胁伎俩算是奏效了。我愿发誓了。你的匕首呢?"

我赢了,心里却苦恼万分。我多么希望收回所说的话,恳求她谅解。但是,我还是握着匕首。("拔刀立誓",如我们称的,是葛罗最郑重的立誓方式。)

"即便是现在,"赛姬说,"我已能看清自己将要做的是什么。我知道自己正在背叛所有情人中最好的一个。此外,日出之前,也许我所有的快乐会永远失去。这是你为自己的生命所定的代价。好吧,就让我替你付了。"

她发了誓。我的眼泪夺眶而出。我本想说几句话,但是,她扭过脸去。

"太阳几乎完全下山了,"她说,"去吧,你已捡回了自己的命,尽你所能地活下去吧!"

我发觉自己开始怕起来。我摸索着回到河边,勉强渡过河。太阳下山了。山坳的阴影突然矗起,漫过整座山谷。

第十五章

　　回到河这边后,我一定昏厥了一阵子,因为除了渡河之外,我什么都不记得,完全清醒过来后,只记得三件事:冷、手臂剧痛、渴。我咕噜咕噜灌了好多水,接着想吃东西时,才记起食物和灯一起摆在瓮里。把格连叫过来,如何? 我打从心里不愿这样做,觉得他讨厌极了。如果跟我来的是巴狄亚,一切会不一样,会好多了,我想(虽然当时便知道这样想真傻)。我于是开始想象换作巴狄亚,他会做些什么,说些什么,直到猛然忆起此行的任务。为了自己的心不在焉,我觉得非常羞愧,虽然不过片响而已。

　　我刻意留在河边,以便伺候那灯灼然一亮(就是赛姬把灯点亮)。料想,这灯火将倏尔消失,因为赛姬必须把灯掩藏起来。然后,过好一阵子,它会再次亮起,这意味赛姬正窥视着她那酣睡中的丑陋丈夫——紧接着,我预期,赛姬会从黑暗中匍匐前来,在河那边低声呼唤"麦雅!麦雅!"我会立刻涉到水中央去,这回该我扶她过河了。当我拥着她哄慰她时,惊惶中的她必会哭成泪人儿似的;她将会明白谁才是她真正的朋友;她会爱我如初,会一面颤抖一面感谢我救她脱离那现形在灯光中的丑怪。这样想着,我心里甜蜜极了。

仅管如此,我的心里仍旧七上八下。无论怎么挣扎,总挥不去这样的恐惧:万一要是我错了怎么办。他真是神……难道不可能吗?然而,我就是无法接受这点。生怕(不知怎么)毁了赛姬,从此沦为一具失落、喜乐被剥夺的形骸,哭泣着到处流浪,而这又都是我一手造成的。那晚,数不清多少次,我有一股强烈的冲动,想再涉过寒水,向赛姬喊道——我不计较你的誓言了,千万别点那灯,我错了。然而,我还是把这冲动按捺下了。

或这或那,所有这些想法其实还只是浮面的。在一切之下,也就是狐所说的,如大海那般深沉的内心深处,潜伏着由她的责备、她的不再爱我,甚至她的恨,所划割的一道冰冷的、无望的黑渊。

我左臂的伤口烧灼般地抽痛。我把手刺伤,还不是为了爱她?她怎能恨我?残忍的赛姬!残忍的赛姬!我啜泣着,继而察觉这岂不是前日病中的梦魇重新出来作祟？于是，我强自振作，用理智防堵它的泛滥。无论发生什么事，我必须屏息静观，保持清醒。

没多久，第一道灯火便乍起乍灭了。我告诉自己："看来，到目前为止，一切还算顺利嘛。"（虽然她一发誓后，我从未怀疑过她履行诺言的诚意。）只是，我这"顺利"指的是什么呢？这么一想，连我自己都莫名其妙。不过，这问题一下就被撇在一旁了。

寒气刺骨，愈发难耐。我的左臂痛得有如火炙，其余的身躯则像一条冰柱，连在火把上，却老不熔化。我开始觉悟到自己所做的，是件多么危险的事。伤口剧痛加上饥肠辘辘，我随时可能死亡，至少也会严重冻伤，甚至于僵死。刹那间，从这一籽忧惧，滋生一大簇痴愚的幻想，像繁花竞放。（根本来不及寻问怎么会浮现这幅景象）瞬间，我看见自己躺在焚尸台上，赛姬在旁捶胸痛哭（现在她了解了，她又爱我如初了），懊悔她不该说那些残酷的话。狐和巴狄亚也在那里；巴狄亚泣不成声。我一死，大家都爱起我来了。种种痴愚的幻想，不宜在此一一描述。

是第二次灯亮煞住了这些幻想。对灌饱黑暗的我的双眼而言，这盏灯亮得出奇。那凝定的光芒在这荒郊野外散发出一种家的氛围。它静静地照耀着，比我所预期的长久，四周一片安详。忽然间，寂静轰隆碎裂。

有道巨大的声音，从灯火近旁传出，恐惧刹时像一股疾波传遍我的全身，甚至麻木了我左臂的痛觉。这声音一点也不猥琐，反而威风凛凛，庄严若洪钟。我的恐惧恰似必朽的血肉之躯向不朽的神灵致敬。当这声令人无法理解的神谶腾空而去之后，紧接着是哭泣的声音。这时，我的心碎了（如果这种陈旧的说法还能达意的话）。不过，无论是神谶或哭声似乎都戛然而止，不超过两次心跳的时间。心跳，我说；但是，我想，在这两道声音未消逝之前，我的心跳似乎暂时中止了。

一道闪电，山谷裸裎在我眼前。接着打雷，我头上的天空仿佛裂成两半。闪电接二连三击刺山谷，忽左忽右，忽近忽远，无孔不入。每一道强光过处，只见树摧木折；赛姬那座宫堡的柱子一根接一根塌毁了。感觉上，它们无声无息地倾颓，因为断裂声被雷鸣盖过了。然而，另有一种响声是雷鸣掩不住的。我左手边的某处地方，山壁本身也开始崩塌了。我看见（或者以为自己看见）大小碎岩东洴西溅，前仆后继，复又凌空跃起，像皮球反弹。河涨了，速度之快，让我来不及退避，下半身全被迅疾涌至的河水浸透；这算不了什么，随着雷电交加，暴雨倾盆而下。我的头发和衣服顿时变成吸饱水的海绵。

虽然这样，我认为这些变化是好的迹象，显示出我是对的。赛姬惊扰了某一可怕的东西，这正是它勃然大怒的表现。

赛姬没能及时把灯藏起来,它就醒了;或者,对了,更有可能的是——它只是装睡,它也许根本不需睡眠,无疑地,它可能会把赛姬和我毁掉。这样一来,赛姬就会明白过来。最坏的情况是,她因而丧命,但至少不再受骗、不再受蛊,与我重新和好。即使现在,我们还是能逃。纵然逃不成,也能死在一起。我站起来,在暴雨中弓身前进,准备渡过河去。

我相信自己永远渡不过去,即使没有任何东西横阻在前——河已经涨溢成一条夺命的急湍。再说,实在有东西挡着我。它恰似一道持久的闪电,亦即,它看来像闪电——惨白、眩目、冷峻,连最细致的东西都照得秋毫毕露,让人不寒而栗;唯一与闪电不同的是,它一直逗留在那里,久久不去。这道大光它耸立在我上方,静定得像一根蜡烛燃烧在帏幔闭合的内寝里。光中依稀有个人。奇怪的是,我无法说清楚他有多高大。他的脸居高临下,但显在记忆里的,又无巨人的身影。我也不知道他是站在——或看起来像站在——河的对岸或者水中央。

虽然这光凝定地伫立在那里,他的脸却一瞥即逝,像闪电一样迅疾。我再也受不了了。不只眼睛,我的心脏、血液和脑部都脆弱得无法承荷这一瞥。一个怪物——我和所有葛罗人想象中的幽影兽——能像这张俊美的脸一样,叫我臣服下来吗?他逼视我,眼神中含有一丝不愠不怒、令人测不透的鄙夷，这比愤怒更叫人难受。虽然我俯伏着几乎能摸到他的脚，他的眼神似乎把我排斥到无穷远的地方。他鄙斥、拒绝、答复——（更糟的是），他知道——我的一切所思、所为、所是。有一行希腊诗说，即使是神，也无法改变过去，是吗？他让我觉得好似从一开始我便知道赛姬的丈夫是一位神，而我一切的怀疑、惧怕、猜臆、辩论、对巴狄亚和狐的质疑以及种种的寻索，都是庸人自扰、自欺欺人，就像自己把沙吹进眼里。是吗？读到这本书的仁君啊！请你裁决。或者，至少，过去，在未经这位神窜改的过去，事情果真这样吗？此外，倘若神真能改变过去，为什么改变的动机总是不怀好意？

大光一出现，雷声就停止了，我想。当这位神对我说话的时候，四周异常沉静。正如他的脸上不愠不怒，他的声音里也没有丝毫怒气，听来虽不带感情，却极悦耳，像一只鸟在吊人树的枝桠上啼唱。

"现在，赛姬被放逐了，她将到处流浪，饥渴交迫。那些我无法与之敌对的势力会任意蹂躏她。而你呢？女人，你将认识你自己，复现你的任务。你也将成为赛姬。"

语声和光一起消失，好像被刀子横腰一截。然后，在静默中，我又听见哭泣声。

我从来未听过这种哭声，以前没有，以后也没有。小孩、掌心受伤的男人、挨受酷刑的人、从陷落的城市被掳为奴的女人,都不是这样哭。如果听见自己恨之入骨的女人这样哭,你都会去安慰她,甚至赴汤蹈火也要去救她。我当然知道是谁在哭,她遭遇了什么,是谁把这遭遇加给她。

我起身向她走去,但哭声已经渐行渐远了。她哭着朝右边的远方走去,下到我从未去过的谷的尽头,那里,显然地势陡降,或者崖坡倾颓,通向南方。我无法涉水过去。且别说水会把我溺毙,它更会把我整得遍体鳞伤、全身冻僵,从头到脚一身泥泞。每当我好不容易攀住一块大石头——攀住泥土无济于事,因为不断有一大片一大片涯岸崩进急流里——到头来,发现自己还在河这边。有时,我甚至找不到河——黑暗中,我什么都看不清楚,脚踩着的,与其说是地,不如说是沼泽,所以,一忽儿踩进水洼里,一忽儿又踏进新形成的水溪里,叫我满头雾水。

除此之外,那天晚上的事我记不得了。天蒙蒙亮的时候,我终于见识到了神的愤怒:整座山谷被踩蹦得面目全非。入眼尽是光秃秃的山岩和泥沼,浊流到处淹漫,水面浮着断树、蓬草、绵羊和山鹿。即使前一晚我能涉过第一条河,对我也没什么帮助,因为我不过踏上它和下一条河之间泥泞的窄滩。我仍忍不住叫唤出赛姬的名字,直到声音完全喑哑了,虽然明知这样做愚笨透顶。她离开山谷的动静,其实我已听见了。正如神所预言的,她已踏上放逐的路,开始流浪,从这地到那地，一路哀哭，为的是她的夫君，不是我（我不能再欺骗自己了）。

我往回走，找着了格连，他打着哆嗦，全身湿得像落汤鸡。看见我的左臂包扎着，他的眼中微露肃穆的神色，仅此而已，什么也没问。马背上的行囊里备有食物，我们吃了之后便上路。天气晴朗多了。

我用一种新的眼光环顾周围的事物。既然已证实诸神的确存在，并且恨我，那么看来，除了等候天谴之外，我没什么可做了。一路上，我臆想着，说不定走到哪处危崖，马一踉跄，把我们抛下几百尺之外的山堑；或者哪棵树，在我们走过时，突然掉下一根枝丫，打断我的脖子；或者我的伤势恶化，就这么一命呜呼。想起神惩罚人的手段之一是把人变成禽兽，许多次我举手探入面纱下，摸摸有没有猫的须毛、狗嘴或猪牙长出来。尽管如此，我并不害怕。这是一件很奇怪的事，但做起来却又让人觉得泰然自若——你环顾天地和草场，从心里对每一样东西说："从此以后，你们都是我的仇敌了，再也不会对我有利了。触目所及，我只看见无数的司刑者。"

至于"你也将成为赛姬"这句话，我认为最可能意味着，如果赛姬被放逐，到处流浪，这也将是我的下场。其实，我早已想过了，这件事极可能发生，倘若葛罗人不愿意被一个女人统治。如果神以为让我尝受与赛姬一样的惩罚最伤我的心，那他真是大错特错了——可见神并非全知？多么希望我能代她受罚……不行的话，次好的便是与她同受刑罚。想到这里，我觉得打从心底升起一股坚毅的、甘于受苦的力量。作个乞丐婆，我应绰绰有余。我容貌奇丑，又从巴狄亚那里学会了武功。

巴狄亚……我开始思索，这一天所发生的事应该告诉他多少，还有狐。这点，我倒没想过。

第十六章

我从宫后溜回，一看周围的动静便知道父王狩猎尚未归来。但是，我仍蹑手蹑脚溜进自己的寝宫，仿佛他已回来似的。当心里我明白所躲的是狐而非父王后（起初我并不知道），不觉十分懊恼，因为狐向来是我的避难所和安慰者。

看见我受伤，朴碧哭了。她把旧的染满血污的绷带解开，换上新的。伤口才包扎好，我正进食时（饿昏了！），狐就来了。

"孩子啊孩子！"他说，"真是谢谢各方神明保佑你平安回来。整天我都在为你揪心。你跑哪里去了？"

"去山里啊，公公，"我说，一面藏起左臂。这是我的第一道难题。我知道不能告诉他自残的事。我知道——这会儿当着他的面，更是心里有数——他会责备我不该用这种野蛮的手段胁迫赛姬。有一句格言是他向来恪守的：如果不能靠讲理把朋友说服，就应泰然处之，"不要从国外请佣兵来加强火力。"（他指的是感情用事。）

"噢，孩子，这太莽撞了，"他说，"我记得那晚分手前我们约隔天早上再商量的。"

"我们分手是为了让你去睡觉!"我说，这句话脱口而出，声音像父王那样粗暴，我立刻觉得很惭愧。

"那么，是我错了，"狐说，满脸苦笑。"好了，你已经惩罚过我了。有什么进展吗？赛姬愿听你的吗？"

我没有回答他的问题，只告诉他关于雷雨、暴洪和山谷变成沼泽的事，以及我怎么努力要过河而不能如愿，怎么听见赛姬哭着自山谷南端向远处走去，从此离开葛罗。有关神现身说话的部分，告诉他是没有用的；他会以为我疯了或作梦。

"你是说，孩子，你根本没能跟她交谈？"狐说，形容憔悴。

"稍早时，"我说，"我们交谈了一会儿。"

"孩子，哪里出岔了？吵嘴了吗？你们之间发生了什么事？"

这更难回答了。最后，在他追问之下，我告诉他有关灯的事。

"孩子啊孩子!"狐大叫，"是谁替你出了这个鬼主意？你到底想做什么？她身旁那位歹徒——他，一个被通缉的逃犯——难道不会醒过来？醒来之后怎么样呢？难道不会一把攫住她，把她拖到另一个贼窝？说不定还一刀刺死她，以免她泄漏自己的行踪。为什么？仅凭那盏灯就够让他相信赛姬出卖他了。怎么办呢？她哭了，一定是伤口作痛。噢，你为什么不先问问我的意见呢？"

我无言以对，因为，我自己也觉得纳闷。是啊！我怎么没有想到这些可能性？我又不是完全不相信她的丈夫是山中的浪人。

狐盯着我，对我的沉默感到讶异。最后，他问："说服她这样做容易吗？"

"不，"我说。吃饭时，我把整天戴着的面纱脱掉了；现在，多么希望还戴着它。

"你怎么说服她的？"他问。

这是最尴尬的时刻。我不能告诉他我做了什么。连说了什么也不想多讲。因为，当我告诉赛姬，狐和巴狄亚对她的夫君持有相同看法时，我说的是实情；他们两人的确都相信它是某种可耻或可怕的东西。不过，若我这样告诉狐，他会说巴狄亚的看法和他的看法完全不同，一个是三姑六婆的道听途说，一个是浅显的、合乎常情的推理。他会使整件事情看起来像是我说了谎。我无法让他了解这件事在山上如何呈现出不同的面貌。

"我——我和她交谈，"我终于说，"我说服了她。"

他注视我良久，目光柔和，恰似从前把我抱在膝上吟唱"月西沉"那样。

"是吗？你有些事瞒着我，"最后，他说，"别扭头。你以为我会逼问你吗？不会的。够朋友的话，就应尊重对方的自由。硬逼你说出，比让你保留秘密，更让我们隔阂。有那么一天—不过，你该顺服的是你心中的神，不是我心中的。不要哭了。即使你有一百桩秘密，我也不会因此不爱你的。我不过是一棵老树，最青翠的枝条在我成为奴隶的那天已被剪掉了，剩下的就只有你和赛姬。现在——唉，可怜的赛姬！我束手无策，不知如何挽回她。但是，你，我绝对不能再失去了。"

他拥了我一下就离开了。（当他的手臂碰到我的伤口时，我拼命咬住嘴唇，免得叫出声来。）我从未对他的离去感到这么开心，但同时也觉得他比赛姬仁慈多了。

我从未告诉巴狄亚那晚所发生的事。

睡觉之前，我作了个决定，虽然看来是件小事，日后，却对我产生了重大的影响。在这之前，我和国中的其他妇女一样，是不戴面纱的；这两趟山中之行，为了保密，我戴上了面纱。现在，我下定决心，无论何时何往，都要戴着面纱。从此，门前门后，我一直谨守这规定。这是我与自己的丑陋所立的条约。

童年初期，我尚不知自己貌丑。然后，有一段时间（在这本书中，我必须坦承自己一切可羞或愚昧的行为），像其他的少女一样，我以为——正如葩姐——再告诉我的——可以借着服饰或发型的妆扮使自己的丑陋不至于太令人嫌恶。现在，我选择了戴面纱。那天晚上，狐是最后一个得觑我容貌的男人；说真的，并没有多少女人见过我的真面目。

我的手臂很快就痊愈了（包括我肉体上一切的创伤），当七天之后，父王回宫时，我便不需再装病了。他醉醺醺地回来，因为所谓的出狩，除了打猎之外，就是宴饮；同时他非常不痛快，因为他们一共只猎杀了两只狮子，其中没有一只是他的斩获，而他的一只爱犬却被撕食了。

几天过后，他又传令狐和我到栋梁室。一看见我戴面纱，他咆哮道："臭妮子，这是什么东西？掀起你的帘幔吧！你难道害怕自己的美艳使人目眩吗？摘掉那玩意！"

就在这一刻间，我首次察觉山中的那一夜对我产生了什么影响。一个见过神、听过神说话的人，是不太会惧怕这么一个衰老的王的怒吼的。

"倘若我同时因貌丑和遮蔽丑貌而挨骂，岂不叫我难做人？"我说，手动也不动，任由面纱垂下。

"到这里来，"他说，这回声音不算大。我走上去，紧挨着他的椅前站立，以致膝盖几乎触及他那木然不动的双膝。我看得见他的表情，他却看不见我的，使我觉得自己占了上风。他的脸上又开始涌现那种因激怒而有的苍白。

"你想跟我斗智吗?"他几乎喃喃地说。

"正是，"我说，并不比他大声，但斩钉截铁般清晰。在这之前，我并不知该如何应对，纯粹是脱口而出。

他瞪着我直到你可以从容不迫地从一数到七，我几乎以为他会一刀刺死我。然后，他耸耸肩怒喝道："天下的女人都是这副德性，你当然也不例外。唠唠叨叨……一有男人愿听，你们就说个没完，连月亮都给说得从天上掉下来。狐啊，你写的那一大堆胡言乱语，能让她抄誊了没?"

他不再攻击我了，我再也不怕他了。从那天起，我在他面前丝毫不让步，相反地，我得寸进尺——不久之后，我甚至明白告诉他，若要狐和我在栋梁室帮他忙，我们便不可能监视蕾迪芙。他破口大骂，又诅咒一番，然而，从此便叫菹姐看守她。近来，菹姐和他过从甚密，在他的寝宫一呆就是几个小时。倒不是和他上床，我想——即使在她最如花似玉的那些年月，她都还不足称为他所谓的"够味"——不过，她善于甜言蜜语，谄媚几句便可以搔着他的痒处，叫他醺醺然忘却老之将至。她和蕾迪芙也同样如胶似漆；她们这一对啊，前一刻才见她们张牙舞爪，互揭疮疤，下一刻又见她们交头接耳，搂搂抱抱，为一些闲话、淫谈笑成一团。

对这些,和其他发生在宫里的事,我一点都不在乎。我活得像个坐以待毙的死囚,因为我相信神那里随时都会有致命的打击临到我。不过,当日子一天天过去而什么事也没发生,我开始明白,尽管起先不太愿意接受,神也许罚我继续活下去,千篇一律、毫无变化地活下去。

一明白过来,我便到赛姬的房间去,独自一个人去,把所有的东西摆回灾难未发生前的样了。我发现了一首用希腊文写的诗,似是写给阴山之神的赞美诗。我把它烧掉。我不容许任何属于她的与这有关的东西存留下来。甚至她这一年来所穿的衣服,我也全烧毁;至于她早年的衣服,尤其是童年时期留下的衣服,和她当年喜爱的珠宝,我都将它们摆置妥当。要是她有幸归来,我希望她发现每一件东西摆放的样式和快乐的往日,也就是她还属于我的日子,完全一致。接着,我把门锁上,上了一封条。并且,尽可能的,我也把自己心里的一道门锁上了。除非我让自己疯掉,否则,我必须搁置一切对她的悬念,独独保留那些早年愉快的回忆。我从此绝口不提她。如果我的侍女提及她,我马上喝令她们闭嘴。要是狐提起,我便缄默不语,让他自动把话题转开。和狐在一起,再也没有以前那么舒服了。

不过,我倒是问了他许多有关他所谓的哲学中属于物理的部分,有关肇始生命的原火,从血液中如何产生灵魂,和宇宙怎样分期；又及植物和动物，世界各大城的位置、土质、风俗和制度等等。现在，我要的是硬梆梆的东西，是知识的累积。

伤口一复原，我便勤快地回去找巴狄亚学剑击。甚至左手还无力持盾时，我就开始练习了，因为他说不持盾的斗剑也是必学的功夫。他说，我进步神速（现在我知道他说的是实话）。

我的目标是养精蓄锐，也就是借着求知、练武、工作，培育出当日随着神谴临到我的那股坚毅、冷严的力量。我必须把一切女性的阴柔从自己身上逐出。偶而，夜阑人静，若是风狂雨骤，会有一股巨大的、令人凄惶的臆想冲击我，如大水决堤而出——赛姬还活着吗？你这样的夜晚，她会在哪里呢？那些铁石心肠的农妇会不会把饥寒交迫的她摒拒在门外。但是，辗转哭嚎，呼天喊地一阵过后，我又会平静下来，重新把堤防筑牢。

不久，巴狄亚就开始教我骑马和斗剑。他愈来愈把我当男人看待，这使我亦喜亦悲。

一切如常，直到仲冬，葛罗的大节之一。节庆的次日，午后三时左右，父王从一位侯爷家赴宴归来，在登阶爬上阳台时摔了一跤。这天酷寒，台阶经仆童洗刷后，阶面立即结了一层薄冰。父王右脚滑下一级台阶，几个随从赶忙上前扶他，他吼着喊痛，张牙就要咬退任何碰他的人，下一分钟，又咒诅他们任由他仆跌在那里冻僵。我一到，就示意仆从们把他扶起，抬进宫去，任凭他胡言乱语或张牙舞爪。大家费尽力气总算安顿他上床，然后叫来理发师。正如我们猜想的，他说王上的腿骨折了。"我的功夫不到家，无法接合它。再说，王上不见得肯让我碰它。"我派人到安姬宫去找副祭师，他素有外科神医的美称。副祭师来到之前，父王猛灌了足够让神智清醒的人醺然大醉的烈酒。当副祭师一剥掉他伤处附近的衣服，动手拿捏他的腿骨时，他开始像野兽一样吼叫起来，甚至企图拔出匕首。巴狄亚和我耳语商议之后，叫来六名侍卫，硬把父王按伏下来。他一面狂吼，一面圆睁怒目（他的双手被绑住了）朝我怒斥：

"把她架走！架走那个戴面纱的。不要让她折磨我。她是谁我知道，我知道。"

那天夜里，他未曾入睡，次日次夜亦然（在剧痛中，他猛咳不已，仿佛胸腔要爆炸了似的），而只要我们一转身离开，蓓姐马上替他拿更多的酒。其实，我在寝宫的时间并不多，因为一看见我，父王就发癫。他一再说尽管我戴面纱，他也知道我是谁。

"王上，"狐说，"她不过是奥璐儿公主，你的女儿。"

"她这样告诉你的吗？"父王说，"我知道她的底细。整个晚上不就是她用烧红的铁块灼烫我的腿？我知道她是谁……

哎哟！哎哟！侍卫们呢？巴狄亚！奥璐儿！葩姐！快把她架走！"

第三夜，副祭司、巴狄亚、狐和我站在寝宫门外低声交谈。副祭司的名字叫亚珑；他肤色黝黑，年龄与我相若，脸颌像阉人一样光滑。（他不可能已被去势，虽然安姬也拥有阉人，但只有十足的男人能担任祭司。）

"可能，"亚珑说，"王上会这样驾崩。"

"原来如此，"我心里想，"一切就是这样开始的。葛罗这下子改朝换日，我即使侥幸保全性命，也难逃被逐出境的噩运。这样一来，不也成了赛姬吗？"

"我也这么想？"狐说，"没想到发生在这样微妙的时刻。眼前，我们有许多事要做。"

"比你想象中的多哩，吕西阿斯，[1]"亚珑说（我从未听人叫过狐真正的名字），"安姬宫与王室一样情势危急。"

"怎么说呢，亚珑？"巴狄亚问。

"大祭司已经奄奄一息了。即使我回生有术，他也拖不过五天。"

"由你继承他吗？"巴狄亚问。副祭司低头默认。

"除非王上不许，"狐插进这一句。这是葛罗的法律。

---

[1] Lysias（西元前 445—380 年），古希腊的雄辩家。

"在这种关键时刻，"巴狄亚说，"安姬宫必须和王室同心协力。太多人蠢蠢欲动，想伺机夺占葛罗。"

"是的，必须同心协力，"亚珑说，"我们联合起来，别人就不敢轻举妄动。"

"算我们幸运，"巴狄亚说，"在女王和安姬之间并不存在任何嫌隙。"

"女王？"亚珑问道。

"是的，女王，"巴狄亚和狐异口同声说。

"真希望公主已经结婚，"亚珑一面说着，一面礼貌地鞠躬，"女人家不能率领葛罗的军队冲锋陷阵。"

"这位女王可以的，"巴狄亚说，她抬起腿下马的那神气活像他本人就是葛罗全军。亚珑认真地凝视我，这时，我的面纱比世界上最英勇的表情更管用，我想，也许比美貌更管用。

"在安姬宫和王室之间只有一项歧见，"他说，"与克伦坡有关。若非王和祭司都病危，我早就提出来了。"

我知道这是怎么一回事，并且对如何处理已有定见。克伦坡是舍尼特河对岸一片沃土，从我开始辅佐父王之后，这片土地到底属于王或安姬，或者应该如何瓜分，一直让双方像猫狗一样争论不休。我一向认为（虽然我对安姬没有好感）它应该划归安姬宫，因为事实上安姬宫从王室所得的贡品并不足以应付持续不断的祭祀之需。我同时认为只要合理地封授土地给安姬宫，便能制止祭司们以索取牲礼为名压榨一般老百姓。

"王上还活着，"我说，在这之前，我一言未发，这时一出声，他们吓了一跳。"不过，因为他疾病缠身，我便是他的喉舌。王的旨意是将克伦坡赐给安姬宫，不索取分文代价，永远封授。这约要勒石为证，不过，有一条件。"

巴狄亚和狐惊讶地望着我。亚珑问："什么条件？"

"安姬的侍卫军从此受王的侍卫长管辖，并且由王（或他的继承人）挑选，听命于王。"

"并且由王（或王的继承人）供饷？"亚珑反应敏锐，机灵若迅雷。

这一招我始料未及，但坚信任何坚决的回答要比明智的迟疑好。"这就得根据他们在安姬宫和这里的服勤时数分摊啰，我说。"

"你——且说是王上吧！——简直逼人接下一桩扎手的买卖。"副祭司说。我知道他会答应的，因为安姬宫需要的是沃土而非枪矛。此外，若是王室反对他，他便不能顺当地继任为大祭司。这时，父王的吼声从寝宫内传出，亚珑于是回去看他。

"处理得当，孩子，"狐细语称赞。

"女王万岁，"巴狄亚也轻呼，然后，两人便随着亚珑进去。

我站在寝宫外的大厅里，四下无人，炉火将熄未熄。这时刻就像我一生中其他的时刻一样令人觉得离奇。女王的身份——并不能叫我心中那一泓自己极力筑堤围堵的苦水化为甘甜。虽然，也许能使堤防更加牢靠吧。接着，完全不同的一件事，我想到父王的去世，不觉一阵晕眩。父王不在之后的世界真是一片辽阔……晴空万里，不再乌云密布……无尽的自由。我长长地吸了一口气，可说是有生以来最甜沁的一口气，几乎让我忘却了心中那股巨大的哀愁。

但是，那只是一瞬间的事。四周一片静寂，宫内所有的人都睡了。我想我听见一道啜泣声——女孩的哭声——我总在有意无意间倾听的声音。这声音好像是从外头传来的，从王宫后头传来的。刹那间，王冠、政策和父王从我心间消遁到九霄云外。在希望的煎熬下，我迅疾走到大厅的另一端，接着从乳酪间和侍卫房中间的小门出宫。月光清明，但是，周围并不如我想象中的静谧。哭声在哪里呢？然后，我觉得自己又听见了。"赛姬，"我喊到，"伊思陀！赛姬！"我走向声音传来的地方。这当儿，再也不敢肯定那到底是什么声音。依稀记得井链轻轻摆荡时也会发出类似的声响！（而这时的确微风阵阵，恰足以吹动井链）噢，多捉弄人啊，剪不断理还乱的悲愁。

我伫立聆听。再也没有啜泣声了。但却有某物在某处移动的声音。我看见一个穿着斗篷的幽影,跃过一道月光,隐没在草丛里。我迅疾跟进,一手探入草丛。有一只手触搭过来。

"轻一点,甜心,"一道声音说,"带我去见国王。"

这是一道完全陌生的声音,是男人的声音。

第十七章

"你是谁?"说着,我把手甩脱,身子往后一跳,像摸到蛇一样。"出来吧,别鬼鬼祟祟的。"我想他必定是蕾迪芙的一位情夫,葩姐简直像个鸨母,根本没尽到看守的责任。

走出来的是一个高高瘦瘦的男人。"我是前来求救的,"他说,声音听来轻松而愉快,完全不像个落难的人。"这么漂亮的姑娘不亲一下,就让她走开,有违我一向的作风。"

若非我躲闪得快,他的手早就搭上我的颈项了。看见我的匕首在月光下闪烁,他呵呵大笑。

"如果你能瞧见这张脸上的美貌,那真是好眼力,"我一面说,一面把脸朝向他,以便他只能看见一堵空墙似的面纱。

"我的听觉倒很敏锐,姑娘,"他说。"我敢打赌,声音柔细如你者必也是个美娇娘。"

这整件奇遇,对像我这样的女人而言,简直太不寻常了,以至于我竟然痴傻地盼望它延续下去。那天晚上,世界的一切显得非常离奇。不过,我还是清醒了过来。

"你是谁?"我说,"快告诉我,否则我马上喊侍卫来。"

"我不是小偷,美丽的姑娘,"他说,"虽我承认被你抓到时,我的行径鬼鬼祟祟像偷儿。我怕你们的花园里早已埋伏了我不愿碰见的同胞。我是前来向王求救的,你能带我去见他吗?"他让我听见有几枚钱币在他手中哐啷作响。

"除非王的健康突然好转,否则,我便是女王。"我说。

他轻轻吹了一声口哨,然后噗哧一笑。"若是这样,女王在上,"他说,"请恕我方才在嬉笑中失礼。那么,我是前来向你求救的,求你收容我几晚——或许一晚便够了——提供我住宿和庇护。我是伐斯国的楚聂王子。"

听他一说,我愣住了。前面我曾提到这位王子与他的弟弟俄衮和老迈的父王大动干戈的事。

"这么说,你被打败了?"我问。

"只在一场微末的马上交锋中落败,"他说,"掉头走开就是了,原非什么大不了的事,谁知却迷了路,误闯葛罗。往回走不到三里路,我的马跛了。糟糕的是,我弟弟的兵力全都布阵在边界。如果你能掩护我一两天——毫无疑问地,天一亮,

188

他的使者便会登门拜访你们——让我能遁入伊术，潜行回到我在伐斯境内的根据地，不需多久，我便能让全世界和他瞧瞧到底我有没有被击败。"

"这倒是好策略，王子，"我说，"不过，我们若是接受你的求援，根据外交惯例，就必须保护你。我这做女王的，还不至于幼稚到认为目前是可以和伐斯打仗的时机。"

"这么天寒地冻的夜晚不适合露宿。"他说。

"王子，如果你不是来求援的，我们倒很欢迎你。不过，你的这种身份实在对我们构成极大的危险，若是把你当囚犯，我倒可以替你安排住宿。"

"囚犯？"他说，"那么，女王，后会有期了。"

他纵身一跳，毫不疲惫的样子（虽然我从他的声音中听得出沉重的倦意）。只见他熟练地拔腿就跑。这一跑，反而更糟。我根本来不及告诉他前面有块大磨石。他整个人仆跌在地上，立刻机灵地爬将起来。但是，只听他尖声叫痛，又挣扎、又咒诅，最后终于安静下来。

"不是骨折，便是脱臼，"他说，"愿瘟疫临到那位替人设计膝盖的神。算了，女王，叫你的侍卫带枪来吧。囚犯就囚犯。只是，牢狱之后，不会是我弟弟的断头台吧？"

"如果能力够的话，我们会救你，"我说，"只要不必和伐斯打仗，我们会尽量为你想办法。"

我已经说过，侍卫房就在王宫的这边，我可以轻而易举地一面走向前去叫人出来，一面盯住楚聂王子。一听见侍卫出来的声音，我便告诉他："用你的连兜帽遮住脸。愈少人知道我的俘囚是谁，我愈能自由筹握。"

他们扶他起来，把他跟踉跄跄带进大厅，安置在壁炉旁的一条长几上。我呼人端给他酒和食物，又叫理发师替他包扎膝盖，这才走进寝宫。亚珑已经离开了。父王的病势更加恶化，他的脸色暗红，呼吸声嘶哑。看来，他已不能说话，眼睛来回游移在我们三人之间，真不知他感觉如何，在想些什么。

"你跑到哪里去了？孩子，"狐问，"有个惊人的重大消息。刚才一个快骑哨兵前来报信，说伐斯的俄衮带着六十——或许八十——人马越境直驱而入，此刻正停驻在十里之外。他表明是来搜索哥哥楚聂的。"

作王真是容不得人实习！昨天，我对有多少外夷武装人境，可以不闻不问，毫不关心；今晚，听到这消息便像被人迎面击了一拳。

"他若非真以为我们知道楚聂的下落，"巴狄亚说，"便是乘人之危犯境弱邻，借此耀武扬威一番，为的是洗雪他懦弱的臭名。"

"楚聂是在这里，"我说，等不及让惊讶中的他们开口说话，我便叫他们一起到栋梁室，因为我实在受不了父王瞪视我们的眼神。别人似乎也已把他当死人看待了。我呼人把灯和火放进塔楼，也就是当初关赛姬的牢房，一等楚聂王子用膳完毕，便把他带到那里。吩咐妥当，我们三人便赶忙商议对策。

关于三件事，我们三人意见一致。第一，如果楚聂度过目前的难关，他极有可能击败俄衮，统治伐斯。至于仍然在位的老王则已行将就木，根本不必加以考虑。而这场纷争持续愈久，楚聂的声势可能集结愈壮，因为俄衮为人诡诈又残酷，许多人对他深恶痛绝；此外，最糟的是，他第一次上阵（远在这些纷争之前），便蒙上懦弱的丑名，叫人瞧不起。第二，倘若楚聂继位为伐斯的国王，远比俄衮更能与我们敦睦邦交，如果我们在他最艰难的时刻对他伸出援手，情况尤然。不过，第三，情势实在并未危及到必须与伐斯交战，更别说与俄衮及其党羽了；一场瘟疫使葛罗丧失许多壮丁，到目前为止，我们甚至尚未有任何谷获。

这时，我突然灵机一动。

"巴狄亚，"我问："俄衮的剑术如何？"

"坐在这桌旁的，就有两个比他高明，女王。"

"任何可能重揭他懦弱疮疤的举措，他一定会小心避免啰！"

"理当如此。"

"那么，如果我们以楚聂为注派一名勇士与他对决——在一对一的交锋中决定楚聂是否身首异处——他不得不接受。"

巴狄亚思索了一会儿。"是吗?"他说,"乍听之下,这好像古代传奇里的情节。不过,老天,仔细推敲一下,我越来越觉得这是好主意。虽然目前葛罗国势衰弱,在内有强敌的情况下,他不会冒然向我们发动战争,如果我们让他别有选择的话。再说,他唯一的希望是赢得人民的拥戴,目前,他连这点本钱都阙如,若是这番又对他的哥哥穷追不舍,直捣我们门下,像挖坑捕狐狸一样追剿他,更会惹人反感。此外,他若拒绝对决,他的声名会更加狼籍。所以,我想,你的计策自有巧妙,女王。"

"这真是聪明绝顶的对策,"狐说,"即使我方的人被杀了,逼得我们非交出楚聂不可,也没有人敢说我们亏待他。如此一来,本国的声誉保全住了,又躲过了一场战祸。"

"如果我们的勇士杀了俄衮,"巴狄亚说,"就等于把楚聂拱上了宝座,这也算是结交了一位义人,因为楚聂是众所周知的心术正直的人。"

"若要更有把握的话,"我说,"我们最好派出一个让人瞧不上眼的,这样,俄衮若临阵脱逃,更是他的奇耻大辱了。"

"这未免刁钻了些,孩子,"狐说,"而且,对楚聂有失厚道,我们当然也不希望自己的人被击败。"

"你打着什么主意呢,女王?"巴狄亚问,像惯常一样抚捋他的短髭。"我们不能要求他与一名奴隶对决,如果这是你的意思的话。"

"不,是个女人。"我说。

狐愣住了。我从未告诉他自己学剑的事,部分原因是我不忍在他面前提起巴狄亚,一听他谴称巴狄亚愚夫或蛮汉,我就怒火中烧(反过来,巴狄亚笑狐"希腊仔"和"嚼舌根",我听了却没有相同的反应)。

"女人?"狐说,"是我疯了,还是你?"

这时,巴狄亚的脸上绽开令人宽心的笑容。但是,他摇摇头。

"下棋下了这么多年,我还从不敢把女王当作马前卒哩。"

"这又怎么说呢?巴狄亚,"我说,尽量让声音显得平静。"方才你说我的剑术比俄衮的高明,难道只是阿谀吗?"

"并非这样。如果只是打赌的话,我会下注在你身上。但是,这种事,除了技巧外,还有勇气的成分在。"

"勇气也是决定因素,你说的。"

"关于这点,我倒不替你担心。"

"我不知道你们俩人在讨论些什么,"狐说。

"女王要亲自出马为楚聂对决,狐,"巴狄亚说,"这点,她倒是办得到。我们两人曾经交锋不下百次。从来没有一个人——男人或女人——像她这样天赋异禀。噢,姑娘,姑娘,老天爷没把你生成男儿，真太可惜了。"（他说得那么诚恳，在我听来，却像有人在你的热肉汤中浇入一加仑冷水，而且自以为你喜欢这样。）

"作怪啊！违背一切习俗——还有自然——和中庸之道。"狐说。在这类事上，他是十足的希腊人；到现在，他还觉得葛罗的女人出门不戴面纱是野蛮、鄙陋的风尚。有过几次，在轻松谈笑的时刻，我曾经告诉他，自己不应称他公公，倒应叫他婆婆。这也是我没将学剑的事告诉他的另一个原因。

"自然在造我的时候不小心失了手，"我说，"我既然生来像男人一样粗犷，为何不能像男人一样上阵？"

"你这女娃儿，"狐说，"不为什么，只为可怜我吧，且把这念头抛诸脑后。派一名勇士对决的策略已经够好了，你那傻念头又能让这策略生色多少？"

"让它变成上上之策，"我说，"你以为我天真得幻想自己已坐稳父王的宝座？亚珑支持我，巴狄亚也支持我。但那些王公贵族和老百姓呢？我对他们一无所知，他们对我也一无所知。假如父王的后妃没有早逝的话，也许我还有机会认识那些王侯的太太和女儿。父王从不让我们与她们来往，更别说那些王侯了。我什么朋友也没有。这场对决岂不是让他们对我刮目相看的绝好机会？如果这个将统治他们的女人为葛罗的安危亲自披挂上阵又克敌制胜，岂不让他们更能接受她些?"

"至于这点吗?"巴狄亚说,"那真是无与伦比了。未来的一个年头里,他们一定整天把你挂在嘴上、捧在心头、称赞不已。"

"孩子啊孩子,"狐说,泪水盈眶,"问题在于你这条命。你的命,知道吗?先是失去了家和自由,接着是赛姬,现在又轮到你。你难道忍心让我这棵老树片叶不留吗?"

我很能体会他的心境,因为他现在五内俱焚地哀求我,就像当日我哀求赛姬一样。掩翳在面纱之下我的盈眶的泪水,与其说是怜悯他,不如说是可怜自己。我没有让它落下来。

"我的心意已决,"我说,"你们也绝对想不出一个能让葛罗脱困的更好办法。巴狄亚,你知道俄衮驻扎在哪里吗?"

"在赤渡,哨兵这么说。"

"那么,马上派一名传令兵去,就在舍尼特河和葛罗城之间的平野上对决。时间是现在算起第三天。条件如下:如果我输了,葛罗交出楚聂,不再追究俄衮非法犯境的事。如果他输了,楚聂便是自由人,有权在安全的护卫下越过边界回到他在伐斯境内的根据地,或者任何他选择前往的地方。无论如何,两天之内,所有的外夷必须撤离葛罗。"

他们两人互看一眼,没说什么。

"我要就寝去了,"我说,"巴狄亚,劳你费神派个人去,然后，你也该休息了。二位晚安。"

我从巴狄亚的表情得知他会听命，虽然他无法叫自己赞同。我立刻转身回房。

一个人在房里，四下沉寂，那种感觉就好像刮大风的日子不经意间地走进一道墙堵的背风处，因此有喘息和调理心绪的机会。自从几小时以前亚珑告知我们父王行将崩逝之后，似乎便有另一个女人在我里面替我处事、说话。就称她女王吧；但是，奥璐儿是不同的；此刻，我又恢复奥璐儿的本来面目了（不知是否所有的君王都这样觉得？）。我回顾女王所做的事，颇感惊讶。这个女王真以为自己能杀死俄衮吗？此刻，在我——奥璐儿看来，则是不可能的。我甚至不确定自己有否足够的本领与他对决。我从未使过真正的利剑，在有过的模拟对决中，那使我全力以赴的无非是希望取悦教练（对我而言，并不意味这就是一件小事）。如果当天号角吹响，剑也出鞘，我却临阵胆怯，那该怎么办？我岂不沦为全世界的笑柄；我可以想象狐，还有巴狄亚，羞愧难当的脸色。他们会说："相形之下，她的妹妹多勇敢啊，那么从容地舍身被献为祭。想不到娇弱、温柔的她反而勇敢！"这样一来，她便各方面都凌驾在我之上：勇气、姿色和那双特别蒙神垂爱能够洞见幽微事物的眼，甚至还有腕力（彼此推拉之际，她那强劲的一握，我到现在仍记忆犹新）。"不容她这样，"我打从心里说，"赛姬？她一辈子都未拿过剑，也未像男人一样在栋梁室工作，从不了解（也几乎没听过）各样行政事务……她过的是十足女性的、孩童的生活……"

突然间，我扪心自问：我在胡思乱想些什么呢？"我是不是又病了？"因为与我神魂颠倒时相类似的梦魇又开始作祟了，也就是残酷的众神在我心中放进一道可怕的，叫人发狂的非非异想：我的仇敌不是别人，正是赛姬。赛姬，她会是我的仇敌？——赛姬，我的孩子，我的心肝宝贝，被我错待而毁掉的人，为了她，我即使被天诛地灭也是活该。想到这里，我对自己向俄衮王子提出挑战的这件事突然有了不同的领悟。当然，我会死在他的剑下。他正是替神司刑的人。这是我在人世中所能得到的最好的结局，比我向来企求的噩运好太多。我的一生其实是一片荒漠，谁敢奢望它早早结束？自从在山中听见神谴之后，我每日所想的，不正与这下场互相吻合吗？我的一生就像一片荒漠，在过去的几小时，我怎会把这抛诸脑后呢？

是女王的职责使然吧！那么多需要做决定的事一时之间争先恐后临到你，不给你一点喘息的机会，而每件事又都牵一发而动全身，棋局似的危机四伏、瞬息万变，你必须当机立断，纵横捭阖。我下定决心在仅存的两天中竭尽所能，做个最出色的女王；万一没有死在俄衮剑下，便在神容许的岁月里继续尽忠职守。我的动力来源不是自傲——耀眼的美名——或者,只那么一点点。我之矢志于做个出色的女王,其实有如落魄的男人沉缅于酒坛子,失意的女人浪荡情场,倘若她凑巧姿色姣好。做女王是一种精艺,让人没有时间发愁。如果奥璐儿能够完全消失在女王的角色中,她差不多就能瞒过众神的眼目了。

亚珑不是说过父王已经濒临死亡吗?不,不全然这样。我起身到他的寝室去,没带蜡烛,是沿着墙摸黑去的,因为若被人看见,我会不好意思。寝宫内灯火还亮着,他们留下葩妲陪伴父王。她坐在他专用的椅子上挨着火炉睡觉,发出烂醉的老妇人惯有的鼾声。我走到床旁。父王看起来非常清醒,哼哼作声,想要说话的样子,谁知道呢?但是,他的眼神——当他看见我的时候,真是充满惊恐,绝对错不了。他难道认得我,并且以为我是来弑杀他的?他会——会以为我是从阴间回来的赛姬,要带他到那里去?

有人(也许是神)会这样说:假如我真的杀掉他,不见得更忤逆不孝,因为当他惊恐地看着我时,我也惊恐地看着他,我所怕的是他没死,又活过来。

神到底在搞什么名堂呢?我获得解脱的时刻眼看就到了。叫一个囚犯耐心忍受牢狱之苦,他或许终究办得到;然而,倘若他几乎逃狱成功,眼见就能呼吸到第一口盼望已久的自由空气……偏偏再被抓回去，重听镣铐的锒铛，重闻枯草的溷臭？

我再次定睛看了他一眼——那是一张惊恐、痴呆、近乎禽兽的脸。有一道令人宽慰的思想光焰掠过我心头："即使他活过来，也将是神志丧失的木头人。"

我回房去，随即酣然入睡。

第十八章

第二天我一起床便立刻到寝宫去探望父王;没有一个爱人或医生像我这样关注病人呼吸和脉搏的微妙变化。我还在他床旁的时候（我看不出他有任何改变），蕾迪芙来了,神色慌张,一脸哭相。"噢,奥璐儿,"她说,"父王要死了吗? 昨晚发生了什么事? 那位陌生的年轻人是谁? 他们说他英姿风发,雄武像狮子。他可是一位王子? 姐姐哟,父王死了后,什么事会临到我们?"

"我将继位为女王,蕾迪芙。至于你的待遇吗? 全看你的行为了。"

几乎没等我开口说话,她就忙着奉承起我来,亲我的手,祝我快乐,说她向来比世上任何人都爱我。她的举动令我恶心,宫里那么多奴仆,没有一个会这样粘搭搭地巴结我。甚至我震怒得令他们恐惧战栗时,也不要哼唤讨饶;卑颜屈膝的乞丐相最难赢得我的怜悯。

"别装疯卖傻了,蕾迪芙。"我说,一手把她甩开。"我不会杀你的。不过,没有我的许可,你若敢出宫门一步,小心我叫人鞭打你。现在,你可以走了。"

走到门口,她转过身来说:"但是,你会为我安排亲事的,对不对,女王?"

"放心,说不定替你找两个丈夫,"我说,"有成打的王子挂在我的衣橱里呢!你且滚吧!"

然后,狐进来了,看了父王一眼,喃喃地说:"他可能还会再拖几天,"接着又说,"孩子,昨晚,我的风度欠佳。我认为你亲自出马与俄衮对决并非明智之举;此外,最重要的是,不成体统。不过,我不该老泪纵横地哀求你,试图诉诸于你对我的爱逼你改变主意。爱是不应这样被利用的。"

他没有再讲下去,因为这时巴狄亚刚好进门来。"我们派去的特使已经从俄衮那里回来了,女王,"巴狄亚说,"他在比十里还近得多的地方碰见俄衮(这家伙未免太鲁莽了,真是该诅咒的)。"

我们走进栋梁室(父王的眼睛一直惊恐地尾随我),召见俄衮派来的特使。他身材魁梧,炫装如孔雀。他捎来的信息,剥掉许多夸饰的辞藻之后，意思是，他的主人接受对决的挑战。不过，他说，他的剑不沾女人的血，所以，他会随身带一条绳子，以便击败我之后，用来绞杀我。

"这样武器，我可不懂得用，"我说，"所以，公平起见，你们主人本不应带着它。不过，看在他比我年长的份上（他的第一场决斗，我想，是很久以前的事了），我们可以在这点上让步，算是敬老尊贤。"

"这个嘛，我不便对王子直说，女王。"特使答道。

想想，我已说中要害了（我知道即使俄衮听不出我话中的挖苦，别人大概也听得出），我们便依次讨论对决的种种细节，让双方都能接受。幸好，到特使离开，不过一个小时。在整个协商的过程中，我可以看得出来，狐非常痛苦，因为每立一道决议，这件事便愈显得真实、愈不可挽回。这时的我几乎完全是个女王，虽然偶尔奥璐儿会在女王的耳里嘟哝几句浇冷水。

事情办妥后，亚珑来了。他没开口，我们便知道老祭司过世了，并且亚珑已接续他为大祭司。他穿戴上兽皮和水囊，胸前挂着鸟形面具。乍看他这一身装扮，我吓了一跳，好像做了一场恶梦，醒来时忘了，到了中午却突然记起来。不过，再看一眼让我松了一口气。他永远不可能像老祭司那样令我毛骨悚然。他不过是亚珑，昨天我才跟他达成一项很划算的交易；而且他进来时，我一点也不觉得安姬也跟着进来。这在我心里唤起一些从来没有的感觉。

但是，我没有时间仔细咀嚼。亚珑和狐走进寝宫，一会儿便讨论起父王的病情（这两个人似乎彼此很投机），巴狄亚示意我离开栋梁室。我们从东边的小门出去到赛姬诞生那天早上狐带我去的地方。我们边走边谈，在一畦一畦的药草间来回踱步。

"这是你的第一次决斗。"他说。

"你怀疑我没有勇气？"

"我不怀疑你有赴死的勇气，女王。但是，你从未杀过人，而这又是一件血淋淋的与杀人有关的事。"

"这又如何？"

"这就够了。女人和男孩，谈起杀人，好像这是一件易如反掌的事。不过，请相信我，这是件很难下手的事，我指的是，第一次。人里面有种东西让人抗拒这件事。"

"你以为我会怜悯他？"

"我不知道这是不是怜悯。但当我第一次杀人时，叫我持着剑戳进那活生生的血肉之躯，真是世界上最困难的事。"

"你到底还是做了？"

"是的，对方笨手笨脚的。假如他身手矫捷的话，那……？你瞧，这就是危险所在。在那关键的时刻，稍一迟疑——即使只是五分之一瞬间，你就坐失良机，也许这就是你唯一的机会,因此你就输了,把命给赔上了。"

"我不认为自己的手会迟疑,巴狄亚。"我说,一面心中兀自掂量。我想象好转过来的父王又在暴怒中凌虐我;笃定地,我确信自己会出手击毙他,绝不迟疑。当初在山中自残时,我的手何曾畏缩过?

"但愿如此,"巴狄亚说,"不过,你要预先练习一下。每位新手我都要求他做这件事。"

"练习?"

"是的,你知道,今天早上他们要宰一头猪。你就充当屠夫吧,女王。"

须臾间,我明白自己若畏缩不做这件事,我里面的女王和奥璐儿便会强弱易势。

"随时待命。"我说。杀猪宰牛的事,我了若指掌,因为自童年以来,我们已看过无数次的杀牲。蕾迪芙每次看,每次叫;我看得没她那么多次,从来没叫过。所以,这回,我接受要求,宰了一头猪(葛罗人杀猪不需先献祭,因为安姬讨厌猪;有一则神话解释为什么)。我发誓决斗之后,若活着回来,必要和巴狄亚、狐和楚聂大快朵颐一番,共享它最美味的部位。脱掉屠夫的围兜,洗净血渍后,我回到栋梁室;因为我想起一件必须做的事,既然我或许只能再活两天。狐已在那里;我叫来巴狄亚和亚珑作证,宣告狐重获自由。

紧接着,我却掉进沮丧中。我无法了解自己怎会盲目到未能预知这样做的后果。我唯一想到的是保护他,使他免于被人嘲弄、漠视或者被蕾迪芙卖走,万一我死掉的话。但是,眼前,当在旁两人一向他道贺,亲吻他的脸颊,我突然明白过来。他们怎么说的?"我们失去一位参谋同僚——你的离去会让葛罗许多人难过——别在冬天启程——"

　　"公公!"我哭了起来,哪还有女王的样子? 全然是奥璐儿,甚至全然是个小女孩。"你要离开我了? 要走了? 这是不是他们的意思?"

　　狐昂脸看我,无限懊恼的样子,五官都扭曲了。"自由了?"他口中喃喃,"你是说,我可以……那么,即使死在路上也无妨。不会的,一旦我能下到海滨。那里有鲔鱼和橄榄。不,橄榄成熟的季节还没到哩。可是,那海港的味道,还有徘徊在市集上一面散步、一面聊天,认认真真地聊天。你们不会了解的,这纯粹是一种痴,一种你们无法体会的痴。我应该谢谢你,孩子。但是,你若曾爱过我,此刻,请别对我说什么。明天吧。现在,容我告退。"他挽起自己的外袍往头一罩,摸摸索索出了栋梁室。

　　从清早醒来之后,做女王这码事便一直鼓舞着我,使我忙东忙西,这会儿却又让我十足泄气了。我们已经准备好一切准备决斗,只是要挨过这天剩下的时间,以及接下来的整整一天;除此种种,又添新愁——如果我有幸活下去,往后的日子将没有狐伴随。

我出宫到花园去。避过梨树林后的草坪,那是狐、赛姬和我欢度美好时光的地方。我黯然踅往花园的另一个角落,苹果园的西边,直到寒气逼我回宫。这是一个霜寒刺骨的阴天,乌云密布,不见天日。此刻忆及当时的心绪,一面羞愧,一面后怕。无知的我不能了解师父心中那股归乡的欲望有多强烈。我一辈子只住过一个地方;葛罗的一切,对我而言,是那么陈腐、平常、不足为奇,甚至充满恐怖、悲伤和羞辱的回忆。故乡以什么样的面貌呈现在流亡者的心中,我毫无概念。想到狐竟然有心离开我,顿觉苦恼万分。他一直是我生命的支柱,(我以为)这就像日出和大地一样的不容置疑,一样的牢靠,因此也就叫人不懂得表示感激。真是笨啊,我向来以为自己在他心目中的地位恰如他在我心目中的地位。"傻呵!"我告诉自己,"你难道不知道天底下没有一个人把你放在心上吗?对巴狄亚来说,你算什么呢?也许和父王差不多。他心中惦记的是家里的太太和她那群淘气的小孩。若是在乎你,他绝不肯让你出马对决的。对狐而言,你又算什么呢?他一直对希腊恋恋不忘,你也许只是他被俘期间的慰藉吧。人家说坐牢的人总会逗只老鼠玩。他甚至还会对这只老鼠产生感情哩——可以这么说。然而,狱门一开,镣铐一解除,这时,他心中哪里还有这只老鼠？但是，彼此的感情既然这样深厚，他怎么忍心离开我？"我仿佛又看见赛姬坐在他的膝盖上；"真是美过阿芙洛狄忒啊，"他这么说，"是的，他所有的爱都倾注在赛姬一人身上，"我的心说，"假如她还在，他会留下来。他爱的是赛姬，从来不爱我。"当我这样说时，我明知这不是真的，但是，我不愿，或者无法，把这个想法挥开。

就寝前，狐来找我了。他脸色灰黑，神态肃静。若非他脚不跛，否则，你会以为他才被拷打过。"祝我好运吧，孩子，"他说，"我刚打了一场胜仗。凡对伙伴们最有利的，便是对自己最有利的。我只不过是整个身子的肢体之一，必须尽自己所被设定的本分。我会留下来的，而且——"

"噢，公公，"我说，忍不住哭了。

"安静，安静，"他说，拥着我，"我回希腊又能做什么呢？我的父亲去世了。我的儿子们，无疑地，早把我忘了。我唯一的女儿……我只会给人添麻烦吧？——像诗人说的，误闯入白画里的梦。无论如何，这是一趟漫长的旅途，而且危险重重。我也许永远到不了海滨。"

他继续讲下去，轻描淡写地，好似害怕我会劝止他。而我呢？脸埋在他的怀里，只觉欣喜万分。

那天，我去探望父王许多次，没见他有任何变化。

那晚，我睡得很不安稳。我不是怕决斗，而是众神近来降在我身上的多重变化使我焦虑难安，单单老祭司的去世原就够我思索一星期了。曾几何时，我盼望他死（假如当时他死了，赛姬或许能幸免于难），但从来不真地希望他死，就像不希冀一早起来阴山已经消失了似的。狐的获释，虽然是我自己作主的，感觉却像另一件不可能的事。仿佛父王的病把什么支柱挪开了，以致整个世界——整个我所认识的世界——刹时分崩离析。我进入了另一个崭新的陌生的地域。崭新、陌生得使我无法再感受自己那巨大的哀愁。这使我惊恐莫名。有一部分的我慌忙抓回那哀愁，它说："奥璐儿没命了，如果她不再爱赛姬的话。"但另一部分说："让奥璐儿死掉算了，像她这样子，永远做不了女王。"

最后一天，决斗的前一天，像一场梦。每过一个时辰，这件事便更显得令人难以置信。我的出马对决已使我声名远播（保密不是我们的策略），许多群众簇拥到宫门来。虽然我并不十分重视他们的拥戴——犹记得他们如何一夕之间对赛姬由崇拜变为唾弃——然而，有心或无心，他们的欢呼总叫我血脉贲张、脑门发烫，整个人要疯狂起来。有些尊贵人士，如王侯和长老之流，前来陪侍我，他们全都接纳我做女王。我没说多少话，不过，我认为这样比较妥当，总之，巴狄亚和狐都称赞这种做法。我仔细观察他们凝视我面纱的眼神，显然心中思忖着它到底遮掩了什么样的长相。这之后，我前去塔楼看望楚聂王子,告诉他我们已经选了一名勇士(没说是谁)为他决斗,他将在受监视的情况下被带到现场观看。虽然这消息颇令他担心,但耿直的他该能明白我们虽然一面利用他,一面也已克尽微薄之力。接着,我呼人送酒来,让我和他对酌。但门打开时——令我生气地——端着酒瓶和杯子进来的,并不是父王的酒政,而是蕾迪芙。预先没料到这一招,算我迟钝。我太了解她了,应能猜到宫中一有陌生的访客,她即使穿墙破壁也要让对方一睹芳容。然而,就连我,都吃了一惊,瞧她那副装出来的模样,手端着酒,眼睫低垂,稚气未脱,像极了一个柔顺、羞涩、含蓄、尽责的妹妹,甚至像个被踩在脚下、可怜兮兮的妹妹(虽说眼睫低垂,她却已把楚聂全身觑了个遍,从缠着绷带的脚到头发)。

"这位美人儿是谁?"她一离开,楚聂便问。

"我的妹妹,蕾迪芙公主,"我说。

"葛罗真像座玫瑰园,冬天里也不例外,"他说,"但是,狠心的女王,为什么你把自己的脸遮起来呢?"

"等你跟我妹妹相熟之后,她自然会告诉你。"我说,声音比我所意图的尖刻。

"是吗?也许,"王子说,"如果明天你们的勇士赢了;否则,死亡便是我的妻子。不过,我若仍活着的话,女王,绝不容许我们两家的友谊轻易流失掉。是啊,我自己不就可以和你们这家族攀门亲吗？也许，就娶你，如何？"

"我的王座容不下两个人。"

"那么，你的妹妹？"

这当然是应该把握住的一门亲事，但有一会儿，我却极不愿意答应下来，也许因为我觉得这位王子好过她二十倍。

"依我看，"我说，"这门亲事可以结得成。不过，我必须先和我的智囊团谈谈。至于我自己，倒还喜欢这主意。"

这天开始得离奇，结束得更离奇。巴狄亚把我叫进练武室作最后的练习。"你有个老毛病，女王，"他说，"就是反手的声东击西这一招。我认为我们已把它矫正过来了；不过，我必须确定你无懈可击。"练了半个时辰，停下来喘息时，他说："从技巧的角度看，已到了炉火纯青的地步。我相信你我若用利剑比斗，我会死在你的剑下。不过，尚有两件事必须告诉你。第一，如果事情这样发生，女王——不过，极有可能不会发生；在你身上，因为你有神的血统——但是，万一当你脱掉披风，在观众屏息以待下，走向广场去迎战对手——万一你那时觉得害怕，别在意。我们每个人第一次决斗时，都有这种感觉。我自己每次决斗前都觉得怕。第二，你平常穿的这件锁子铠是够合身了，重量也恰到好处。但是，实在不好看。若穿件缀有金边的看起来比较有女王和勇士的威仪。让我们看看寝宫里有合适的没有。"

前面我曾提过，王把各式各样的武器和盔甲存放在寝宫里。所以，我们就进去找了。狐正坐在床旁——为什么，或他在想些什么，我不知道。他不可能对他的故主怀有什么深厚感情的。"还是没变化。"他说。巴狄亚和我一件一件地翻找合适的甲胄，不久，就开始争执起来；我认为穿那件我知道的锁子铠比任何一件都安全、都轻捷，他却不断说："等一下，等一下，这件更好。"正当我们忙得不可开交时，狐的声音从背后传来："都停了。"我们转过身看，床上那许多天来半死不活的东西已经断气了；断气的当儿（如果他有意识的话），正眼睁睁看着一个女孩肆无忌惮地搜掠他的盔甲。

"愿他瞑目，"巴狄亚说，"马上就好了。等会儿侍女们就可以进来替他擦洗身体了。"我们随即又转身过去解决胄袍的事。

就这样，我多年来盼望的事，终于夹杂在一大堆紧急事务中无声无息地发生了。一小时之后，当我回顾这一切时，觉得十分惊愕。然而，此后，我便常常注意到，每个人的死亡其实都比人预期的来得详和。许多比我父亲更受爱戴且更值得爱戴的人去世时，也不过激起一圈小小的涟漪。

我决定仍穿那件旧铠甲，不过，我们吩咐护甲兵把它好好擦亮，让它像银子一样熠熠夺目。

第十九章

　　在盛大的日子里，那赋予这日子重大意义的事件也许只占了它一丁点的时间——就像一餐饭一下子就吃完了，但宰杀、切剁、烤焙、盛盘，乃至膳后的濯理、刷洗，却很费时。我与俄衮王子的对决只持续了十分钟，但整个事件共历时十二个多钟点。

　　首先，狐既然已是自由人了，又是女王的"明灯"（葛罗人向来这么称呼王的宰辅，虽然父王令这职位闲置），我命令他出席决斗场，并要穿戴华服隆冕。但是，妆扮一个性情古怪的女孩去参加她初次的宴会恐怕还容易些吧。他说，所有蛮夷的服饰都不够典雅，穿得愈华丽就愈丑陋。他坚持穿他那件蛀痕斑斑的旧袍子。好不容易说服他将就点，接着便是巴狄亚要求我对决时不戴面纱。他认为面纱会遮住我的视线，并且想不通到底怎么戴，似乎戴在头盔里面外面都不妥。但是，我断然拒绝裸着脸出场。最后，我吩咐朴碧用极细的材料为我织了一顶头罩，必须从外头看不透，且要盖住整个头盔，只留两个眼洞。其实，原不需如此大费周章，因为我戴着面纱与巴狄亚斗剑已不下十来次；不过，戴上这顶面罩让我看来活像个鬼，令人汗毛直竖。"倘若他确如传言中那样胆小，"巴狄亚说，"你这模样会让他不寒而栗。"此外，我们必须早早启程，因为看样子沿街簇拥的群众会减缓大伙儿骑马行进的速度。我们传呼楚聂下来随行，大家都骑上马背。有人建议他盛装出席，但他拒绝了。

不管你们的勇士赢或输，他说："服冕堂皇或我原来的这身武装，都无关紧要。不过女王，你们的勇士在哪里呢？"

"一到决斗场，你就会知道，"我说。

我全身上下装扮得有如鬼魅：看不见喉咙，也看不见头盔，光秃秃的脸上裸露着两个眼窟窿，一副稻草人或麻疯病人的模样，这情景使楚聂吓了一大跳。他的惊吓正好预示我们俄衮可能有的反应。

几个王侯和长老在宫门外等着引导我们穿越市街。要猜出当时我心里在想什么并不难。那天，赛姬不也是这样出宫去医治百姓的吗？后来，她出宫被献给兽，不也是同样的情景？也许，我心里想，这就是神所谓的"你也要成为赛姬"的意思吧。的确，我也有可能成为献祭的牺牲。这倒是颇让人觉得悲壮的念头。由于决斗迫在眉睫，我已无法分心去顾及自己的生死了。众目睽睽下，我唯一的关注是表现出英勇凛凛的气概，无论是此刻或在决斗场上。若有哪个先知能告诉我，我将奋战五分钟然后英勇意义，就凭这点，我愿赏他十两银。

在我身旁陪驾的王侯们神色十分凝重。我料想他们认为不出一会儿功夫俄衮便能叫我掷剑称臣。不过，决斗的做法固然疯狂，却不失为驱赶俄衮和楚聂出境的良策（后来，当我认识他们之后，有一两个人向我坦承当时他们确实有这想法）。然而，如果王侯们心情沉重，街上的百姓则一片欢声雷动，纷纷把帽子往空中抛。若非觑清他们脸上的表情，我可能早就飘飘欲仙了。老百姓的心，我真是看透了。他们所想的，不是葛罗或我。任何的决斗，对他们而言，都是一场免费的好戏；一个女人与一个男人的对决尤其精彩，因为太古怪了——这就像那些不谙五音的人推推搡搡争睹街头琴手弹琴一样，不为什么，只因这人是用脚趾弹琴。

终于，我们抵达了河边的广场，但是，决斗之前，还有更多的繁文缛节。戴着鸟面具的亚珑也在场，有一只公牛等着他祭杀；看来，众神的确老是不客气地与各样事务纠缠在一起，不先让他们解馋一番，休想办成任何事。正对着我们，在广场的另一边，是伐斯的骑士队，居中的那位便是俄衮。望着他，一个与别人没两样的人，想到我们两人中有一人即将血刃对方，不禁觉得世界真是再没有比这更奇怪的事了。血刃、杀人，仿佛这类的字眼我从未用过。俄衮这个人发色像枯草一样，胡须没几把，刻意梳理得挺挺的，反而突显出一张臃肿的嘴巴，让人望而生厌。接着，他和我都下了马，走向对方，各自嚼了一小口公牛肉，代表百姓立誓遵守各样协定。

这下，该让我们开始了吧，我心里想。（那天，苍白的太阳恹恹地挂在阴灰的天空中，冷风刺骨；"难道要我们对决前先冻死不成？"我心里嘀咕着。）可是，这回需要清场，必须用矛杆挡退那些围观的老百姓；而且，巴狄亚必须过场去与俄衮的主帅细语一番，然后两人再一起过来与亚珑细语一番。俄衮的吹号手和我的号手并肩就位。

"好了，女王，一切就绪，"当没完没了的准备工夫几乎使我气馁时，巴狄亚突然说，"愿神保佑你。"

狐站着，面色如铁；他若开口讲话，必会泣不成声。当我脱掉披风，抽剑出鞘，单独往广场走去时，我看见楚聂一脸惊愕（他吓得脸都白了，这也难怪。）

伐斯来的人哈哈大笑。我们这边的人呔喝叫阵。俄衮在我十步之内，五步之内，然后，咔唧一声，刀光剑影。

他一出手，就轻敌；头几招根本草率到目中无人的地步。

不过，我把握住一个好机会，俐落一击，把他指关节的皮挑破了（他的手也许因此麻了一下），这才叫他警觉过来。虽然我的眼睛从未离开过他的剑刃，还是多少瞥见了他的面目。"气急败坏"，我心想。他的眉头皱成一团，嘴巴动不动就吐出一大串骂人的脏话，也许为了掩盖心中的恐惧吧。我自己嘛，倒一点也不怕，虽然是正式的交锋，却不觉得像在决斗。这与我和巴狄亚的模拟对抗没什么两样，都是连串的击刺、佯攻和变招；甚至他指节上的血，我也视若无睹，这样的伤，用一把钝剑或扁平的剑身绰绰有余了。

亲爱的读者，你是希腊人，也许从未与人对决过；即使有过，大多是作为步兵在沙场上与人做殊死战。因此，除非我手持剑，或至少一根棍子，向你现身说法，否则很难叫你明白斗剑的过程。是的，交锋不久，我便知道自己不会死在俄衮的剑下，但能否杀死他，则没把握。我很怕一直相持不下，最后，败在体力略逊一筹上。我永远忘不了此刻俄衮脸上发生的变化。这变化着实令我吓了一跳，当时我并不了解这是怎么回事。现在，倒是明白了。这件事后，我陆续见过一些人意识到死神临近时脸上特有的表情。如果你曾见过的话，应该也能明白。那是一种回光返照似的勃勃生气，盎然犹胜常日，是生命不甘束手就擒的奋力反搏。接着，他第一次严重失误，我也错失良机。似乎过了好一阵子（事实上只有几分钟），他又失误了，这回，我已准备好了。于是，一剑过去，顺手把剑刃旋了一圈，深深剃入他的大腿窝——连神医也无法止血的要害。我随即往后跳开，以免他倒地时把我也拖下去。就这样，我第一次杀人所染的血竟比第一次杀猪少。

俄衾的人急忙奔向他，但他的生命已无挽回的可能。群众的欢呼声在我耳里嗡嗡作响，戴着头盔，任何声响听在耳里，都是这般奇怪。我甚至没怎么喘气，与巴狄亚斗剑多半比这久。然而，我突然觉得虚脱，两腿发软；同时，我也觉得自己不一样了，仿佛什么东西被拿走了似的。我常常想，女人失去贞操时是否也有同样的感觉。

巴狄亚（狐紧跟在他后面）疾步跑向我，眼里噙着泪，满脸笑容。"蒙福！蒙福！"他喊道，"女王！骁勇的战士！我的高足……天啊，多神妙的一击！令人永生难忘。"说着，他拉起我的左手凑近自己的嘴唇。我的眼泪潸潸流出，低着头，免得他看见头罩下的泪水。我还哽咽失声，他们早一拥而上（楚聂坐在马上，因他还不能走路），把我团团围住，交口称谢不已，直到我几乎不耐烦起来，可心中不免升起一丝甜甜的锥心的骄傲。情况根本不容我有静下来的功夫。紧接着，我必须向百姓、向伐斯来的人发表演说。看起来，我必须做的事可真多，不下二十件。我心里却想着："一切都归因于那碗牛奶，那碗我在清冷的乳酪间独饮的奶，从那天起，我开始使剑。"

欢呼声一平复，我立刻呼人牵来我的马，上马之后，我蹀到楚聂旁边，与他握手。然后，两人一齐向前骑了数步，来到伐斯的骑士们面前。

"远道来的朋友们，"我说，"你们亲眼看见俄衮死于公道无讹的决斗。关于伐斯王位的继承，还需要更多的辩论吗？"

大约有半打以上的人，无疑是俄衮的心腹党羽，一言不发地掉头策马离去。其余的都用枪矛举起头盔，拥戴楚聂，口呼和平。这时，我放开他的手，他便转向前去与他们会合，随即与他们的统帅交谈。

"现在，女王，"巴狄亚在我耳边说，"你绝对必须邀请我方的显贵和从伐斯那头来的（楚聂王子会告诉你哪几个人）到宫里庆功一番，包括亚珑在内。"

"庆功宴？吃豆饼？你明知我们的贮肉室空空如也。"

"有那头猪啊，女王。而且，安姬也该分我们一些公牛肉，我会找亚珑商量去。还有先王的贮酒室，今晚，你就干脆开它几瓮助兴，这样，人家就不会注意到豆饼了。"我那与巴狄亚和狐私下大饱口福的美梦就这么泡汤了，此外，首度出战沾染的血尚未从剑上拭去，我发现自己俨然又已恢复女儿身，心头挂虑的是鸡毛蒜皮的小事。多么希望策马离开，赶在他们抵达王室之前找到酒政，问他我们还有什么酒。父王临终前那阵子，和葩姐（肯定是她）喝掉的酒多到可以聚池游泳。

最后共有二十五人(连我在内)从决斗场回宫,楚聂王子与我并骑,一路上不断称赞我(的确不无理由),又一再恳求我裸脸给他看。其实这只是一种献殷勤的游戏,任何其他女人不会把它当一回事。但对我而言,这是何等新鲜又何等甜密(我必须坦承这点),以致我竟然情不自禁地也跟着逢场作戏起来。我真是开心极了,如果时光可以倒流,让我与赛姬和狐再像灾厄发生以前的那段日子一样同出共入,恐怕也不会这么开心。此刻,是我一生中第一次(也是最后一次)觉得心花怒放。一个崭新的世界,极其明亮的世界,在我周围渐次呈现。

这当然又是众神的恶作剧;先把泡沫往上吹得大大的,然后戮破它。

我一跨过王宫的门槛,他们就把泡沫戮破了。一位我从未见过的小女孩,是个奴隶,从某个藏身的角落里走出来,向巴狄亚耳语。在这之前,他一直蛮快活的;阳光顿时从他脸上消失。接着,他走近我,半带羞赧地说:"女王,白天的工作已完了。现在,没有我的事了。你若准我回家去,我会感激不尽的。我的妻子正在阵痛中,原以为不会这么快的。今晚,我要陪她。"

那一瞬间,我体验到父王所有的震怒。好不容易把自己控制住,我说:"当然啦,巴狄亚,你理应这么做。请代我向你的妻子问好。且把这个戒指献给安姬，祈求她保佑母子平安。"我所卸下的戒指是自己所拥有的戒指中最贵重的。

他急忙离开，根本来不及向我致谢。他大概做梦也想不到自己的那句"白天的工作已完了"多么令我伤心。是的，就是这样——白天的工作。我是他的工作；作我的侍卫是他的谋生途径。当白天的工作结束后，他便像其他的雇工一样，回家去过真正的生活。

那晚的筵席是我生平第一次的筵席，也是唯一一次从头坐到尾的筵席（我们不像希腊人倚在桌旁燕享，而是坐在椅上或凳上）。此后，虽然我宴过无数次客，但筵席间顶多进来三次，向最显要的宾客敬酒，对大家说几句话，就离席而去，每回总由两名侍女伴随左右，这样做，省去了不少无聊的应酬，另外，竟也极有用处，我因此成为脍炙人口的传奇人物，有人说我桀傲不驯，有人说我谦恭知礼。总之，那晚，我几乎陪坐到席散，是筵间唯一的女人。我整个人有三分是羞怯、惊惶的奥璐儿，深恐这样造次，宴罢会遭狐责骂，心中孤苦莫名；另外一分是女王，在热闹和喧哗中洋洋自得（虽然有点头晕目眩），这会儿梦想自己从此便能像男人和战士般大声谈笑，开怀畅饮，下一刻、更加狂放了，竟与楚聂一搭一唱相互调戏，仿佛面纱所遮掩的是张美人脸。

当我终于离席走进冷清的走廊，整个头又晕又痛。"呸！

男人真脏。"我心里叫道。这时他们全都醉了（狐例外，他早就离席了），但令我恶心的不是他们的豪饮，而是吃相。以前，我从未见过男人狂欢作乐，这晚可领教了他们的馋相：狼吞虎咽，攫撕拔扯，打嗝声此起彼落，遍桌油渣，骨头散了满地，狗群穿梭脚下争食。男人都是这么样子的吗？巴狄亚呢？我的孤独感又回来了，双重的孤独感，一为巴狄亚，一为赛姬，两者分不开。眼前浮起一幅图画，是痴人的梦，不可能实现的：所有的事从头就不一样，他是我的丈夫，赛姬是我们的女儿。那临盆待产的是我，赛姬在我腹中蠕动……他正赶回家看我。这时，我发现了酒的神效，从而了解男人为什么会酗酒成性。酒在我身上发生的作用——不在于释愁——而是使我的哀愁显得格外光荣、崇高，像首悱恻动人的乐曲。因有这种感受，我觉得自己非常了不起，非常值得人敬佩。我是某首歌谣中那位伟大、哀愁的女王。没有抑住盈眶的泪水，我让自己尽情哭泣。一言以蔽之，我醉了；演了一出丑剧。

小丑上床了，那是什么声音？不，不，绝无小女孩在花园里哭泣。绝无人又冷又饿，被逐在外，全身颤抖，想进来却不敢进来。那是井链摇动的声音。若因此起床外出去呼叫赛姬，赛姬，我唯一的爱，那才真是痴傻。如今，我是位伟大的女王了。我已杀了一个人。我像男人一样酩酊大醉。所有的战士在出战过后都要狂饮一番。巴狄亚的唇吻在我的手上像闪电一样温热。所有伟大的君王都有情妇和爱人，而且不止一位。那哭声又来了。不，这只是井旁水桶的声音。"关窗，朴碧。你也上床吧！孩子。你爱我吗，朴碧？吻我，向我道晚安。晚安。"父王死了，他再也不会扯我的头发了。一剑刺过去往大腿窝一刴，这就能叫他一命呜呼。我是女王了；我要杀掉奥璐儿。

第二十章

　　第二天我们将先王焚埋了。接下来一天,我们将蕾迪芙许配给楚聂(婚礼一个月后举行)。第三天,所有客人都离开了,王宫恢复了常日的秩序。我的统治正式开始。

　　写到这里,我必须把此后许多年的事一笔带过(虽然这几年构成我生命中最长的一段岁月),这些年间,在我身上,葛罗的女王愈来愈得势,奥璐儿愈来愈式微。我把奥璐儿禁锢起来,或者尽我所能让她沉睡在心灵深处;她乖乖蜷伏在那里。这就像怀胎一样,只是反过来,胎儿在里面日渐萎缩、消沉。

　　读者诸君,你们当中也许有人曾经从一些传奇或诗歌中听到有关我的政绩和武功。请相信我的话,其中大部分与事实不符。因为我早就获悉,民间的传说,尤其是流传在邻近地域的，把事实渲染得超过真相两、三倍，并且把我的事迹和古代北地（我想）某个武后的丰功伟业掺在一起，再加上杜撰出来的许多神迹奇事。其实，与俄衾的决斗之后，我一共只打过三次仗，其中一次，也就是最后一次——讨伐阴山外的"篷车族"——更是规模极小的战事。虽然这三次，我都亲自出征，但可没愚昧到自认是杰出的将领，这大梁完全由巴狄亚和裴伦分挑（我在打败俄衾的当晚初识裴伦，后来在众王侯中他成为我最忠心的臣辅）。有一点我想说的是：当敌我两军一摆阵对峙，只要敌人的箭一射入我们的行伍，即使我并未披挂上阵，我所驻停的地方，附近的草木立刻成为可堪纪念的战场、胜地，被登录在史志中。其实，我诚心所愿的是留在家里。此外，在我亲手歼敌的事例中，也没什么特别值得一提的，除了一次例外。那是与伊术交战的时候，他们的骑兵从埋伏中冲出，倾刻间把行进当儿的巴狄亚团团围住。我驰马突围，浑然不知自己做了些什么，直到解围，他们说，我一口气用剑杀了七个人（那天我受伤了）。倘若听信传言的话，你会以为每一次战役都出于我的精心擘划，而死在我剑下的敌军比我方其他将兵合起来的斩获还多。

我真正的威力在于两方面。第一，我有两位非常优秀的参谋，尤其初期几年。你很难找到比他们更好的负轭之臣，狐和巴狄亚各有所长，他们无视己身的荣辱或宠黜，但求照顾我的需要。我也了解他们彼此间的讥嘲、揶揄不过是一种游戏（从前我年幼无知，不明白这点）。他们对我也从不阿谀奉承。所以能够这样，算是得利于我容貌的丑陋，正因如此，他们才不把我当女人看待。假使他们意识到我是女人，我们三人便根本不可能单独围着栋梁室的火炉无所不谈；我们经常这么做。从他们口中，我知道了许许多多关于男人的事。

我的第二项威力是我的面纱。若非握有实据，我很难相信它对我所产生的功效。从一开始（自那晚在花园邂逅楚聂起），当我的脸一遮蒙起来，人们便发现我的声音具有各样的魅力，起初，它"像男人的那样洪亮，却又有举世罕有的柔媚"；后来，在未随着年龄增长而喑哑之前，它简直无异于神灵的声音，或像塞壬，①或像俄耳甫斯，②随你怎么说。许多年后，当城里记得我长相的人剩下没几个时（他们无人活得比我长久），各种故事便到处流传，争相描绘隐藏在面纱下的容颜，极尽想象之能事。没有人相信它只是一张丑女人的脸。有人说

---

① Siren，希腊神话中的女妖之一，歌声迷人，常出没于礁岩间，以歌吟媚惑来往船只，使其触礁沉没。

② Orpheus，希腊神话中最具魔力的音乐家。相传他是诗神缪斯的儿子，阿波罗神赐给他一把七弦琴，每当他又弹又唱时，美妙的歌声能使四围的走兽、草木甚至石头应和起舞。他曾经进入地狱，用音乐感动冥王释放被掳的妻子俄瑞狄刻（Eurydice），却因没有信守诺言，在上到阳界之前回顾瞻顾，终于功亏一篑，没能把妻子带回人间。

（几乎所有的年轻姑娘都这么说）它狰狞到令人难以忍受的地步，是张猪的、猫的或是象的脸。最精彩的说法是，我根本没有脸，如果把我的面纱扯掉，只会看到一片空白。但另一种说法是，我必须戴面纱，因为我美得太眩人了，裸脸的话，全世界的男人都要为之疯狂，或说安姬嫉妒我的美貌，声言我若裸颜现世，将遭到毁容的噩运（持这种看法的，男人占多数）。所有这些荒诞的传说使我显得格外神秘、凛然可畏。有些沙场骁将出使到栋梁室来，当我转眼注视他们，一言不发时，竟会被我吓得满脸发白，像受惊的小孩（其实，他们何尝分辨得出我是否两眼盯着他们）。用同样的武器，我也曾使说谎老手面红耳赤，仓皇间把真相和盘托出。

我做的第一件事是把自己的起居室搬到王宫的北边，这样做是为了逃避井链的声音。因为，虽然白天我十分明白这声音是怎么来的；到了夜晚，不论做什么我都无法叫自己不把它当作女孩的哭声。但是，这么一搬，以及后来的几次迁移（我试过王宫的每个角落），都没有用。我发现宫里任何地方，夜阑人静的时候，都可以听见井链摆动的声音。这事没有人能够了解，除非他也老是怕听某种声音，同时却又怕错过它。如果万一有那么一次，在无数次的戏弄之后，那最后一次——是真的，赛姬回来了（喏，奥璐儿又活过来了，奥璐儿拒绝死去）。不过，我知道这根本是痴愚的梦想。倘若赛姬真还活着,并且能回来,又愿意回来,她老早就回来了。现在,她一定死了,或者被人俘掳,卖为奴隶……每当这想法袭上心头,我唯一的出路是立刻起床到栋梁室找事做,无论多晚多冷。我在那里读书、写作,直到眼目昏花,我的头发烧,两腿冻得生疼。

当然,我派人到每个奴隶拍卖场,到任何可以抵达的地方去寻找。我仔细聆听来往客旅讲的每一则故事,试着从其中掌握赛姬可能的行踪。年复一年,我一直这样做着,一边做,一边懊恼,因为知道希望渺茫。

在位不到一年(时间我记得很清楚,那时正是无花果的收获季),我命人把葩姐绞杀了。有回我听政时,一位马童不经心的话被我听出蹊跷,追查之后发现,葩姐长期以来是宫中的吸血鬼,任何再小的好处、各样食物的配给,必先给葩姐抽点油水,才能传到其他奴隶的手里;否则,她就造谣中伤,直到这个人被鞭打或调到矿坑去。将葩姐处决后,我顺手推舟,裁汰冗员,整饬宫中的风纪。宫里的奴隶实在供大于求。那些手脚不干净、行为放荡的,我把他们卖掉。好的,不分男女,只要能吃苦耐劳,又够机灵(否则,解放他们只会让你的门口多一些乞丐),我就还他们自由,给他们田地和房子自力更生。离宫之前,我为他们做主,两两婚配成双。有时,我甚至容许他们自己择偶! 这对奴隶的嫁娶而言,是很奇怪、很不寻常的做法，但是结果往往还不差。虽然对我是个极大的损失，我也让朴碧成为自由人，她选了一个极好的人嫁了。我的有些欢乐时光是在她家中的炉边度过的。这些重获自由的人大多数成为富农，他们都住在王宫附近，对我忠心耿耿，有如我的第二支禁卫军。

我也改良了矿（银矿）的生产。矿坑对父王而言似乎只是体罚的最佳所在。"把他带到坑里去！"他这么说，"我要教训教训他，让他活活累死。"这样一来，矿坑中的死人比做工的多，产量少得可怜。一找到诚实可靠的监工（再没有人比巴狄亚有知人之明了），我便为矿坑买了些年轻力壮的奴隶，确保他们的住所通风良好，饮食丰足，并且让每个人知道，当天天所挖的矿积累到某一重量时，就可以重获自由了。据推算，若持之以恒，一个勤勉的矿工预期可以在十年之后获得自由；后来，我们将他缩短为七年。这使得头一年的产量降低，但到了第三年就增加了十分之一；现在产量已超过父王当政时期的一半了。我们出产的银矿是周围列国中质地最好的，它是葛罗的主要财源。

我让狐搬出他这些年来栖身的"狗洞"，在宫南贵族群居的地方，赐给他一栋房子和维生的土地，使他不必看来总是仰赖我的恩惠过日子。我也拨款让他负责采购书籍（如果买得到的话）。过了好久，商旅，也许远在二十多国之外，才得知在葛罗有书的销路。书籍的运输耗时更久,途中不知转了几手,往往耽搁个一、两年。书价之昂贵令狐猛扯头发。"一分钱的东西竟卖到一两银。"他说。我们来者不拒,毫无选择的余地。就这样,我建立了一个在蛮夷地区颇称可观的图书馆——藏书十八部。其中包括荷马咏颂特洛伊的诗歌,不全,只到帕特罗克洛斯(Patroclus)痛哭的地方。[1] 我们拥有两部欧里庇得斯的悲剧,一部关于安德洛米达,另一部由酒神狄俄尼索斯开场白,一群疯女组成唱诗队。[2] 另有一本非常实用的(不押韵的)书,谈到牛、马的配种和保健、狗虱的防治等等。此外,有一些苏格拉底的对话;一首斯特萨科罗斯献给海伦的诗;[3] 一本赫拉克利特的书;[4] 和一册厚厚的、艰涩的(无韵)书,开头一句是"所有人生来都有求知欲"。书籍一运到,亚珑便常和狐在一起研读;不久,其他人,大部分是贵胄子弟,也来读。

---

[1] Patroclus,荷马史诗《伊利亚特》中的希腊英雄之一。他是主角阿喀琉斯(Achilles)的挚友。这里指的应是第十六章的开头几行,他前往阿喀琉斯的营帐恳劝这位罢战的骁将,捐弃前嫌,叱咤沙场,扭转希腊联军的颓势。

[2] Euripies(西元前 479—406 年)希腊三大悲剧家之一。有关安德洛米达的故事见第二章。由酒神开场白的剧作应指"Bacchants",意为酒神的奠祭者。

[3] Stesichorus,西元前 6、7 世纪的希腊诗人,擅长神话叙事诗。

[4] Heraclitus(西元前 450—480 年),古希腊著名的哲学家和宇宙论者,认为火是一切物质的基本元素。他的唯一一本著作早已失传。我们是从古书中所摘录的有关他的论述片断得知他的观点。

这时，我的生活开始有女王的样子了，我结识贵族，礼遇国中有才德的仕女。就这样，必然地，我与巴狄亚的妻子，燕喜，晤面了。我一直以为她会是个美艳动人的妇女；谁知她很矮，生了八个孩子之后，身材更臃肿了。葛罗所有的妇女体格都是这么粗壮，年纪轻轻就这样了。（也许这就是为什么人们遐想我的面纱盖着的是一张姣好的容颜。由于是处女，我仍保有苗条的身材，好长一段岁月，这使我看来还颇可人的——倘若不看我的脸。）我极力勉强自己礼待燕喜——不只礼待，可以说是宠爱有加了。其实，单为了巴狄亚，我便能爱她，如果容许我这样做的话。但是，在我面前，她总是怯静如鼠；怕我，我想。每当我试着跟她交谈，她的眼睛总绕着屋子到处溜转，好像求问着："谁能救我脱离这里？"偶尔，有个闪念会掠过我的脑际："她是在嫉妒吗？"想及此，心中不无窃喜。许多年来，不管我们什么时候晤面，情况都是这样。有时，我会告诉自己："她与他同床共衾，真糟糕。她为他生儿育女，更糟糕。但她可曾与他一起出生入死，埋伏袭敌时蹲在他身旁，进攻时与他并驾齐驱，或者在整天口干舌燥的行军之后与他共饮一壶发臭的水？他们之间所有的眉目传情，可有生死之交的同胞分道扬镳各赴国难前那临别的一瞥？我认识且拥有她连做梦都想不到的他。她是他的玩偶、他的消遣、他的休闲、他的安慰。我呢？我盘踞在他纯属男人的生活里。"

想想,巴狄亚天天来回于女王和妻子之间,那么确定自己充分尽到为人臣为人夫的责任(事实也的确如此),却无疑地,从未意识到他可能在两人之间激起怎样的烦扰,这真是一件奇怪的事。所谓的男子汉大概就是这样吧。有一样罪是神从未赦免我们的,那就是生为女人。

女王的职责中最令我懊恼的,是必须经常到安姬宫献祭。若非安姬现已式微(或许这是我出于自负的想象),情况将更糟糕。亚珑在墙上新辟了一些窗牖,宫里不再像从前那么黝暗。他维持环境的方法也不一样,譬如每回杀牲之后,他必把血擦掉,洒上清水,宫里显得干净多了,却不再那么神圣不可侵犯。亚珑又从狐那里学会以哲人的口吻谈论诸神的事。最大的变化是他建议在旧有的形状莫辨的石头之前立一座安姬的偶像———一座希腊风格的女人像。我想他原本希望干脆把那块石头移走,但是,从某种角度看,它毕竟是安姬本人,如果被移走了,百姓会群起哗然的。要取得亚珑心目中那座偶像是颇费周章的事,因为葛罗境内没有人会造,因此必须向外采购;当然,不必真从希腊买,从希腊文化影响所及之地购买即可。这时,我已算富有了,便资助他银两。我自己并不很明白这样做的动机是什么,只觉得这样的一座偶像,对曾令童年的我恐惧莫名的那具没有脸的、嗜血的安姬,多少是种打击。新的偶像终于运到了,对我们这些野蛮人而言,她实在美得非凡,又栩栩如生,虽然把她搬入宫时,她还白朴朴光着身子;当我们为她絷上颜彩,穿上衣服,她立刻成为周围四境的奇观之一,有许多朝圣者前来瞻仰她。曾在故乡见过更优美、壮观的作品的狐,看了只觉好笑。

至于在宫里寻找一个角落,好让自己听不见那有时是井链在风中摆动,有时是落难行乞的赛姬在门外哭泣的声音——这项努力我终于放弃了。取而代之的,我在井的四周砌了石墙,铺上茅草屋顶,墙上开了个门。墙非常非常厚;我的泥水匠告诉我它们厚得不像话。"你浪费了太多好石头了,女王,"他说,"用来盖猪圈的话,可以盖上十座。"这事不久,一幅丑陋的幻景经常在我梦中,或将醒未醒时出现:我砌墙围住的不是井,而是赛姬(或奥璐儿)。这幻景不久也消失了。我不再听见赛姬的哭声。一年之后,我打败了伊术。

狐已经老了,需要休息;我们于是愈来愈少叫他来栋梁室。他一直忙着葛罗史的撰写工作。他写了两部,一部用希腊文,一部用葛罗语;这时,他已发现葛罗语也能写得辞采赡丽了。看见我们自己的语言被用希腊字母写出来,给我一种很奇怪的感觉。我从未告诉狐他对葛罗语懂得其实没他想象中的多,因此,他用葛罗语写的那部,有许多滑稽的表达,尤其在他以为辞采最华美的地方,更是如此。年纪渐长之后,他的哲学味道愈来愈淡了,越来越多地听他谈起修辞和诗歌的话题。他常常把我误认为赛姬，有时他会叫我克蕾瑟丝，[①]或男孩子的名字，如查米德斯[②]或格劳孔[③]之类。

我忙得没有多少时间陪他。什么事是我没做的？我重新修定法律，把每一条文刻在石版上，颁布于市中心。我疏浚舍尼特河，把河床填窄挖深，使得一般船只能开到宫门前。在人们原来涉水过河的地方，我筑了一座桥。我建造蓄水池，以避免旱年闹水荒。自认对畜牧已相当内行，我买好牛好羊，改良葛罗的品种。我做这个，我做那个——做了这许多，又怎么样呢？我对这些事务的热衷只不过像男人热衷于打猎或下棋一样，事情进行的当儿，你的心整个被占据了；但是，不久，猎兽宰了，棋将了，这时，有谁还会留连其中？对我而言，几乎每个夜晚都是这样；短短的一截梯便把我带离筵席或会议，带离女王生涯所有的喧哗、谋略和光彩，让我回到内寝面对自己的孤独——换句话说，面对虚无。入睡前和早上醒来的时刻最难捱（我通常醒得太早）——那数千个夜晚和早晨呵！有时我讶异着到底是谁带给人这种毫无意义的重复——永不休止的日夜更迭、季节遭递、年来年往；这岂不像一个蠢笨的小男孩吹口哨，不停地吹同一个调子，一次又一次，直到连你都奇怪他

---

① Crethis 希腊人名。

② Charmides，同上。

③ Glaucon，同上。

自己怎受得了？

狐寿终正寝，我给他举行了隆重如国君驾崩的葬礼，并且自己亲谱了四行希腊诗，作为他的墓志铭。请恕我不在此抄录，免得真正的希腊人看了，哑然失笑。这事发生在收获季的末了。他被安葬在梨树林后，也就是往年盛夏时分他教赛姬和我念书的地方。接着，日复一日，年复一年，生活和过去毫无两样，就像不断转动的轮子。直到有一天，我偶然放眼四周，看看花园、宫室和耸立在东方天边的阴山山脊，觉得自己再也无法忍受天天看这些同样的东西直到断气。瞧！那木搭牛栏的墙面涂着沥青，上面剥落的斑痕打从狐没来葛罗前就有了，叫人看都看腻了。我决定出外旅行去。我们与周围各国和平相处。我不在的时候，必要的话，巴狄亚、裴伦和亚珑都可以替我料理政事，因为这时的葛罗已经体制完备到可以自治了。

三天之后，我骑马离开葛罗，同行的有巴狄亚的儿子以勒狄亚、朴碧的女儿雅莉、我的两名女仆、一群持矛的卫兵（都是诚实的人）、一个厨子、一名马夫和驮着帐篷和食物的走兽。

第二十一章

　　为了一件事我必须把这趟旅行叙述一番，这件事发生在旅程的终了，甚至在我以为旅程已经结束的时候。我们的首站是伐斯，那儿的收获季比葛罗的晚，所以，同一个节期，我们好像过了两次；在家乡所挥别的，在这里又碰见了——磨刀霍霍的声音，收割者的唱和，残梗桁比的平畴不断扩展，结谷累累的田畦愈缩愈小，巷道里停着满载谷获的车驾，空气中弥漫汗味，人们皮肤晒得通红，喜气洋洋的。我们在楚聂的王宫过了十来夜，我很惊讶地发现蕾迪芙变胖了，昔日的风采荡然无存。像从前一样，她滔滔不绝，谈的尽是她孩子的事，葛罗人的近况她一概不问，除了葩姐的之外。楚聂把她的话全当耳边风，倒是与我谈笑甚欢。我已经和咨议大臣们商讨妥当，他的二儿子，达壬，将继承我的王位。这个达壬心地还颇正直，脑筋也够清楚（虽然他的母亲乡愿十足）。我原本可以好好疼爱他的，如果我容许自己这样做，而蕾迪芙又不从中作梗的话。不过，我是再也不会痴心怜爱任何小孩儿了。

离开伐斯之后，我们翻山越岭，向西进入伊术。伊术多参天古木，又多急湍，处处啼鸟，麋鹿出没，异趣横生。与我同行的都是年轻人，沿途兴高采烈；这一趟玩下来，大伙儿早已融成一片——每个人都晒黑了，从离家以来，一个充满希望、关怀、嬉笑和见闻的世界次第跃现眼前，叫人乐在其中。起初，他们有点怕我，静静地骑着马；这时，我们已成为熟识朋友了。我的心雀跃着。苍鹰在头上盘旋，瀑布轰然奔泻。

我们从群山万壑下到伊术，在王宫中停留三宿。伊术王，据我看，心眼并不坏，但对我过分诣媚；显然，葛罗和伐斯的结盟使他不得不软化语气。他的皇后也显然被我的面纱和有关我的传闻给吓着了。原先，我打算离开伊术王宫后就回家，但有人告诉我们，再往西走十五里有一天然的温泉。我知道以勒狄亚很想去，同时又想，自然奇景近在咫尺，我们竟然错过、不前去揽胜，若是狐还在，不责备我才怪（这么一想，心中不禁悲喜交集）。于是，我决定延长旅程，继续向西前行。

这天风和日丽——是个典型的秋天——十分燥热，但照在残梗上的阳光显得衰老而和煦，不像盛夏那般炽热。你会以为日子正进入休歇的状态,它的工作已告完成。我低声自语:是的,我也该准备退休了,回葛罗之后,再也不要焚膏继咎地工作了。巴狄亚也该让他退休(我早就注意到他已开始显露疲相)。是年轻人接棒的时候了,让他们去伤脑筋,巴狄亚和我理当坐在阳光下,重数往日英勇的战绩。还有什么需要我操心的呢?又有什么使我不能退休?急流勇退应是老年智慧的开端,我想。

那温泉(就像所有这类名胜一样)一点也谈不上奇绝。看过之后,我们继续走下一片暖和、苍翠的溪谷,也就是温泉的发源地,我们在溪泉和一座林子之间找到歇脚的地方。当随从们忙着扎营和喂马时,我信步走进林里,坐下乘凉。不久,我听见背后某处传来一阵庙钟的响声(伊术境内所有的庙几乎都有钟)。想想,骑了几个时辰的马后,散散步应该蛮舒服的,我便起身缓缓走出树林去寻找那座庙,心境悠悠闲闲的不在乎找不找得到。几分钟过后,我走进一处林木不生却长满青苔的地方,庙就在这里;不比农舍大,但全由白色的石头砌成,柱子刻有凹槽,富于希腊风。庙的后面,入眼一间小茅屋,显然是祭司的住家。

这地方已经够静了,但庙里更幽静,而且很阴凉。只觉一片素洁,全无一般庙宇的腥臊,所以,我想这里供奉的必是位甘于恬淡的小神,只要花和鲜果的供品。接着,我想这必是个女神,因为祭坛上有一座木雕的女人像,大约两寸高,手艺不差,更因未髹漆、未镶金,保持了原本天然的色泽,所以(在我看来),显得格外标致。美中不足的是,有条黑色的类似巾帕的东西罩在雕像的头上,把她的脸遮住了——这巾帕像极了我的面纱,只是,我的色白。

我心里想,这一切比起安姬宫来,实在好太多了,差别太大了。这时,我听见背后有脚步声,转头一看,一位穿着黑袍子的男人走了进来。他是个眼神凝定的老头子,似乎过于朴实了些。

"客人是否要上供给女神?"他问。

我放了两枚钱币在他手心,问他这是哪位女神。

"伊思陀。"他说。

这名字在葛罗和邻近的地域并不算稀罕,因此我没有理由吃惊;不过,我说,我从未听过有哪位女神叫这个名字。

"噢,那是因为她是一位非常年轻的女神,换句话说,她才刚刚成为女神。你应该知道,像许多其他的神祇一样,她原先也是人。"

"她怎会成为女神的?"

"由于她不久前才被奉为神,所以,现在仍然一贫如洗。请给我一枚银币,我便把她如何成为神的故事讲给你听。谢谢,好心的客人,谢谢。就凭这个,伊思陀便是你的朋友了。

现在,且让我告诉你这则封神的故事。从前在某个地方住了一位国王和他的王后,他们有三个女儿,最小的女儿是全世界最美丽的公主……"

他继续讲下去,像同类的祭司一样,以吟唱的声调,遣词用字则是早已熟记在心的。对我而言,似乎这位老人的声音、这座庙、我自己和这一趟旅程,都融入这则故事里;因为他所叙述的,正是我们的伊思陀——赛姬本人的故事:塔拉芭(伊术国的安姬)嫉妒她的美丽,叫人把她献祭给山上的兽,塔拉芭的儿子伊亚宁,诸神中最俊美的,爱上了她,把她带进自己的秘宫去。这老人甚至知道伊亚宁只在黑暗中亲昵她,而且不准她看清自己的脸,他的解释很幼稚:"你知道,客人,因为他母亲的缘故,他必须躲躲藏藏的。如果让母亲知道他娶了世界上她最嫉恨的女人,那还得了。"

我心里告诉自己,"好在不是十五年前,或十年前听到这故事,否则,我所有隐伏的哀愁会全数给唤过来。现在,我几乎无动于衷了。"想着,我突然觉得这件事有点离奇,于是问他,"你从哪里得知这则故事?"

他两眼瞪着我,似乎不懂我怎会这样问。"这是则由神启示出来的故事。"他说。我明白他是个懵懂无知的人,再问下去也是徒然。看我不讲话,他又继续说下去。

这时,我所有做梦的感觉刹那间消失了。我完全清醒过来,一阵温血涌上了面颊。他根本讲错了——错得可笑,错得可恶。首先,他说,赛姬的两位姐姐都前往神的秘宫探望她(蕾迪芙会去看她?!)"当她的两个姐姐,"他说,"看见这瑰伟的宫殿,又与她共进佳肴,并各自从她得了馈礼,她们——"

"她们'看见'宫殿了?"

"客人,这是则神圣的故事,你竟然打岔了。她们当然看得见宫殿,她们又不是瞎子。后来——"

听他这么说,我觉得好像先被诸神嘲笑,后又被啐了口痰在脸上似的。原来,故事是这样的,或者说,诸神让故事成了这个样子,因为必定是他们把这样子的故事放进这笨老头的心里,或某个爱幻想的人心里,从而让这笨老头学知。凡人怎么可能看得见那宫殿?诸神仅把部分的真相,藉着梦或神谕,或其他的什么途径,放进某个人的心里。是的,部分的真相,却把整个故事真正的意义所在、它的精华、关键给彻底掩饰掉。我因此写这本书向他们提出抗议,把他们所隐瞒的事实揭发出来,难道这不算主持公道吗?坐上审判台以来,我从未抓过像这样狡猾的伪证者,企图以一半的真相混淆是非。如果事实像他们所说的这样,我就不会被一道难解的谜团困住,就不必为了解开谜底而绞尽脑汁,当然,也就不会有猜错的危险。再说,这样的故事属于另一个世界,一个诸神清楚地向人显现的世界,他们不用惊鸿一瞥来折磨人,也不向其他人遮隐曾向某个人彰显的事物,更不要求你相信与你的眼、耳、鼻、舌和手指的感知互相矛盾的东西。在这样的世界里(有这样的世界吗? 如果有,也绝非我们所生存的这个世界),我绝对不会误入歧途,神也无法在我身上找到任何毛病。而现在,他们讲述发生在我身上的故事,讲得好似我看得见他们拒绝让我看见的……这岂不像讲一个瘸腿人的故事,却从不提他跛脚一样,或者只说某个人泄露了机密,却不提他被连续拷打了二十个小时。瞬间,这则伪造的故事如何形成、传播,以致在世界各地被复述的过程,我完全明白过来,也怀疑许多自古流传至今的有关神的故事也跟这故事一样,是遭到歪曲的赝品。

"就这样,"祭司继续说,"这两个坏心眼的姐姐共谋陷害伊思陀,她们带了一盏灯给她,要她——"

"为什么呢? 如果她——她们——看见宫殿了,凭什么理由要拆散伊思陀和伊亚宁神呢?"

"正因她们见到了宫殿,才想要毁掉她。"

"这又为什么?"

"哦,因为嫉妒啊! 伊思陀的夫君和宫室比起她们的,好太多了。"

就在这一刻我决定撰写本书。昔日我与诸神之间的争执已经休眠多年了。我仿效巴狄亚的心态,不再与他们打交道。即使曾亲眼见过一位神的显现,许多时候,我几乎相信根本没发生过这件事。记忆中他的声貌被我禁闭在心底某间不轻易开启的幽室。此刻,瞬息之间,我发觉自己正与他们面面相觑——我,力不足缚鸡,他们,无所不能;我看不见他们,他们却对我了若指掌;我,容易受伤(早就受伤了,我这一辈子不都在掩藏、包裹那道伤痕吗),他们,不知受伤为何物;我,孤零零一个人,他们,人多势众。这些年来,他们看似容让我逍遥在外,其实,正像猫捉老鼠一样,玩的是欲擒故纵的把戏。现在,他们张爪扑来,已把我逮个正着。尽管如此,我总可以说话吧,总可以把真相给揭露出来。从前的人或许不曾这样做过,但这并不意味我不该这样做。现在是撰写讼状控告他们的时候了。

嫉妒!我嫉妒赛姬?使我作呕的,不只是这道谎言的卑鄙、龌龊,更在于它的平庸、呆板。看来,诸神的心智根本无异于下等人。他们不假思索便率然认定故事背后的因由是充斥在叫化巷里、娼门似的宫庙中,以及在奴隶、幼童和犬类身上随处可见的那类无聊的、猥琐的七情六欲。如果他们真的必须捏造谎言,难道不能捏造得更高明些?

"……流浪在天涯海角间,哭着,不断哭着。"老人不知持续说了多久,总之,这个字回荡在我耳中,好似他重复了一千遍。我咬紧牙根,心里保持高度警觉,仿佛下一刻便能再次听见这哭声——她也许会在庙门外那座小小的林子里哭泣。

"够了，"我叫道，"女孩子心碎了会哭，你以为我不知道吗？继续讲下去。"

"到处流浪，边走边哭，边走边哭，不断地哭，"他说，"终于落入塔拉芭的掌握中。当然，连伊亚宁也护不了她。塔拉芭是他的母亲，他怕死她了。就这样，塔拉芭苦待伊思陀，让她操作各种艰困的、人力难胜的劳动。不过，伊思陀一件件完成了，最后，塔拉芭把她释放了，她便与伊亚宁团圆，并且成了女神。那时，我们便卸下她的黑面纱，我也把自己的黑袍子换成白的，同时，供上——"

"你的意思是有一天伊思陀将与她的夫神团圆，那时，你便拆掉她的面纱？这事什么时候发生呢？"

"春天到了，我们便拆掉她的面纱并更换自己的袍子。"

"谁管你做什么。我要知道的是这事到底发生了没？伊思陀现在还流浪在天涯，或已变为神了？"

"客人，神的故事说的是有关祭典的事——是我们在庙里所做的事。春天，和整个夏天，她是神。收获季到时，夜里我们把一盏灯放进入庙中，她的夫神便疾飞离去。这时，我们为她覆上面纱。整个冬天，她便流浪在外受苦，不断哭着、哭着……"

他什么都不知道，他把故事和祭仪混为一谈，不了解我问的是什么。

"你这故事，我听过别的讲法，老先生，"我说，"我想，她的姐姐——或姐姐们——或许有话要说，是你不知道的。"

"她们当然有许多话要说，"他回答。"善嫉的人总是满腹牢骚。我自己的太太现在不就——"

我向他行了个礼，随即离开那阴冷的地方，朝温暖的林子走回。透过树林，我可以看见随从们点燃的火正发出红色的光晕。日西沉了。

为了不扫大家的兴，我把自己的感觉隐藏起来——其实，我并不确知那到底是些什么样的感觉，只知道这趟秋旅原有的闲静刹那间化为乌有。次日，我总算明白些了，知道若不把自己对神的控诉全盘写出，将会永无宁日。这使我五内俱焚。我心中怀着这本书，好似女人怀着胎儿，它在我里面不断踢跶、蠢动。

因此，有关回程的事，我竟没什么好说。大约七、八天光景吧，我们经过伊术境内许多名胜。越过边界回到葛罗后，沿途只见四境一片繁荣、升平，人民安居乐业，对我流露出理应叫人开心的爱戴。然而，我仿佛耳聋眼瞎了。整个白天，夜晚亦然，我不断回忆往事的每一片断；一些多年来已淡忘的惊悸、羞辱、挣扎和痛苦又被我翻搅出来，有若把奥璐儿从坟墓里，和围着一道厚墙的水井，挖出，叫她重新醒过来，尽情倾吐。回忆一桩桩涌现，愈涌愈多！我不禁隔着面纱潸潸泪下，浑然忘却自己曾为女王;另一方面,却也为自己无法平抑的愤慨,感到前所未有的难过。同时,我十分惶急,唯恐若不尽快把书写成,诸神必会设法叫我缄默。每当近暮时分,以勒狄亚指着一处地方对我说:"那儿,女王,是扎营的好所在。"我会(不假思索地)说,"不,不。今晚我们还可以再多赶三里,或五里路。"每个清晨,我愈醒愈早。起初,我还耐心等着,在寒冷的晨雾中自我煎熬,听着他们几个年轻人酣睡的鼻息。不久,我的耐心用尽了,便去叫醒他们。我一天比一天更早叫醒他们。最后,我们兼程赶路,活像仓皇逃命的败旅。我变得沉默不语,使得其他人也跟着沉默起来。我发现他们个个惶惑不解,而且,这趟旅行所有的欢畅全都不见了,可以想象他们私下窃议,谈论着我情绪变化的事。

到家之后,我并不能如自己所期望的那样马上动笔。各种琐务堆积如山,而此刻,就在我最需要帮手的时候,有人传话进来,说巴狄亚身体违和,无法下床。我向亚珑询问巴狄亚的病情,亚珑说:"既非中毒,也非风寒,女王,就一个身体健壮的人而言,这些都只算微恙。不过,他最好不要下床。他老了,你知道。"听他这么说,我原应感到害怕,若非早就察觉(并发现近来有变本加厉的迹象)他的那位太太如何百般地呵护他,好像一只母鸡翼护她唯一的小鸡一样——并非出于害怕,我想,而是为了留他在家,不让他进宫。

不过，虽经无数的搅扰，我终于把书写成了。喏，眼前的这本就是。读这本书的你啊，请在神和我之间主持公道。在这世界上，除了赛姬之外，他们让我别无所爱，后来，却又把她从我身边夺走。这还不够，他们接着又在那样的时地把我带到她面前，由我的话决定她是继续活在幸福中或被逐入愁惨里。他们不告诉我她到底是神的新娘，或发疯了，或是野兽、恶徒的掳物。虽然我百般乞求，他们硬是不给我清楚的征兆。我被迫猜测。由于我猜错了，他们便惩罚我——最毒的是，藉着她来惩罚我；甚至这样还不够；现在，他们散播一则虚谎的故事，在这则故事里，我并没什么谜要猜，而是清楚知道并亲眼看见她是神的新娘，却任凭己意摧毁她，只因为嫉妒她。我好像是另一个雷迪芙。我说，神对待我们极不公道。他们既不置身度外，让我们不受干扰地过完短暂的人生（这么是最好的状况），也不公开彰显自己，把要我们做的事明白告诉我们。若是这样，人还受得了。但是，他们暗示、盘旋，藉着托梦或神谕，或在稍纵即逝的异象中，接近我们；我们求问时，他们像死一样的沉默，而当我们最想摆脱他们时，却又溜回来（用我们无法了解的语言）在耳里对我们讲悄悄话。此外，又对人彰显向其他人遮掩的事，这一切算什么呢？猫捉老鼠的游戏？瞎子打拳？变戏法耍弄人？为什么神所出没的地方必须是暗昧不明的地方？

因此，我说，任何一种生物（即使是蛇蝎或蟾蜍）都不及神对人的毒害大。让他们反驳我的控诉吧，如果能的话。他们极有可能不反驳我，却使我发疯或染患麻疯，或把我变成畜类、鸟或树。若是这样，也无妨。不过，世人便知道（诸神也将知道世人知道）那是因为他们无法反驳我。

第 二 部

第 一 章

　　写下他们无法反驳"我"这句话后没多久，我发现自己不能就此结笔，最好是把书摊开来从头改写。但是，我想，时间已不容许我这样做了。近来，我的体力急遽衰退，亚珑摇头嘱咐我多休息。他们已经派人传信给达壬了，以为我不知道。

　　既然来不及改写，我便必须加写续篇。若止于原来的结尾，死后，怕会蒙上提供伪证的臭名。现在的我比从前更了解这位写此书的女人。这样的改变来自写作本身。写作这种事是不能轻率尝试的。回忆，一旦被唤醒，就像暴君一样。我发现自己被迫一一坦承许多早已忘得一干二净的感觉和想法（好像在审判官面前自白，容不得人撒谎）。因此，我所叙述的往事并非就是我的记忆。动笔之前，甚至书成之时，对于许多事,我并未能像现在这样透彻了解。然而,写作在我心里产生的潜移默化(这变化,我在原书中并未提及)也只是一种开端——只能说是把我的心预备好,能够接受诸神的手术治疗。他们用我自己的笔诊断我的伤。

我才动笔,就有一记当头棒喝自外击来。当我叙述童年时,也就是当我写到蕾迪芙和我怎样在花园里捏土筑泥屋时,成千的其他往事涌回心头,都是发生在赛姬和狐未出现前的岁月——那时,只有我和蕾迪芙。我们在小溪里捞蝌蚪;躲在干草堆里避开菡妲;父王摆设筵席时,我们等在大厅门口向进进出出的奴隶们要零嘴吃。相形之下,后来的蕾迪芙简直判若两人——这点,我只在心里想着,没有写出来。接着,那外来的棒喝就临到了。当无数的搅扰正让我觉得不胜其烦时,又传进一道口信:从称霸东南的太皇那里来了一队使节,要求谒见。

"又是一场瘟疫。"我说。这些远地的客人进了宫来(免不了又是连续几个小时的会议,以及接着的燕享)。当发现他们的领头是个阉臣时,我对他们更无好感。原来,那朝廷是由宦官主政。这个阉臣是我所见过的最痴肥的人,肥到眼睛几乎被两颊的肉挤成一条细缝。他的脸光溜溜得像抹上一层厚厚的油,身上穿着花里胡哨,与安姬宫的少女一样,活像一具浓妆艳抹的玩偶。就在他口沫横飞地高谈阔论时,我开始觉得他有点像许多年前自己曾见过的某个人。你我都曾有过的经验，我追想，放弃，再追想，又放弃，终于在最不经意的时候，真相大白了，我脱口而出："泰麟！"

"是的，女王，我就是，"他说，又喜又恨（我想），还瞟了我一眼，"是，我正是那个被你们称做泰麟的人。你的父亲讨厌我，不是吗？不过，……嘻，嘻……他倒给我带来鸿运。噢，是的，他把我逼上康庄大道，就凭用剃头刀割了那么两下。若非他，我哪能像今天这样飞黄腾达。"

我恭喜他步步高升。

"谢谢，女王，谢谢。真是太妙了。想想……嘻……若非你父亲暴虐成性，我怕还在这个小番邦的禁卫军里拿着盾牌混日子呢！说真的，葛罗这饤饤小国若摆进我们王上的猎苑里，只能占个小角落，别人还注意不到哩！这样说，你不会生气吧？"

我说太皇那座令人欣羡的猎苑是我早有耳闻的。

"女王，你的妹妹呢？"这位阉臣问，"她可也真是个漂亮的小姑娘……虽然，嘻，嘻，这些年来，我亲近过无数比她标致的女人。她还活着吗？"

"她现在是伐斯国的王后。"我说。

"哦！是吗？伐斯？我想起来了。这些小国的名字很难——记牢哩。可不是吗？……那么漂亮的小姑娘。我很同情她。当时，她很孤单。"

"孤单?"我说。

"是啊，非常非常孤单，在另外一位公主出生之后。她曾经说过:'起先，奥璐儿很爱我的;后来，狐出现之后，她就不再那么爱我了;接着，伊思陀出生了，她就根本不爱我了。'因此，她很孤单。我为她感到难过……嘻，嘻……想当年，我也是个标致的美少年。葛罗境内的少女一半以上爱慕着我。"我把他的话题引回政事。

这只是一道当头棒喝，而且，还算轻;充其量不过是我正进入的严冬的第一片雪花，预告着那将来临的大风雪。泰麟所言是真是假，我完全不敢肯定。我仍然相信蕾迪芙既虚伪又愚蠢。她的愚蠢，诸神不可怪我，是得自父亲的遗传。不过，有件事倒是真的。当我的心先是转向狐，后再转向赛姬时，她的感受如何，我的确未曾想过，因为我从一开始多少就已认定，在我们两人当中，可怜的是我，被亏待的也是我。她有一头金色的卷发，不是吗?

再回来谈谈我的写作吧。因为写作而引起的持续不断的心智劳动终于蔓延到我的睡眠中。这是件筛滤和分类的苦差事，一桩桩的动机必须个别加以厘析，从中又得把虚假的托辞滤出。类似的分类工作每个夜晚在我的梦中进行，只不过花样翻新罢了。我认为自己面前有一堆囤积如山、令人束手无策的种子,小麦、大麦、罂粟、裸麦、稷等等,应有尽有,我必须把它们加以分类,一种一堆,搀混不得。为什么必须这样做,我并不知道,只知道我若中间停下来休息,或分完之后,有一粒种子放错堆,那么,永无休止的惩罚将会临到我。醒着的时候,任何人都知道这是根本办不到的事。这梦之所以折磨人,便在于它让人以为办得到。及时完工的可能性只有万分之一,而完全没有错误的概率则只有十万分之一。我几乎注定失败,难逃惩罚——但是,又不必然。就这样:挑捡、辨视,接着用姆指和食指战战兢兢地拣起每一粒种子。在某些梦里,更狂乱地,我变成一只小蚂蚁,相形之下,种子大得像磨石一样,我使尽全力做工,直到六只脚全都折断。然而,就这般像蚂蚁一样胸前扛着大过自己的重担,我终于将成堆的种子一一分类妥当。

有一件事可以反映出诸神怎么催逼我为白天、夜晚的两项差使殚精竭智,那就是,在这期间,我几乎完全把巴狄亚抛诸脑后,除了偶而嘀咕他不该请假之外——因为这一来,我的写作计划会受到干扰。只要这狂热状态仍持续着,除了把书赶着写完之外,其他的事都是鸡毛蒜皮。提到巴狄亚,我只有一两回这么说过:"难道他想在床上赖完余生的日子?"或者"都是他那老婆!"

那一天终于到了,我写下书的最后一行(他们无法反驳我)墨渍还未干，我憬然发现自己听懂亚珑的话了，仿佛第一次明白他那表情和语调的含意。"你的意思是，"我哭喊起来了，"巴狄亚命在旦夕？"

"他脉息已很微弱了，女王，"这位祭司说，"但愿狐还健在，我们葛罗就是缺乏良医。依我看，巴狄亚已没气力和意志与疾病搏斗了。"

"老天！"我说，"你怎不早点让我知晓这件事？哇！来人啊，快把我的马牵来，我要去看他。"

这时的亚珑已是我非常信赖的谋臣了。他按按我的手臂，语气温和而沉重地说："女王，你若现在去看他，他更不可能复原了。"

"难道我身上带有病毒？"我说，"又满脸死气，连面纱都遮不住？"

"巴狄亚是最忠心、最疼爱你的臣辅，"亚珑说，"见你一面会叫他筋疲力竭，把仅存的一口气给耗损掉。但是，为了尽忠职守、顾全礼节，即使拼老命，他也会硬撑起来。成千上百需向你报告的公事会一下子攒进他的脑袋。为了将这九天来遗忘的事务重新记起，他的脑筋怕会四分五裂。若因此一命呜呼，又何必呢？不如让他继续昏昏沉沉睡着。只有这样，才能叫他复原。"

这事实就像一杯苦酒当前，是我平生未曾喝过的；不过，我还是把它喝了。假使亚珑吩咐我蹲在酒臭、阴湿的地牢中静候，不管多少天，只要能叫他多一丝活下去的机会，我会拒绝吗？整整三天，我挨忍着(傻呵！都已老得胸乳下垂、腰肢皱瘪了)。到了第四天，我简直忍不住了。第五天，亚珑来了，噙着泪水，不等他开口，我已闻知噩耗。离奇的是，我竟然痴傻地认为最令人受不了的，莫过于巴狄亚死前没能知道一件可能叫他十分难为情的事。依我看，所有的一切会让我觉得容易承受些，如果给我机会，一次就够了，让我前去告诉他，在他耳边低语一句："巴狄亚，我爱你。"

当他们把他安放在柴堆上准备火葬时，我只能站在一旁悼念他。因为，既非他的妻子，也非他的亲戚，我便不能为他哀哭或捶胸。如果容许我捶胸的话，我会戴上铁或刺猬皮作的手套，尽情捶它一顿。

我遵照习俗，等了三天才前去"慰问"(他们这样称呼)他的遗孀。驱使我前去的不只是职责和习俗。正因他曾爱过她，从某方面看，说她是我的敌人实不为过；然而，世上除了她之外，有谁能和我倾谈。

他们把我带进她屋子顶楼的一个房间。她坐在那里纺纱，脸色极其苍白，神情却很镇静，比我还镇静。曾有一度，我讶于发现她并不及传闻中的美丽。如今，迟暮之年，反倒添了一种新的风韵，那是种泰然自若的神色。

"夫人——燕喜，"挽起她的双手（她来不及把手抽回），"对你，我能说什么呢？提到他，我怎能不说你的损失的确大得无法衡量呢？但是，这怎么安慰得了你，除非此刻能这样想，有这么一位丈夫，即使现在失去了，也胜过与世上任何男人厮守终生。"

"女王太抬举我了。"燕喜说，一面把两手抽回，交叉在胸前，并将眼睫低垂，完全合乎宫廷的礼节。

"噢，亲爱的夫人，且把君臣之礼搁在一旁，我恳求你。似乎直到昨日，你我都未曾晤过面？若论损失之大，我的仅次于你。（当然，我岂敢拿自己的与你的丧夫之恸相比？）你且请坐吧。也请继续纺纱。这样交谈比较自然。你愿我坐在你身旁吗？"

她坐下来继续纺纱，一脸安详，双唇微嘟，十足妇道人家的样子。对我的请求不置可否。

"太出人意料了，"我说，"刚开始你能从他的病情看出任何致命的迹象吗？"

"看是看出了。"

"是吗？亚珑告诉我那只是微恙。"

"他也对我这么说，女王，"他说，"对一个有气力抵抗疾病的人，那只是小病。"

"气力？巴狄亚是个身强力壮的人啊！"

"是的，外强中干——像一株被蠹空的树。"

"被蠹空？被什么蠹空？这倒是我从未察觉的。"

"我想也是，女王。他鞠躬尽瘁。他把自己累坏了——或者说，他被累坏了。十年前，他就该退休，像一般老人一样。他又不是铁打铜铸的，而是血肉之躯。"

"他的相貌，他说起话来，全不像个老人。"

"也许你从未在一般男人疲态毕露的时刻见过他。你没在大清早见到他那张憔悴的脸；也没在被迫摇醒他催他起床时，听见他呻吟的声音；也未曾见过他夜晚从宫里回家饿得没力气吃饭的样子。你怎么可能看见呢，女王？只有他的妻子才看得见，你知道的，像他这样拘礼的人，怎会当着女王的面打呵欠或打瞌睡呢？"

"你是说他工作过度？"

"五次战争，三十一场仗，十九次出使。为这伤脑筋，为那伤脑筋；向这个人耳语，又向另一个人耳语；安抚这人，恫吓那人，谄媚第三个人；设计，出主意，回顾，猜臆，预测……栋梁室，栋梁室，没个完的栋梁室，并非只有矿坑才会叫人拖磨至死啊！"

这情景比我预期中的糟糕多了。一股怒火涌上我的心头，然后是带着厌憎的不以为然：真的吗？（不会是她想象出来的？）这一怀疑，让我觉得悲哀，声调便显得有点谦卑了。

"伤恸过度使你这么说，夫人。请恕我直言，这完全是你的想象。向来，我从未体贴自己胜过体贴他。照你的说法，难道一项女人承荷得稳稳妥妥的重担会把一个强壮的男人压垮吗？"

"哪个真正了解男人的人会怀疑这点呢？男人是强壮些，但我们女人却比较坚强。他们的寿命不及女人的长。对疾病的抵抗力，男人比不上女人。男人是脆弱的。再说，女王，你比他年轻。"

我心里卑怯地打着冷颤。"倘若这是真的，"我说，"那么，我便一直被蒙在鼓里，只要他稍微透露一下口风，我会立刻解除他所有的职责，让他回家颐养天年，赐封他一切我能赐予的荣衔。"

"你以为他会稍加吐露吗？女王，那你就太不了解他了。你是个多么幸运的女王；哪位君王有过比他更鞠躬尽瘁的臣仆？"

"我知道自己拥有忠心耿耿的臣仆。难道你要为此责怪我吗？即使是现在，身受丧夫之痛，你忍心为此责怪我吗？只因这是我唯一曾拥有和能享有的爱，你便嘲笑我？我，无夫、无子。你呢？你什么都有——"

"有的是你用剩了的，女王。"

"用剩了的？你昏了头了？你那脑袋里装的是什么疯狂

的想法？"

"噢，我十分清楚你们并非情侣。你倒是为我保留了这名份。王室特有的神族血统绝不能与臣民的混杂，他们这么说。你把我的份留给我。当你把他搞得筋疲力尽了，便让他溜回家来，回到我身边，直到你又需要他。每当战事发生，你和他，日以继夜厮守在一起，互相磋商，共赴患难，共享战果，分食军粮，甚至谈笑风生——这样接连几个星期几个月后，他才能回到我身旁，一次比一次瘦，头发也愈来愈白，身上的伤痕增多，常常等不及晚饭上桌便睡着了。睡梦中还喊着：'快，向右救援，女王有难。'第二天一大清早——你是全葛罗起得最早的人——又是栋梁室。是的，我拥有他，这点我不否认，但却是你用剩了的。"

此刻她的表情和声音是那种任何女人都了解的。

"什么？"我喊着，"难道你吃醋了不成？"

她一言不发。

我整个人跳了起来，把自己的面纱扯开。"瞧，瞧，你这个傻女人！"我叫了出来。"难道你会嫉妒这张脸吗？"

她向后退了一下，看呆了，有一片刻，我怀疑自己的长相把她吓坏了。但是，那使她激动的，似乎不是惧怕。第一次，她那拘谨的嘴角扭曲起来。泪水开始盈满她的眼眶。"噢，"她喘气说，"噢，我从不知道……你也……"

"什么？"

"你爱他。你一直也都在受着折磨。我俩……"

她哭了，我也哭了。一下子我们相拥而泣。太奇怪了，就在她发现自己的丈夫正是我所爱的男人时，我们之间的嫌隙反而消失了。如果他还活着，情况恐怕大不相同。如今，在这荒岛上（空无的，没有巴狄亚的人生），我们是幸存的两个落难者。可以这么说，我们共有一种语言，是茫茫人海中无人能解读的。不过，这语言只是啜泣。我们两人谁也无法开口用话语谈论他，这会立刻使我们之间剑拔弩张。

惺惺相惜的局面并未持续多久，同样的情形，以前我在战场上也碰过。一个人冲着我来，我正要迎上去对搏、厮杀。不料，一阵强风吹来，两人的披风裹住了剑锋，也几乎挡住视线，因此，我们只能手忙脚乱地对付风，无暇出手攻击对方。这滑稽的情景，与当时的对抗局面颇不相衬，使我们不禁哈哈大笑，面面相觑——片刻间像朋友一样——过后，又立即恢复敌对，再无转圜余地。现在便是这样。

顷刻间（我不记得这是怎么发生的），我们又分开了；我蒙上面纱，她一脸冷峻。

"这么说，"我说道，"我简直不亚于处死巴狄亚的刽子手了。你的目的若是为了折磨我，算你用对了方法。现在，你该满意了吧；你的仇已报了。不过，请告诉我，你这样说是为了让我受伤,还是你根本相信有这回事?"

"相信? 我不是相信,而是深切体会,你的王权年复一年把他的血吸掉,终于啃蚀了他的生命!"

"那你从前为什么不告诉我呢? 只要你说一句就够了。或者你和诸神一样,只会放马后炮?"

"告诉你?"她说,以一种不屑的神色讶异地瞪着我。"告诉你? 因此使他失去工作? 这工作原是他的生命,是他的光荣和勋业(毕竟,对一个男人兼军人而言,女人终究算不得什么)。我忍心看他变得像个小孩和昏聩的老人吗? 只为了留他在身旁,就付出这种代价? 为了拥有他,却使他失去自我?"

"不过,他本该是你的。"

"但是,我愿全人归给他。我是他的妻子,不是他的情妇。他是我的丈夫,不是我的看家狗。他理当照着自己所认为最合宜的,活得像个大丈夫——不必顾虑到怎样做才能叫我快乐。现在,你又带走了以勒狄亚。他将与母亲所在的家园愈来愈疏远,他将往陌生的地域追寻而去,被我所不了解的事缠身。他去的地方,我不能相随,一天天过去,他将愈来愈不属于我,愈多属于他自己和世界。如果把小指头动一动就能阻止这情势,你想,我会动吗?"

"这一切,你竟然——竟然能——挨忍下来?"

"还用问吗? 噢,奥璐儿女王,我开始觉得你根本不懂得什么叫做爱。不，我不该这么说。你的是女王式的爱，与平民的不同。也许你们这些神的族裔爱起来和神一样。和幽影兽一样。爱就是吞吃，他们这样说，不是吗？"

"女人，"我说，"我救了他一命。你真是个不知感恩的傻子！早在许多年前，你就得守寡了，若不是那天我恰好也在尹冈——为了救他，我所受的伤直到现在仍会随着气候的转变而酸痛。你的伤痕在哪里？"

"生了八个孩子的女人，她的伤痕在哪里？是的，你救了他。为什么，好利用他啊！你是个精打细算的人，奥璐儿女王。这样好的一把剑丢掉，太可惜了。哼，你可真贪得无厌，把许多男人的生命都吞吃了，岂只男人？还有女人的，巴狄亚的，我的，狐的，你妹妹的——你两个妹妹的。"

"够了！"我吼了一声，空气顿时充满火药味。一个可怕的念头钻进我的心里：如果我下令将她凌迟至死，谁也救不了她。亚珑顶多嘀咕几句。以勒狄亚会叛变，人还来不及救她时，她已经被挂在尖桩上扭曲得像只金龟子。

某样东西（倘若是诸神，且让我称颂他们）使我无法这样做。总之，我往门口走去，然后转身对她说：

"如果你用这种态度对我父亲说话，他早就把你的舌头割掉了。"

"那又怎么样？难道我怕？"她说。

骑马回宫的路上，我告诉自己："让她得回她的以勒狄亚吧。他可以离开我，住到他的封地去，变成一条蠢猪，终日饱食，鼓着肥嘟嘟的腮子一面打噎一面与人争议阉牛的价格，我原可把他栽培成大丈夫。这么一来，他将什么都不是。这全是他那位母亲的功劳。这样，看她还会不会口口声声说我吞掉了她家的男人。"

我并未这样处置以勒狄亚。

这时，准备对我开刀的诸神已把我绑上手术台，开始动刀了。我的怒气只蒙蔽了我些许光景，怒气一消，真相就呈现了。燕喜说得对——甚至比她自己所知道的还符合实情。的确，公务愈繁剧、紧急，我便愈开心。有时还找一大堆不必要的事把他留在宫中，让他不能早早回家。常常，我拿层出不穷的问题反复咨询他，只为了享受听他说话的声音。真可谓想尽办法拖延，防止他太早离宫而独留我面对自己的空虚。每次，他一离开，我心里便恨。我惩罚他。过分体贴太太的男人，合该让人想尽办法作弄他，关于这件事，巴狄亚是百口莫辩的。谁都知道他娶了个不带嫁妆的姑娘，燕喜也夸口说，她不必像大多数人家的太太，找女佣必须挑奴隶场上最丑的女孩。我当然从未亲口糇他；不过，倒有耍不完的把戏和妙招，譬如（在面纱的掩护下）故意把话题朝这方面带；迂回指使人嘲笑他。我恨别人这样促狭，但看他脸上那副受窘的样子，又不觉从中得到一种又酸又甜的快感，我恨他吗？是的，我相信是。像这样的爱即使变得十有八九是恨，也还能自称为爱。有件事是确定的，在夜半的狂想中（燕喜死了，或者更妙的，竟然原是个妓女、巫婆或奸细），他终于转而向我求爱，我总是逼他先向我讨饶。有时，他必须吃尽苦头，才能赢得我的宽恕。我百般折磨他，使他差点没自尽。

不过，所有这些恶毒的时刻过后，结果却相当离奇。我对巴狄亚的恋慕戛然终止。谁会相信这种事，除非活得够久，求索得够苦，以致能了解一段多年来魂萦梦牵的激情会一夕间枯竭、凋萎。也许，在人的灵魂里，和在土壤中一样，那些长得色彩最鲜艳、香味最浓烈的，不一定最根深蒂固；也或许，年龄使然吧。但最可能的，我想，是这样，我对巴狄亚的爱情（非巴狄亚本人）已发展到让我自己觉得恶心的地步。近来，我被连拖带拉地见识了许多事物的本相，高处不胜寒，我所进入的那种巉崖、绝壁似的人生情境，是它无法适存的。它已发出臭味，变成一种啃蚀人心的欲求：贪恋一个人，自己不能给予任何东西，却渴望占有他全人。上天知道我们如何折磨他，燕喜和我。因为，不必是俄狄浦斯，也能猜知，许多许多个夜晚，当他深夜从王宫回家时，那迎接他的，是燕喜因嫉妒我而生的怨毒。

但是，当我对巴狄亚的欲求消失时，几乎所有被我称为

"我"的东西也跟着消失了。仿佛我整个灵魂像颗牙齿，现在，这颗牙齿已被拔掉了，我变成一道空洞的坑穴。此刻，我觉得自己已下到人生的最底层，诸神再也不能告我以更龌龊的事了。

第 二 章

　　与燕喜见面后没几天便是年的诞生祭。一年一度,大祭司在祭日前一天的傍晚被关进安姬宫里,直到次日正午,挥剑冲出宫门,这便是所谓的"年的诞生祭"。当然,就像所有这类宗教祭典一样,你说它确是这么一回事,它便是,说它不是,也便不是(所以,狐总可轻而易举指出它的多重矛盾)。因为,剑是木剑,而淋在扮演战士的祭司身上的,是酒,不是血。此外,虽说大祭司被关在宫内,其实,只有面城的大门和西边的门关着,其他两边的小门却仍开放,让一般百姓随意进出祭拜。

　　若统治葛罗的是个男性王,日落时分,这位君王必须随同大祭司进入宫内,在那里一直待到"诞生祭"。由于礼俗不容许处女临场观看这晚在宫内进行的事,所以,直到"诞生"祭前一小时，我才由北边的门进宫。（其他需要在场的，尚有贵族、长老、平民各一位，挑选的方法系按一种我不便在此描述的礼俗。）

这年，祭日当天凌晨，空气特别澄鲜、清沁，南风轻轻吹来，正因室外如此清新，我更觉得进入那暗昧、诡异的安姬宫真是件令人浑身不自在的事。我想前面我曾说过，亚珑把安姬宫改造得明亮、干净许多。即使这样，它仍然像座令人窒息的牢房；尤其是诞生祭的早晨，经过一整夜烧香、杀牲、奠酒、洒血，加上庙姑们狂舞不休、冶宴、呻吟，且不断祭烧脂油，这般臭汗淋漓又满室腥臊，（若在一般民宅中），即使最邋遢的懒惰鬼也已起身打开窗户，里里外外刷洗一番了。

进宫之后，我坐在专门为我安置的一块扁石上，正对着代表安姬本人的那块灵石，稍左站着那具新添的、女人模样的偶像。亚珑的位子在我右边。他带着面具，疲倦得连打瞌睡。有人敲着鼓，响声不大，除此之外，一片沉寂。

我看见那些可怕的庙姑成排坐在两侧，个个两腿交叉盘踞在各自的寝穴前。就这样，她们年复一年坐在那里（通常几年之后便绝了生育），直到变成牙齿掉光的老太婆，拖着蹒跚的步子看看炉火、扫扫地——有时，左右瞥瞥，然后像鸟啄食一样，倏忽弯下腰去捡拾一枚钱币或一根未啃完的骨头，小心翼翼藏进衣袍里。我心想，有多少男人的精种，原可育出无数强健的汉子和多产的妇女，却在这宫里全数耗尽，没有任何结果；有多少金银，原是人们的辛苦所得，又是生活所需，也在这里耗尽，没有任何收获；又有多少年轻女子被它吞吃，什么也没得到。

然后，我凝视安姬本身，她并不像大多数灵石是从天上掉下来的。传说她是太初时期从地里拼挤出来的，好作为下界的使者，让我们预先领会是些什么样的东西在那里生存、运作——那一层低过一层，直逼黑暗、重量和热气之下的地域。我曾说过，她没有脸，但这意味着她拥有千张脸。因为她非常的凹凸不平，因此，就像我们定睛注视火一样，总能窥出各种不同的样貌。这天，由于一夜下来淋了许多血，她比平日显得更加光怪陆离。在血块和血流斑驳交错间，我拼出一张脸，看似瞬间的想象，不过，一旦认出，就再也磨灭不了。这张脸看来就像一团肉，肥肥肿肿的、孕育着什么似的，十足的阴性。有点像我记忆中某种情绪发作时的葩姐。当我们很小很小的时候，葩姐曾经非常疼爱我们，甚至对我也不例外。常常，我必须跑到花园去，她让身心重获荡涤，以摆脱她那硕大的、火热的、强烈的，但却松垮垮、软绵绵的怀抱——她那令人窒息的，硬要把人牢笼住的黏潗潗的热情。

"是的，"我心里告诉自己，"今天，安姬看来像极了葩姐。"

"亚珑，"我轻声问，"安姬是谁？"

"我想，女王，"他说（声音从面具里传出，听来有点奇怪），"她代表大地，孕育一切生物的母亲。"这是亚珑，和其他人，从狐学来的神学理论。

"如果她是万物之母，"我问，"她又怎么更是阴山神的母亲？"

"他代表天空和云气，根据我们肉眼所见，云是雾岚升空形成的，乃是大地的呼息。"

"那么，为何传说中有时他又是她的丈夫？"

"这意味着天降甘霖使他能化育万物。"

"如果原意是这样，为什么要裹藏在那么奇怪的故事里？"

"无疑地，"亚珑说（我可以察觉他正隔着面具打呵欠，一整夜下来把他累坏了），"是为了向凡俗隐藏。"

我不想再为难他了，不过，我喃喃自语："这太奇怪了。怎么会这样呢？前人起先认为需要告诉后人雨是从天降下来的，然后，为了怕这样明显的秘密泄漏出去（那为什么不勒紧舌头），便把它裹藏在一淫晦的故事里，以免被人识破。"

鼓声咚咚。我的背开始作痛。这时，我右手边的那道小门打开了，进来一位女人，显然是个农妇。可以看出她不是为了年的诞生祭前来的，而是为了她自己的某件更急迫的事。她一点也没有化妆，（即使一贫如洗的人也会为这节庆稍加修饰仪容），脸颊还有濡湿的泪痕。她好像哭了一整夜，她的手里拎着一只活鸽子。有位祭司随即趋前,取过她手中的小小祭物,用石刀一划,便把鲜血浇淋在安姬身上(血从我所看见的那张脸的嘴角汩汩流出),鸽身被递给一位庙中的奴隶。这农妇俯伏在安姬脚前;好一阵子,她全身颤动,任何人都可看出她哭得很伤心;终于她哭够了,便跪起来,用手把头发撩至耳后,深深吸了一口气。接着,她站起身来准备离去,就在她转身的当儿,我一眼就瞥清了她的神情。她脸色仍旧凝重;然而,(我离她很近,不可能看错)仿佛被海绵抹过似的,她的困难已得到了纾解。她变得平静、柔顺,能够面对眼前必须解决的事。

"安姬安慰你了吗?孩子!"我问。

"噢,是的,女王,"这女人说,她的脸几乎发亮,"是的。安姬给了我莫大的安慰。没有任何女神比得上安姬。"

"你从来只向这位安姬祷告吗?"我问(一面朝向那块形状模糊的石头点首示意),"不向那位?"我的头朝向那具新的偶像——她穿着长袍,亭亭玉立,(不管狐怎么说),是我们这地域所见过的最讨人喜爱的东西。

"是的,只向这位,女王,"她说,"另外那一位,从希腊来的安姬,她听不懂我的话。她是为王公贵族和有知识的人预备的。她安慰不了我。"

这事过后不久便是中午了,冲出西门的战斗必须加以演拟,我们因此随着亚珑全都出到阳光下。那迎接我们的,是从前已多番领教过了的:广大的群众呼喊着,"他诞生了!他诞生了!!"手里把着响铃旋晃,又拿着麦种往空中直抛。为了争睹亚珑和我们这班人,个个汗流浃背,你推我挤,有的甚至还爬到别人背上去。这天,我倒有一种新的感受。那使我觉得奇妙的,是民众的欢腾。他们站在那里,早已伫候多时,挤得水泄不通,几乎喘不过气来,每个人无疑都承荷着一打以上的忧伤和烦恼(谁没有呢)。但是,从每个男人、女人和小孩的表情看来,似乎只因一个打扮得像鸟一样的人挥着木剑比划几下走出门来,天下就太平了。甚至那些在推挤中被踩倒的人也不把它当回事,还笑得比别人大声。我看见两位长年缠讼的农夫站在一起鼓掌叫道:"他诞生了!"算是暂时解了冤仇(我在审判桌上被这两人耗掉的时间多过花在其余子民身上的一半总和)。

回宫后,我直接进入内寝休息,人老了,那样跌坐在扁石上真把我累惨了。我随即陷入沉思中。

"起来,孩子!"一道声音说。我打开眼睛。父亲站在身旁。刹那间,身为女王这许多年的光耀顿时缩成一场梦。我怎会相信曾经有过这一段光阴?怎会以为自己能够逃离父王的掌握?我顺从地从床上爬起站到他跟前。当我正要戴上面纱时,他说,"别再戴那玩意儿了,听见没有?"我乖乖把它搁在一旁。

"跟我到栋梁室去，"他说。

我随他走下阶梯，进入栋梁室（整座宫室空无一人）。他往四周张望一下，我害怕起来，因为心里明白他在找寻他的那一面镜子。这面镜子我给了蕾迪芙，作为伐斯皇后的嫁奁；倘若他发现我偷了他心爱的宝物，不知会怎样处置我？但是他走到一个角落，找到两把鹤嘴锄和一根铁橇。"动手吧，丑八怪。"他说，叫我拿起一把锄子。他开始橇开房间正中央的地砖，我帮他忙。由于背痛，我觉得这真是一件苦差事。搬开四、五块大石板后，我们发现下面有一黑黝黝的大洞，像口宽井。

"跳下去，"父王说，一把抓住我的手，不管我怎样挣扎，都无法脱开，我们两人一起往下跳。坠落一段长长的距离后，双脚终于着地，毫发未损。这里比较燥热，叫人觉得呼吸困难，不过倒也不至于暗到让人看不见周围的一切。这是另一间栋梁室，与我们刚离开的那一间完全一模一样，只是小了些，并且（地板、墙壁和梁柱）全由泥土筑成。父王又左右环顾，我心里又是一阵害怕，怕他问我他的镜子哪里去了。然而，他又走进泥室的一个角落，在那里找到两把锄子，塞了一把在我手中，说，"现在，动手吧，你难道要在床上赖完这辈子？"因此，我们又得在室中央挖个洞，这回，比上回更吃力，因为我们挖的是硬梆梆的泥岩，必须先用锄子切割出一个个方块，再陆续往下挖。这地方闷死人了。不过，挖了好一阵子后，脚下又出现了另一个黑蒙蒙的洞。这次，我已知道父王的企图，于是拼命把手挪开。但是，他还是攫着我，说：

"别在我跟前玩把戏！跳下去。"

"不，不，不，不要再往下跳了，慈悲点吧！"我说。

"这里，没有狐能救你，"父亲说，"我们已下到连狐狸也挖不到的地方。在最深的狐狸洞和你之间有数百吨重的土。"说着，我们又跳进洞里，坠得比上回更深，但又着地而毫发未损。这儿更阴暗了，不过，我仍然可看出又到了另一间栋梁室，这间是由岩石筑成的，水从岩壁渗出。虽然与先前两间一样，这间更小。正当我定睛看时，它愈缩愈小。屋顶向我们压来。我试着喊父亲："你再不快点，我们要被活埋了。"但是，我透不过气来，没有声音从我口中发出。这时，我想到："他才不在乎。被活埋不算什么，他早已死了。"

"谁是安姬？"他说，一直攫住我的手。

接着，他带我穿过石室；只觉走了好一段路才到达另一端，我看见那面镜子挂在墙壁上，还是原来的老地方。一见到它，我更加害怕了，使尽全身力气拒绝往前走，但是，这时父王的手变成巨大无比，又柔软、黏贴似菔姐的手臂，或像我们才挖的泥岩，或像一大块面团。与其说是被拖的，不如说是被吸的,我终于站在镜子正前方。我在镜里看见他,样子正像许多年前他把我带到镜前的那天。

但是,我的脸却是安姬的脸,与那天我在安姬宫内看见的一模一样。

"谁是安姬?"父王问。

"我是安姬。"我哭着醒过来,发现自己躺在凉爽的白昼里,在自己的寝宫中。原来,这是一场梦,我们所谓的梦。不过,我必须预告警告你们,从这时候开始,我被太多影像所惑,以致不能分辨自己是醒着的,或在做梦;也不能辨别梦中所见或光天化日下的景象,何者较为真实。这个异象容不得我否认。毫无疑问地,我便是安姬,这是千真万确的。那张支离破碎、废墟一般的脸孔正是我的。我正是那蓓姐也似的东西,那吞噬一切,像子宫、却毫无生殖能力的东西。葛罗是一张网——我,是一只脑满肠肥的蜘蛛,盘踞在网中央,饕餮吞食偷来的男人的生命。

"我不要作安姬,"我说,于是,起身下床把门栓住,全身颤抖,如同发烧。我取下那把剑,也就是巴狄亚初次教我使剑时用的那把。我抽剑出鞘,它看来那么自得其乐(的确,这是把最忠实、完美而幸运的剑),以致我热泪盈眶。"剑啊,"我说,"你有过称心如意的生涯。你杀过俄衮,救过巴狄亚。现在,且完成你的最佳杰作吧。"

这是十足的傻念头。这把剑对我而言已过于沉重了。我的腕力就像小孩子的一样（想象一只青筋暴突、皮包骨、鸟爪也似的手），根本无法一刀刺中要害；丰富的沙场经验使我知道脆弱的一击可能造成什么后果。用这种方式结束自己安姬似的生命，对现在的我而言，已经力不能胜了。我坐了下来——一个冰冷、瘦小、无助的东西——坐在床沿上，想了又想。

人的心灵里必定有某种伟大的力量，是诸神未必知道的。因为苦难看来那样的没有止境，而人的承担力也同样没有止境。

以下发生的事，不知常人认为是真还是幻梦，我自己说不上来。我所能说的是，两者唯一的区别在于许多人看得见的，我们称之为事实，只有一个人看见的，我们称之为梦。但是，许多人看得见的事物也许索然无味，不过是过眼云烟，而只对一个人显现的事物却可能是从真理的源头深处喷射出来的水柱。

这天总算过去了。哪一天不是这样的呢？日子因此好过多了，除非像阴间里某一恐怖的境域，那儿，日子静止着，怎么挨都挨不完。不过，当宫内所有人都入睡后，我裹着一件黑色的斗篷，拿了一根扶步的拐杖；现在回想，肉体的衰残，也就是此刻正蚕蚀我生命的，大约是这时候开始的。接着，一道前所未有的想法闪过我的脑际。我的面纱再也不能用来遮掩身份了。它甚至反而会将我暴露出来，谁都认得戴着面纱的女王。现在若要掩饰自己，应该赤裸裸敞着脸；几乎没有什么人曾见过未戴面纱的我。因此，许多年来第一次，我不戴面纱出宫，裸裎着那张许多人说是惨不忍睹的脸（这说法远比他们所知道的更符合实情）。裸颜见人再也不会让我觉得羞耻了，因为，在我想来，照着我从地底下那面镜子所见的自己，别人看我，便像安姬一样。岂止像安姬？我就是安姬；我在她里面，她在我里面。若有人看见我，或许还会向我膜拜。我已成为百姓们和去世了的大祭司所称的一方神圣。

我像往常一样，从东边通往药圃的小门出宫，拖着无限疲惫的身子，走进沉睡中的城市。如果市民们知道是什么魅影从他们的窗外蹒跚走过，我想，他们大概不会睡得那么香甜。我听见一个小孩在哭，或许他梦见了我。"幽影兽若下到城里来，人们会饱受惊吓。"已故的大祭司说。倘若我是安姬，我便也是幽影兽，因为神灵可以彼此自由出入，就像出入我们一样。

终于，我走出城，下到河旁，累得差点没昏过去。这条河被我浚深了。从前的舍尼特河在未疏浚前，除非在泛滥期，根本溺不死一个老太婆。

我必须沿着河走一段路到一处岸堤较高的地方，好从那里纵身跳下；我怀疑自己不够有勇气涉进河里，一步步感知死正淹过膝盖、肚腹、脖子……同时还继续走下去。到达岸高的地方后，我脱下腰巾，把自己的双膝牢牢绑住，免得老迈如我，到时也游起泳来求生，把溺死的时间拉长。接着，我站起身来，两脚捆得像囚犯。这一番折腾累得我上气不接下气。

如果我看得见自己的话，那该是一幕多么可怜又诙谐的景象——我跳着，用被绑着的脚跳着跳着挨进了水洼。

一道声音从河的彼岸传来："千万别这样！"

刹那间，一股热流贯穿我全身，甚至通到我已麻木的双足（在这之前，我全身已被冻僵）。这是神的声音。谁能比我更清楚呢？从前，有过一次，我整个人被神的一道声音震慑住。绝对错不了的。也许因为祭司们从中作祟，人有时会把凡人的声音误作神的。但是，反过来，绝无可能。听见神的声音，没有人会把它当作人的声音。

"主啊！你是谁？"我问。

"千万别这样，"这位神说，"即使逃到阴间，你也躲不掉安姬，因为她也在那里。要死就要在去世前死。去世之后，便再也没机会了。"

"主啊！我就是安姬。"

他并未回答什么。神的声音就是这样。一旦停止了，就好像一千年前就消失了似的，虽然不过是一次心跳以前的事，而那铿锵有力的音节、抑扬顿挫的声调犹仍在你的耳里凛凛回荡。要求这位神再多说一些，简直就像索讨一枚创世那天在树上结成的苹果那样。

经过这么多年，神的声音一点也没改变，变的是我。此刻，我里面再也没有一丁点叛逆了。我绝不能投水自尽，而且，无疑的，也自尽不了。

我一路匍匐回宫，再一次用我那阴黑的巫婆也似的身影和喀喀作响的拐杖扰乱静寂的城市。当我把头躺回枕头之后，仿佛一下子仆女便来叫醒我，不知是由于这趟夜行本是一场梦，抑或疲倦使我马上进入沉沉的睡乡（这也没什么奇怪的）。

第 三 章

诸神让我清静了几天,以便有空咀嚼他们赐给我的奇馐异味。我是安姬,这是什么意思? 难道神随意出入人身,就像他们随意彼此出入一样? 而且,又不准我死,除非我阳寿已尽。我知道在遥远的希腊,一个叫厄琉西斯①的地方,据说借

① Eleusis,雅典以西十四里的一座小城。相传古希腊人聚集在此举行秘密祭仪,包括净身、斋戒、礼拜等,并以戏剧方式演出珀耳塞福涅传奇(珀耳塞福涅[Persephone],是宙斯和大地女神德墨忒尔[Demeter]的女儿,采花时被冥王普路同[Pluto]诱拐至地狱。德墨忒尔遍地寻她未着,威胁将使大地五谷不生,人种灭绝。宙斯答应让珀耳塞福涅回到母亲身边,只要她在地狱滴食不沾;不料珀耳塞福涅嘴馋,偷食石榴种子,因此被罚一年只有六个月能回到人间与母亲团圆,每年她回到人间的日子,也就是大地回春的时候)。珀耳塞福涅传奇在古代神话中是典型的复活重生故事。人们聚集 (转下页)

着一些秘密仪式，人能够死去，然后，趁着灵魂未离开躯体之前，又再活过来。但是，我怎么到那地方去呢？这时，我想起苏格拉底饮鸩自尽前与朋友们的一席对话。他说，真正的智慧表现在死的技巧和实践上。我想，苏格拉底比狐更懂得这些事，因为在同一本书中他曾提到灵魂如何"因惧怕那看不见的而踯躅不前"。所以，我甚至怀疑，这种惧怕，也就是我在赛姬的山谷所尝受的，他也曾亲身体会过。不过，他所指的睿智的死，我认为是指情感、欲望和妄念的绝灭。这么一想，顷刻间，我看清了自己可能有的出路（做愚顽人的滋味实在不好受）——所谓我是安姬，指的是我的灵魂像她那样丑陋——既贪婪又嗜血。可是，我若能实践与真理相合的哲学，如苏格拉底所指的，便能将自己丑陋的灵魂化为美好。这点，神若肯帮忙，我愿尝试去做。我愿马上开始实行。

神若肯帮忙……他们愿帮忙吗？依我看，他们是不会帮忙的。无论如何，我必须即刻身体力行。每天早晨，在思想和行为上，我竭力秉持公义、冷静和智慧，开始一天的生活；但是，连半个小时我都坚持不了。不必等到侍从们替我穿好衣服，我便发现自己又落入根深蒂固的愤怒、仇恨、噬心的幻象

（接上页注①）到厄琉西斯祭拜她，为来世求福祉，并取得由今世进入来世的"通行符"。一般人类学家认为珀耳塞福祭典反应出希腊人对复活和灵魂不朽的渴盼和信仰。

和阴郁的愁怨中(已陷溺多久了,连自己也不知道)。一道可怕的回忆窜进我的心中,使我想起当年为了弥补生相的丑陋,自己如何在发型和服饰上费尽功夫翻新花样。想到这是同一回事,我不禁心灰意冷。我之无法修补自己的灵魂,恰如无法修补面容一样,除非诸神鼎力相助。但是,诸神袖手旁观,为什么?

哇!一个令人毛骨悚然的想法,巨大如巉岩,耸立在我眼前,再真实不过了。没有一个男人会爱你,即使你为他把命都给舍了,除非你有一张漂亮的脸孔。所以,(难道不是吗?)诸神也不会爱你,(不管你如何尽力讨好他们,不论你承受何等的苦难),除非你拥有美丽的灵魂。在任何一种竞赛中,或争取男人的爱或争取神的爱,谁赢谁输在出生时就已注定了。带着双重的丑陋来到人世,你我的命运便这样决定了。这是件多么痛苦的事,没有人缘的女人最能了解。我们都曾憧憬过另一片地域、另一个世界、另一种能使自己脱颖而出的评选方式——细嫩、丰满的肢体,白里透红的脸靥,灼灼发亮的金发,请往旁边站;你们的时代过去了,现在,轮到我登场。但是,如果完全没有这回事该怎么办?如果无论在什么地方,依据何种评选方式,你我都注定是垃圾、烂货,又该怎么办?

约莫这时候,另一个梦(如果你硬要这样称呼)又临到我。但是,它实在不像梦,因为我是在午后一点钟走进寝宫的(侍女们全不在），并未上床，甚至也没坐下，仅凭把门打开，便笔直进入异象中。我发现自己站在一条明亮的大河旁，看见河的对岸有一群——绵羊，我想。等到仔细一看，竟全是公山羊，像马一样高大，头角猷劲，毛如黄金灼烁，令我不敢直视。（它们的头上顶着一片湛蓝的天空，脚下草色茵绿如翡翠，每棵树下都有一潭浓荫，轮廓分明。那地方的空气像音乐一般沁甜。）"这是诸神的羊，"我心里想着，"若能从羊群中偷走一只，我便能拥有美丽的姿容。与它们的金毛相比，蕾迪芙的卷发真是逊色多了。"在这异象中，我敢做那天在舍尼特河畔胆怯不敢做的。我涉进寒水中，水漫过我的膝盖、肚腹、颈项；脚不着地之后，便游起来，直到又触及河床，缓步上了滩岸，走入神的牧野。我怀着和善、喜乐的心踏上那片神圣的草原。不料，整群金山羊朝我冲来。羊群愈冲愈近，愈拢愈密，及至形成一堵涌动的黄金墙。它们的蜷角，以雷霆万钧之力，朝我击来，把我撞倒在地后，又用蹄践踏而去。它们这样做并非出于愤怒，而是在喜乐中朝我奔沓来，或许根本没看见我——可以肯定的是，它们没有把我放在心上。这点，我十分明白：它们撞我、践我，纯然因为喜乐领着它们往前冲。原来，神圣的大自然伤害我们，甚至毁灭我们，根本是自然而然的。我们称这为神的愤怒，这愤怒就像轰然奔泻的伐斯大瀑布震落任何碍事的飞蝇似的。

不过,它们并没有把我踩死。被它们踩过之后,我还活着,并且十分清醒,可以马上站起身来。这时,我看见另有一个女人与我同在牧野上,她似乎没看见我。她沿着围住草原的树篱小心翼翼挪步,仿佛一个专注的拾穗者,要从中采撷着什么似的。接着,我看清了她采的是什么。当然啰!金山羊冲过树篱时,的确把一些金毛遗在荆棘上头。她捡拾的,便是这个,一把又一把,盈盈丰收。我正面迎向那喜乐却令人震颤的兽群,求索而未果,她悠然间便取得了。我竭尽力气犹未赢得的,她得来全不费功夫。

不做安姬却不由自己,这使我十分气馁。虽然外面正春暖花开,我心里头却冰天雪地,无止尽的沮丧把我所有的能力全都禁锢住了。我宛若已死了,只是不像神或苏格拉底所要的那种死。虽然这样,我还可以起来走动,凡是分内该说该做的事,也都照办,并未让人察觉出任何闪失。的确,这阵子执法时,我所量定的刑罚,被认为比过去更睿智更秉公行义;我用工作来麻痹身心的剧痛,自知非常称职。不过,这时,所有的囚犯、原告、证人和其他相干的人,在我看来全像幢幢身影,并不是实存的人。到底谁有权利拥有那小片涉讼的田产或谁偷了乳酪,老实说,我并不关心(虽然我仍旧用心分辨)。

唯有一件事能安慰我的心。不管我曾经如何吞噬巴狄亚,至少,我真实无伪地爱过赛姬。即使万事皆非,唯有这件事，我问心无愧，一切错误应该归咎于诸神。因此，我十分珍惜这份感情，就像地牢里的囚犯和缠绵床榻的病人，宝贝他们仅存的一丁点儿乐趣一样。有一天，我被工作搞得意兴阑珊，于是，事情一完，便拿着这本书到花园里，打算借着咏读自己如何看顾、教养赛姬，如何竭力救她，甚至为了她不惜自残，聊以自慰。

紧接着发生的确实是异象而非梦。因为，等不及我坐下或打开书卷，它便发生了，我眼睁睁进入异象中。

我走在火烫的沙砾上，捧着一个空碗。该做什么，心知肚明。我需要找到那口从冥河涌出阳界的井泉，然后，用碗盛满这死亡之水，涓滴不溢地捧回给安姬。在这异象中，我并非安姬，而是她的奴隶或俘囚，如若我完成她所吩咐的一切苦劳，或许能获得释放。就这样，我走进沙里，沙逐渐淹没我的足踝、腰际，直逼咽喉——我的头上，一轮火辣辣的太阳；日正当中，我完全没有了影子。我心中渴嗜着死亡之水，不管它如何苦涩，来自没有阳光的地域，必然是冰冷的。我总共走了一百年。终于，沙漠消没在一片崇山峻岭下，那巉岩、陡峰和枯秃的峭壁，无人攀爬得上。岩石不断从峰顶松巅滚落，一个缺口蹦过一个缺口，最后陷落在沙中。轰轰隆隆是这里唯一的声响。起初，我以为这些荒芜的乱石是空的。定睛一看，才发现它们火烫的表面竟有浮云的掠影。但是，天上明明半朵云也没有。我这才看清那到底是什么。原来，山壁上窜伏着、游移着无数的蛇和蝎子。这地方恰似一间巨大的刑房，只是，所有的刑具都是活物。我知道自己正寻找着的那口井泉是从这群山脉的心脏地带涌出的。

"绝不能半途而废！"我说。

我坐在沙上望着这群山脉，直到觉得肌肉快被烧离了骨头。这时，终于来了一道阴影。谢天谢地，这会是云吗？我举目望天，几乎被炽盲了，因为太阳还在我的头顶上。似乎，我到了一个白昼永不会消逝的地域。最后，虽然可怕的强光好似穿透眼球直射入脑门，我还算看得见一样东西——湛蓝中有一点黑，但微小得不像是云。从它盘旋的样子看，我知道这是只鸟。只见它愈旋愈低，直到明显看得出是只苍鹰，不过，这是只神差来的苍鹰，比伐斯高地的那些大许多。它栖停在沙上睃着我。脸有点像已故的大祭司，但却不是他；这只鸟是只神鸟。

"女人，"它说，"你是谁？"

"奥璐儿，葛罗的女王，"我说。

"那么，我奉命来帮助的，并不是你。你手中捧着的那卷东西是什么？"

这时，我忽然发现，自己一直捧着的并非碗，而是一卷书。这下子，一切都完了。

"这是我控告神的诉状，"我说。

苍鹰拍翅、昂首，以响亮的噪声叫出，"她终于来了。这位正是那个要控告神的女人。"

立刻，有一万道回音从山壁吼出："这位……正是那个……要……控告神……的女人。"

"来吧！"苍鹰说。

"去哪里？"我问。

"上法庭，要审你的案子了，"它又大声叫了一次，"她来了，她来了。"接着，从每一道岩隙和洞窟走出黑幽幽人形也似的东西。等不及我飞逃，他们已成群将我团团围住，攫我，推我，把我当球一般，一个接一个传下去，一面对着山壁呼喊，"她来了，这就是那女人。"山里仿佛有声音传出回答他们："带她进来，带她到庭上来。她的案子要听审了。"他们拖我、拉我、推我，有时还把我腾空举起，越过崩岩，直到终于有一窟黑洞张着血盆大口横在我面前。"带她进来，庭上正等着呢。"有声音发出。突然一阵空气袭来，倏地，我被从火烫的阳光中带进阴黑的山窟里，愈走愈深，一手传过一手，愈传愈快，呼喊声不断回荡："她在这里——她终于来了——到审判台前！"接着，声音变了，变得轻柔许多；只听它说道："放开她。让她站着。肃静，让她陈诉冤情。"

这时，所有攫拿我的手全都移开了，(我觉得)沉静的黑暗中只有我一人。接着，一道灰蒙蒙的光照射进来，我发现自己正站在山窟里的一块平台或岩柱上，这山窟大到看不见洞顶和岩壁。在我的周围、脚下，我所站着的岩块边缘，只见黑暗骚动不止。不久，我的眼睛渐渐能看见朦胧中的形影。原来，黑暗里人山人海，万头攒动，一对对眼睛盯着我瞧，我所站的平台高出众人的头顶。不管平时或战时，我从未见过这么盛大的集会。成千上万的人，鸦雀无声，一张张脸朝着我看。在人群中间，我认出葩姐、父王、狐和俄衮。他们全是鬼魂。愚呆如我，从未想过到底有多少死人。这些脸，一张叠一张（顺着这洞窟的地形，愈叠愈朦胧），一路数上去，叫人吃不消，当然不是一张张数，除非我疯了？是一排排数。这看不见尽头的地方到处挤得水泄不通。法庭上的相干人等已都到齐了。

与我同一高度，隔了好一段距离，坐着审判者。男的或女的？谁分得清！它的脸被盖住了。说得更准确些，它从头到脚罩在黑幕中。

"去掉她的遮蔽。"审判者说。

有手从我背后伸出，扯掉我的面纱——接着，又剥光我身上所有的穿戴。我，一个有着安姬面容的老太婆，就这样赤裸裸站在那些难以数计的观众面前，一丝不挂，手中没有碗可盛死亡之水；只有我的书。

"把你的指控读出来，"审判者说。

我定睛看自己手中的书卷,马上发现它并不是我所写的那本书。绝不可能,因为它太小了。并且,太旧——单薄、破烂、皱得一蹋糊涂的东西,根本不像巴狄亚奄奄一息时,我日以继夜赶写的那部大书。我想把它甩掉,用脚践踏。我要告诉他们,有人偷走了我的诉状,用这鬼东西代替。然而,我发现自己将它打开。卷上写满了字,字迹并不像我的。那是种窳陋的草书——一笔一划卑劣而粗野,像父王的咆哮,又似刻在安姬石上拼出的那副残破相。一股巨大的惊恐和厌憎自我心底升起。我告诉自己,"随他们怎么整我,我绝不念这烂货。把我的书还我。"这样嘀咕的同时,我已听见自己诵读的声音。我这样念:

"我知道你会怎么说。你会说真正的神根本不像安姬,而且,一位真神曾经把他自己和他的居所显现给我看过,我应该能够明白。别装了!我当然明白。但这又何补于我所受的创伤?如果你们这些所谓的真神是像安姬或幽影兽那类的东西,我还能忍受。你们明明知道,直到赛姬向我叙述她的宫堡、她所爱的夫君之后,我才开始真正恨恶你们。你们为什么骗我?你们说幽影兽会把她吞掉。好啊!怎么没吞掉呢?我原来可以为她哀哭,为她收埋残骸,为她筑一座坟……但是,你们却夺走她对我的爱——难道你们真的不了解?你们以为如果神是美善的,人会觉得比较容易接纳神些?让我告诉你们,恰恰相反;果真如此,人会觉得你们糟糕千倍。因为这样一来,你们会将人蛊惑、魅诱(我太了解美的作用了)。到头来,你们留给我们什么呢? 什么也没有,凡是值得我们珍惜,值得你们争取的,全被你们夺走了。我们的最爱——最值得我们爱的——偏偏就是你们挑的。噢! 我真是可以预见,一个年代接一个年代,当你们的美丽彰显得愈来愈丰盛,这情况将愈来愈糟:儿子转身离开母亲,妻子转身离开丈夫,被永不休止的来自神的呼召夺走了,被带到我们不能随同前往的地方。如果你们又龌龊又贪婪,情况也许还好些。喝他们的血吧! 但请不要夺走他们的心。宁可他们死了却仍是我们的,也不愿他们被赋予不朽的生命,变成你们的。把她的爱从我这里夺走,让她看见我看不见的事物……噢! 你们会说(这四十年来,你们一直在我耳边低语)有足够的征兆向我显示她的宫堡是真的? 若我愿意,也能知道真相。但是,我为什么要知道? 你们说……这女孩是我的,你们有什么权利把她抢走,把她带到你们那令人颤栗的高处? 你们会说,我嫉妒。嫉妒赛姬? 她属于我时,我嫉妒过她吗? 如果你们采取另一种作法——如果你们开启的是我的眼睛——接着,你们将能看见我也照样显给她看,告诉她,教导她,把她引入与我相同的境界。但是,听说这个丫头,这个脑里除了我放进去的之外,再也没有(也不应有)其他思想的丫头,竟被奉为先知,奉为女神……这谁受得了，这就是为什么我会说不管你们是好是坏，其实没什么两样。有神存在这件事，给我们人类带来许多愁苦和冤屈，让人想到就恨。同一个世界容不下你们和我们。你们像棵树，在它的荫影里，我们永远苗壮不了。我们要自己作主。我属于自己，而赛姬属于我，任谁也没有权利占有她。噢，你们会说，你们把她带进一种我无法给予她的幸福和喜乐中，我应该为她感到高兴。为什么？这种不是由我给的，又把她和我隔开的，令人毛骨悚然的新式喜乐，我为什么要欣然接受？你们以为我要她快乐？那种方式的快乐？呸！让我亲眼看见兽当着我的面把她撕成碎片吧！恐怕这样还好些。你们夺走她，好叫她快乐，是吗？这就奇怪了！哪个用甜言蜜语偷偷摸摸拐走别人妻子、奴隶或狗的无赖不这么说？狗，是的，这倒是恰当的比喻。谢啦，我的狗让我自己养，用不着吃你们桌上的残羹败肴，你们难道忘了这女孩是谁的？她是我的。我的。这个字的意思，你们不懂吗？我的！你们是小偷，是诱拐人的。这就是我的冤情。我（现在）并没指控你们喝人血、吃人肉、我不屑……"

"够了！"审判者说。

绝对的静寂包围着我。这当儿，我才明白自己刚刚做了些什么。正当我念着的时候，我老觉得奇怪，怎么念得那么久还未念完？这不过是一卷薄薄的小书。现在，我明白了，原来,我念了一遍又一遍——也许一共念了十二遍。若不是审判者出声阻止,我恐怕会一遍遍念个不休,能念多快就念多快。最后一个字尚未脱口,已等不及重新念第一个字。诵读的声音,自己听着,都觉陌生。不过,不知哪来的把握,我了解这才是我真正的声音。

众鬼魂在一片漆黑中默不作声,时间长到足够让我把书再念一遍。最后,审判者开口了。

"你得到答案了吗?"他说。

"得到了。"我说。

第 四 章

　　我的申诉就是神的回答。聆听自己的诉状，便是恭听神的审判。常听人轻描淡写地说："我口里讲的正是心里想的。"狐教我用希腊文写作时，也常说："孩子啊！把你真正的意思说出来，全盘说出来，不多不少，恰如其分，这就是语言艺术的妙处所在了。"这话说得顺溜极了。不过，总有那么一天，你真的必须把长年压在心头的那句话吐露出来，尽管这句话，多年来，你已像个白痴似的对着自己不知揣摩多少遍了，这时，看你还敢不敢说什么语言真妙这类的话。现在，我总算懂了。为什么诸神不明明白白对我们说话，或者回答我们的问题。其实，非到那最精确的字能从我们的心灵深处挖凿出来，凭什么神该听我们胡说八道？除非我们的面目显现出来，否则神如何与我们面对面？

"最好把这女妮子交给我，"一道熟悉的声音说，"让我来调教她。"这是我父亲的幽灵。

然后，有一道新的声音从我的脚底下发出，是狐的声音。我以为他也要提出一些可怕的，不利于我的证据，但是，他说："噢！米诺斯①，拉达曼提斯②，或者珀耳塞福涅③，或你的其他的什么名字……这多半是我的错，该受刑罚的是我。我，像教鹦鹉一样教她说，'这一切都是诗人的谎言'、'安姬是虚假的偶像'。我让她觉得这样便够把问题封杀掉。我从未告诉她，安姬是人心里的鬼魔最真实不过的形象。至于安姬的其他面目（她可是有一千种面目）……总之，她是确实存在的某物。不过，真正的神，比她鲜活多了。不管是真神或安姬都绝非仅仅是概念或语言的化身。我从未告诉她为什么老祭司能从那晦暗的安姬得到我从自己利落的字句得不到的东西。她也从未问我（我根本觉得她不该问）为什么人们可从那块不成形的石头得到从亚珑那具眉眼分明的泥偶身上得不到的东

---

① Minos，希腊神话中阴间的三位判官之一。传说中，他是古希腊最著名的立法者，所颁布的法律施行达一千多年，神人共赞，因此死后成为冥界的司判。

② Rhadamanthus，米诺斯的弟弟，由于生前行事公正，死后亦被任命为阴间判司。

③ Persephone，见第二部第 3 章注 1。

西。当然，那时的我并不懂得这些；不过，我也从未告诉她自己并不懂。现在，我仍然不懂，只知往真神那里去的路尤胜过像安姬宫这样的……哦！不应说像，远不及我们想象中的像。但是，安姬宫这条路容易叫人明白，可说是第一课；不过，只有傻瓜才会停在那里，弄假成真，故步自封。大祭司至少知道必须要献祭。所需的牺牲，终有一天会得到的——而且，还是个人。是的，而且是这个人的至情至性，生命存在的轴心和根柢；深沉、壮烈、珍贵似血。遣我走吧！米诺司，不妨遣我到塔耳塔洛斯①去，如果这样便能治愈我嚼舌根的毛病。我让她以为几句至理名言就够了，其实，这简直像水一样，太过单薄、清浅。当然，水并不是什么坏东西，又不贵，至少在我的故乡是这样。一言以蔽之，我用话语喂养她。"

我想喊说，不是的，他喂我的不是话语，是爱；他把最昂贵的东西给了我，即使没给神。但是，我没来得及说什么，因为，审判，看来，已终结了。

"本案到此终结，"判官说，"这女人是原告，不是囚犯。被告是诸神，他们已提出答辩，假如诸神反过来控告她，必须由位阶更高的判官和更优越的法庭审判。现在，她可以离

---

① Tartarus，希腊神话中地狱深处的一道无底坑。宙斯把叛神泰坦族黜落这深渊，让他们永绝天日。这里也是在世胡作非为的恶人最后的归宿。

开了。"

我往哪里去呢？石柱这么高。往四下里探看，最后，索性纵身跳下，往那一大片黑压压的鬼影中跳去。就在踩上洞窟的地面之前，有个人冲上来，用粗壮的手臂一把抓住我，是狐。

"公公！"我叫出来，"你是真的，摸起来温温的，荷马不是说死人抱不住吗？他们不过是影子。"

"孩子，我心所爱的，"狐说，像往常一样吻着我的眼睑和额头，"我告诉过你的事，有一件倒是真的，那便是诗人的话多半不符实情，至于其余的……噢，你能原谅我吗？"

"我，原谅你——公公？千万别这么说。需要道歉的，是我。当初，你恢复自由身后为继续留在葛罗所提出的各项理由，其实都是为了掩饰对我的关爱。你之所以留下来，只因为你怜悯我，爱我，虽然系念故乡让你的心都碎了。这一切，当时我全知道。应该让你回去的，我却像一只饿兽，把你给我的一切都舐食光了。噢，公公，燕喜说得对。我像饕餮一样，把男人的生命全给鲸吞了。真是这样，不是吗？"

"孩子，你这么说，让我觉得好过些，至少给我机会发挥一下宽恕的美德。但是，我不是你的判官，现在，我们必须前去那真能审判你的那人面前。我是来带你去的。"

"审判我？"

"是的，孩子，神已经接受你的控告了。现在，轮到他们控告你。"

"我不敢奢望他们以慈悲待我。"

"无尽的盼望,或无尽的惧怕,也许你两者都得承受。可以肯定的是,不管你获得的是什么,绝不会是公平。"

"神不公平吗?"

"不,孩子,神若不公平,你我今天将成了何等模样?不过,跟我来吧,你会明白的。"

他领我朝某个地方走去,沿路,光愈照愈亮,那是一种青翠的、盛夏的光。走到尽头,原来是从葡萄叶隙筛下的阳光。我们进入一间凉爽的室宇,三边是墙,第四边围着成排的拱柱,外头攀生着茂密的葡萄藤。一眼望去,明亮的柱子外,在柱子和柔嫩的藤叶间,我看见一片平坦的草原和一汪粼粼的水波铺在眼前。

"我们必须在此候传。"狐说,"不过,这里有许多东西值得仔细观赏。"

这当儿,我看见每一面墙都画满了故事。葛罗人不擅长绘画,所以,若由我说这些画画得美妙极了,算不上什么了不得的称赞。不过,我想,世上的任何人看了,都会叹为观止的。

"从这里开始,"狐说,他牵着我的手,领我到一面墙前。刹那间,我害怕起来,怕会像父王对我曾有过的那两次一样,把我带到镜子前面。但当我们挨近图画准备细细观赏时,那斑斓的色彩随即把这惧怕从我脑中一扫而光。

站在墙前,我一下子便懂得画里所讲述的故事。我看见一个女人走向河旁。我的意思是,透过画中人的姿态,我明白画中所描绘的是她走路的样子。这是起初的印象,一旦了解,整幅画刹时活了起来——河面漾起了涟漪,芦苇随波摇荡,草在风中款摆,女人继续往前移动,终于来到了水涯。她站在那儿,接着,蹲下身去,似乎对着脚做着什么——起先,我说不上来。原来,她正用腰带把双膝绑在一起。我凑近去仔细端详,这女人并不是我,她是赛姬。

我太老了,没有足够的时间把她的美重新描写一番。不过,少一分都嫌不足,搜尽枯肠也没有恰当的字眼足够将她的美形容出来。似乎我从未见过她,或者是我忘了……不,我绝忘不了她的美,从不曾稍有一日、一夕甚至一次心跳间将之淡忘。但所有这些感觉一闪即逝,我随而对她前来河旁所要做的事,颤栗起来。

"不要跳下去! 不要跳下去!"我叫出来,几近疯狂,仿佛她听得见。只见她停下来,将膝盖松绑,然后走离岸边。狐领我到下一张画。这张画也跟着活过来。这是一阴黑的所在,像洞窟或地牢,待我用心一看,认出那个在黝暗中移动的身影是赛姬———衣衫褴褛,手镣脚铐。她正在分堆挑捡各种不同的种子。奇怪的是,在她的脸上,我看不见自己预期中的焦躁。她看起来很认真，双眉紧锁，就像童年念书遇见难题时一般（这种神情再适合她不过了；话说回来，她的神情有哪种不恰切的）。从她脸上看不见一丝沮丧。当然啦！我知道为什么。蚂蚁正在帮她忙。满地的蚁，一片黑。

"公公，"我说，"赛姬……"

"嘘——"狐说，把他苍老、粗厚的手指压在我的唇上（这么多年后，又再次感受到这根指头的温热），把我领向下一张画。

我们回到神的牧野。我看见赛姬沿着矮树篱匍匐，像猫一样小心；接着，她站起来，手指按着嘴唇，忖度如何取得一绺金羊毛。又一次地，甚至犹胜上回，我惊异于她脸上的表情。虽然她有点困惑，却好像只在对某种游戏感到不解，就像当年她和我两人对朴碧所玩的珠子游戏摸不清头绪一样，而且，看来她心里仿佛还有点对自己的困惑感到可笑（童年的她把功课做错时，也有过这种表情；她从未对自己不耐烦过，更别提对教导她的老师了）。她并没有困惑多久，因为公山羊们嗅到有人入侵，马上掉头离开赛姬，只见它们把头角高高地昂举，随即低下头作战斗状，成群往牧野的另一端奔沓而去，愈接近敌方，聚拢愈密，终于形成一道没有罅隙的金浪或金墙。赛姬看得目瞪口呆。于是她噗嗤笑了，拍拍双手，轻轻松松地从树篱上捡拾所需要的金羊毛。

在下一张画中,我看见赛姬和我自己,不过,我只是一具影子。我们一起在烫脚的沙上劳动,她捧着她的空碗,我捧着写满自己的苦毒的书。她没看到我。她的脸虽然因热而苍白,嘴唇也因渴而干裂,看来却未必比从前夏日里跟狐和我在山上遨游一整天后那又热又渴的样子狼狈。她其实很快活,看她嘴唇阖启的样子,我甚至认为她在唱歌。当她走到巉崖下时,我消失了,但有一只苍鹰向她飞来,攫走她的碗,又整碗盛满阴间的水带回给她。

这时,我们已走过两面墙,只剩下第三面了。

"孩子,"公公问,"你懂了吗?"

"这些画中的故事真的发生过?"

"确有其事。"

"但是,怎么可能呢?她真的去过那些地方,做过那些事,却仍……公公,她竟然毫发未损,甚至还很快活。"

"另一个人几乎替她担负了所有的苦楚。"

"是我吗?可能吗?"

"从前我不是告诉过你吗?你难道忘了?我们各是一具完整身躯的不同肢体和部位,所以,彼此相属;人类和诸神,彼此交流、互相融合。"

"噢!我要发出赞美,要称颂神。那么,真的是我——"

"承担苦楚,而由她完成工作。这么说,你难道还宁愿自己受到公平的对待吗?"

"看,你还嘲笑我!公公。公平?正义?曾为女王的我深知百姓对公义的呼求必须予以垂听。至于我的呼求?算了吧!不过像葩姐的嘀咕、蕾迪芙的哼呵:'为什么我不能?''为什么该是她?''这不公平!'反复纠缠,没完没了。"

"很好,孩子。接着,请鼓起勇气看第三面墙,"

仔细一看,赛姬正独自走在地底的一条大道上——一片坡度平缓的斜坡一直往下降,持续地往下降。

"这是安姬派给她的最后一项任务,她必须——"

"那么,有一个真的安姬了?"

"万物,包括赛姬,都生长在安姬的家中。但是,每个人都必须摆脱她的束缚,或者说,每个人身上的安姬都必须怀着安姬的儿子,一旦把胎儿生出,她便遽然长逝,完成蜕变。现在,赛姬必须下到死域去,从死域的女后,从死本身,取得美丽放在篓中,把它携回人间给安姬,好让安姬变得美丽。这一趟旅程有个规矩。如果为了某种惧怕或喜好或爱或同情,她在途中与人交谈,那么,就永远不能再回到阳界来。她必须一直往前走,静默不语,直到站在冥界女后王座前。一切都取决于此行的成败。现在,请注意看。"

不需他说,我已经跟他一起观看了。赛姬不断往前走,走入地底的更深处,愈走愈冷、愈深、愈黑。终于,路旁透出些微寒光,这里,我想,就是赛姬沿途跋涉的地洞或走廊的尽头,因为,在那寒光中,站着一大群闹哄哄的群众。从他们的语音和服饰,我随即知道这些全是葛罗的民众,其中有几张脸还是我熟识的。

"伊思陀! 公主! 安姬!"他们呼喊着,伸手要拉她,"留下来吧! 做我们的女神,统治我们,颁给我们神谕,接受我们的献祭,做我们的女神。"

赛姬完全不理他们,继续向前走。

"不管仇敌是谁,"我说,"倘若他以为赛姬会因此迟疑,那么,他未免太笨了。"

"等一等。"狐说。

赛姬,两眼瞪视前方,继续往前、往下走去,又一次,从路的左旁有光照来。一个身影在光中出现。我被这个影子吓了一跳,看看自己的身旁,狐还静静地站在我身边;但那个寒光中出现在路旁迎接赛姬的,也是狐,只是比我身旁的狐苍白些、老些。

"噢,赛姬,赛姬,"画中的狐说(在那另一个世界里说,这可不是画),"多傻呵! 徘徊在这地底的隧道里,你在做什么呢? 你以为这是通往死域的路? 以为神派你去那儿? 祭司和诗人们的一派谎言呀! 孩子。这只是地穴或作废的矿坑。你想象中的死域并不存在,也没有那些什么神的。难道我对你的教导全都白费了？你心中的神才是你该服从的：理性、冷静、自律。唉，孩子，难道你一生都要做野蛮人吗？我原可以给你一个清醒的、希腊的、成熟的心灵。不过，还来得及。跟我走，让我带你离开这暗濛濛的鬼地方，回到梨树后那片翠绿的草坪，那儿，一切都是澄澈的、具体的、有限的、单纯的。"

赛姬一眼也没瞧他，继续往前走。当下，她来到第三处地方，黝黑的路左边稍有微光。在那光中，出现了一个女人模样的东西，脸是我不认得的。仔细一看，我不禁心如刀割。它没有哭，但从它的眼睛可以看出已哭干了，绝望、羞辱、恳求、不断的责备——这一切都包含在那里面。此刻，我为赛姬颤抖，知道那东西出现在那里，纯粹为了拦阻她，让她半途而废。但赛姬知道吗？若知道，像她这样充满爱和怜悯的人，能通得过吗？这是多么艰难的考验！虽然她的眼睛笔直地向前看，从眼角必已瞥见了。她全身打了阵寒噤，嘴唇扭曲着，几乎要哭出声。她用牙齿紧紧咬住下唇，免得哭出声。"噢，大能的神啊！保护她，"我自言自语，"快点，快让她通过。"

这女人把手伸向赛姬，我看见她的左手有血滴下。接着传来她的声音，何等样的声音！那么深沉，却又那么柔细、那么充满激情，即使说的是令人开心或不关痛痒的事，都能叫人感动，而此刻（谁能抗拒得了），就是铁石心肠都会被它熔化。

"噢！赛姬，"这声音哭嚷着，"噢！我的孩子，我唯一的爱,回来吧! 回来! 回来! 回到我们欢聚的往昔世界,回到麦雅身旁。"

赛姬咬着嘴唇直到淌出血来,同时也悲伤地啜泣着,我想她比那号啕中的奥璐儿更难过,奥璐儿尽管在那里痛苦就得了,赛姬却还需继续前进。她继续往前走,走得不见人影,直到走进死亡里,这是最后一幅画。

又只剩下狐和我单独在一起。

"我们果真这样对待她?"我问。

"是的,这里所描绘的一切都是真的。"

"而我们还说爱她。"

"我们是爱她,但再也没有比我们更具危害性的敌人了。当那遥远的一日来时,当诸神变得全然美丽,或者,当我们终于发现他们向来如此美丽时,这种情形将愈频繁地发生,因为人,正如你所说,将愈来愈善妒。母亲、妻子、儿女和朋友将联合起来,阻扰身边的灵魂与神圣的大自然合而为一。"

"而赛姬,在过去那段恐怖的日子里被我认为残酷、不近人情……其实,她受的苦比我深重,是吗?"

"那时,她为你承担许多。从那之后,换成你为她承担了些许。"

"有一天诸神会变得如此美丽吗?"

"他们说……即使是我,已死的人,也只了解他们话语的零星片断。不过，这点我倒知道：人世的岁月有一天将成为遥远的过去，而神圣大自然可以改变过去。直到如今，尚无一事一物是以它真实的面目在着。"

他说到这里，外头传来许多道声音，甜美、可畏，呼喊着："她来了，我们的姑娘回家了，女神赛姬从死域回来了，从幽影之后那里取得了美的箧子了！"

"跟我来，"狐说，我觉得自己里面毫无主张。他牵着我的手，领我穿过柱子（葡萄叶梳着我的头发），走进温暖的阳光中。我们站在一处清沁可人、绿草如茵的庭院里，上头是湛蓝、澄鲜的天空，在山上看见的那种天空。庭院中央有一座清澈的水池，可容纳许多人在里面游泳或戏水。接着，有群肉眼看不见的人影在周围窸窣走动，声音多了起来（却又一片肃静）。下一瞬间，我俯伏在地，因为赛姬到了，我正在吻着她的双足。

"噢！赛姬，女神，"我说，"我从此不再宣称你是属于我的，但我的一切都要归给你。唉！如今你已经知道它们的价值。我从来不为你的好处着想，从来未对你存一丝无私的念头。我是一个贪婪的人。"

她躬身扶我起来，看我不想起来，便说："麦雅，亲爱的麦雅，你必须起来，我还未给你箧子呢？你知道，我长途跋涉是为了求取美丽，好使安姬的美显现出来。"

我站起身来,泪流满襟,是这个国度里从未有人流过的泪。她站在我面前,捧着一个东西,要我接过。这时,我知道她的确是个女神。她的手触着我的手时,我被烫了一下(无痛的灼热)。那从她的衣裳、四肢和头发散发出来的气息,又狂野又沁甜,当我吸入时,青春仿佛又重回胸怀。但是(很难说清楚),即便这一切,甚至正因这一切,她仍是旧日的赛姬,比大献之前的她更千倍地近她的本我。因为,往昔,真正的赛姬不过在瞬间或举手投足间迸放出来,稍纵即逝,而那当人提到她的名字所意味着的至极含义,现在却全般显现了,不必从暗示或片断加以拼凑,也不再这一刻呈现这一面,另一刻展现另一面。女神?我从未见过比她更真实的女人。

"我不是告诉过你吗?麦雅,"她说,"有一天,你我将重逢在我的宫中,而无云烟阻隔。"

喜乐使我一言不发。我觉得自己已进入人类心灵所能臻至的最高的、最丰满的境界。但此刻,这又是什么呢?你见过的,当经过彻夜的欢宴,人打开窗,夏日早晨晴朗的阳光烨然照进厅堂,那燃烧着的火炬顿时失去了光彩。同样的,这时,赛姬脸上忽然闪现一奇特的表情(我看得出她对一件自己从未提及的事了然于心),从她的神情中或从上头那湛蓝的天空荣耀得令人肃然起敬的深邃中,或从发自周围无影无迹的唇齿间那声叹息似的深呼吸,或从我自己心中那一深沉的、令人惶惑、颤惊的臆测里，我知道所有这一切都不过是一种预备。某一更伟大的事件正要临到我们。又有声音开始说话了，这一回丝毫不喧噪，反而战战兢兢的。"他来了，"他们说，"神要进入他的家了。神要来审判奥璐儿了。"

　　若非赛姬握住我的手，我早就沉下去了，因她已把我带到水池旁。周围的空气愈来愈明亮，好像着火一样。我所吸入的每一气息给我带来新的颤栗、喜乐和令我慑服的甜美，这感觉像箭一样把我全人刺透。身为受造物的我整个被解体了，我，不再是一个个体了。但这样说太轻描淡写了，应该说，赛姬自己，就某种形式说，也不再是一个个体了。我仍然爱她，是从前一度以为不可能的那样爱她，为了她，甚至不惜舍身流血，赴汤蹈火，在所不辞。但是，此刻，那真正算数的，却不是她，或者，如果她算数的话（呵！何等荣耀，她的确仍算数），无非为了另一个人的缘故。大地、星星和太阳，过去和未来所有的，全为他而存在，而他要来了。那最令人敬畏的、最美的——唯一的庄严和美丽——他来了。水池另一边的柱子因着他的临近而光芒四射。我垂下自己的眼帘。

　　两具形影，是倒影，脚连着赛姬和我的，头朝下，站在水中央。是谁的形影呢？两个赛姬，一个穿衣，一个赤裸。是的，两个都是赛姬，都超乎想象的美（如果还在乎这个的话），却又不全然相似。

"你也是赛姬。"一道伟大的声音说。我于是向上看，真离奇，我竟敢抬头。但是，我没有看见神，也没有围着柱子的庭院，我乃在宫中的御花园里，手中拿着我这本不像样的书。我想，我所看见的异象，在听见神谕的前一瞬间已褪逝了，因为那句话的余音还在回荡。

这是四天前的事，他们发现我时，我正躺在草地上。以后许多时辰，我无法说话。老朽的躯体无法再承受更多的异象了，或许是灵魂不再需要它们了（谁知道呢）。我已从亚珑获知实情，他认为我已濒死亡。奇怪的是，他竟然哭了，侍女们也哭了。我做过什么讨他们欢喜的事？我早该让达壬来这里，学着爱他，并教他爱这些人，如果能够的话。

我以"无法反驳我"结束本书的第一部。现在，我已明白，主，为什么你没有反驳我。你自己便是答案。在你面前，一切疑问都荡然无存了。有什么其他的答案足够回答人的问题？不过是字句，字句；导致层出不穷字句与字句间的纠葛、缠斗。从前，好长一段岁月，我恨你，怕你。我——

（我，亚珑，阿芙洛狄忒的祭司，保存了这本书，把它收藏在寺庙中。书尾"我"字以下字迹残缺，我们认为，女王断气时，头额碰巧倒在上面，所以无法辨读。这本书系由葛罗国的奥璐儿女王独立写成，她是我们这边世界有史以来最为明智、公正、英勇、幸运和仁慈的君王。如果有任何打算去希腊的旅人发现了这本书，请顺便把它带去，因为这似乎是写作此书的女王心里最大的愿望。接续我担任祭司的人有权把这本书交给任何愿意立誓将它带到希腊的旅人。）

后　　记

　　"丘比特与赛姬"的故事最早出现在阿普列乌斯（Lucius Apuleius，生于西元 125 年左右）所著的《变形记》（*Metamorphoses*，又称"金驴记"*The Golden Ass*）中，这是少数传世的拉丁文小说之一。与本书有关的部分简述如下：

　　某国国王和王后育有三女，小女儿赛姬貌若天仙，国中人把她当作女神膜拜，因而冷落了维纳斯（Venus）的供奉。结果，赛姬到了及笄之年，却完全无人提亲。男人对媲美神仙的她敬畏有加，不敢稍存妄想。关于她的婚配，国王只好求教于阿波罗神谕，他得到了这样的指示："勿向人间觅佳婿，宜暴陈山巅，供龙攫食。"赛姬的父亲真的遵照神谕做了。

　　但是，维纳斯嫉妒赛姬的美，早已想妥一毒计惩罚她。她命令儿子丘比特把撩人的激情赋予赛姬,让她恋慕世上最鄙陋的男人。丘比特奉命前往,孰料对赛姬一见钟情。当赛姬被暴陈在山巅的时候,随即遣使西风神把她带到一秘密的所在,那里早已有座瑰丽的宫殿特别为赛姬预备。每当夜幕低垂,丘比特便前来与她亲昵,却决不让她觑看自己的容颜。有一天,赛姬恳求他允许两位姐姐来访,丘比特勉强答应了。赛姬喜滋滋地迎接她们入宫,用盛筵款待。她们一一赞赏眼前各样金碧辉煌的摆设,心中妒火熊熊,因为她们的丈夫不是神,她们的宫室也不及赛姬的华美。

两位姐姐于是动了邪念,蓄意破坏妹妹的幸福。第二次来访时,拼命怂恿她相信行止诡异的夫君必是蛇怪无疑。"今夜,带盏灯进入内寝,用斗蓬罩着,同时藏把刀。他一睡熟,马上把灯罩拿掉,待与你同枕共衾的妖魔一现形,即刻快刀刺死他。"赛姬不疑有他,答应照着去做。

一掀开灯罩,看见酣睡的神容,赛姬恋慕极了,痴痴凝睇良久,直到灯中的油掉了一滴在他肩上,把他惊醒了。丘比特随即展开熠熠夺目的翅膀,怒斥一番,从赛姬的视界倏然消失了。

两位姐姐还来不及幸灾乐祸,便被丘比特置于死地。赛姬开始到处流浪,孤苦伶仃,走到河滨,想投水自尽,幸亏牧羊神潘(Pan)现身阻扰,劝她不可轻生。行行重行行,愁惨交加,赛姬竟然落入千方百计陷害她的维纳斯手中。这位善妒的女神对待她像奴隶一样,派给她一些根本不可能完成的差事。第一件是将不同的种子分堆捡出。亏得蚂蚁鼎力相助。接着,她要赛姬从一群凶猛的绵羊身上拔取一束金羊毛。河旁的一根芦苇低声告诉赛姬可从树丛上捡拾羊毛。之后,赛姬必须到阴间汲回一杯水。到阴间去,先得爬过许多巉岩、峭壁,非人力所能及。有只苍鹰飞来,衔走她手中的杯,再飞来时,杯中已盛满阴间的水。最后,她被遣往下界去,向冥后珀耳塞福涅索取美丽,装在篋中,带回与维纳斯。一道神秘的声音指导她如何在谒见珀耳塞福涅之后又能回到人间。一路上,她将遇见各种值得同情的人向她乞怜,她必须置之度外,不能稍有旁顾。当珀耳塞福涅把装满美丽的篋子给她后,她绝对不可打开篋盖偷看。赛姬历经各种难阻,终于捧着篋子回到上界来了。可是,敌不过好奇心。当她一打开篋盖窥觑,立刻失去知觉。

这时,丘比特已回到她身边。这一次,他原谅了她,替她向天神求情。天神应允他们结为夫妇,并封赛姬为神。维纳斯也化解了敌意,从此与他们过着快乐的日子。

我的故事,与上述故事最主要的差别,在于把赛姬的宫殿写成是凡人的肉眼看不见的。当我初次读到这故事时,不知为什么,有某种感觉叫我油然以为必定是这样子的,所以,写时就自然这样写了。这一更动当然连带着使我的女主角具有了更错综复杂的动机和不同的性格，最后，甚至改变了这整个故事的性质。我觉得自己可以不必拘泥于阿普列乌斯的写法。我认为他只是传述这故事的人，而非创作者。我的目标远非重新捕捉《变形记》特有的神髓——这原是一道掺和浪人传奇、恐怖、谐趣、神怪、淫佚和风格实验，将之同炉共冶的奇门杂烩。阿普列乌斯无异是个天才，但他与我的作品的关系，只算是"材料来源"，而非"影响"，更别说"典范"。

莫里斯（William Morris，1834—1896）在《地上乐园》（*The Earthly Paradise*）和布里奇斯（Robert Bridges，1844—1930）在《爱神与赛姬》（*Eros and Psyche*）中，可谓紧紧步随阿普列乌斯之余韵。在我看来，这两首诗皆非这两位作者的精彩杰作。《变形记》全书的英译，最近出版的有格雷夫斯（Rober Graves）的译作（企鹅丛书，1950）。

图书在版编目(CIP)数据

裸颜 / (英)路易斯(Lewis, C. S.)著;曾珍珍译. --修订本. --上海:华东师范大学出版社,2013.8
ISBN 978-7-5675-1148-4
I.①裸… II.①路…②曾… III.①长篇小说—英国—现代 IV.①I561.45
中国版本图书馆 CIP 数据核字(2013)第 198408 号

华东师范大学出版社六点分社

企划人 倪为国

本书著作权、版式和装帧设计受世界版权公约和中华人民共和国著作权法保护

路易斯著作系列

裸颜

著　　者　(英)C. S. 路易斯
译　　者　曾珍珍
责任编辑　倪为国
封面设计　姚　荣
出版发行　华东师范大学出版社
社　　址　上海市中山北路 3663 号　邮编　200062
网　　址　www.ecnupress.com.cn
电　　话　021-60821666　　行政传真　021-62572105
客服电话　021-62865537
门市(邮购)电话　021-62869887
地　　址　上海市中山北路 3663 号华东师范大学校内先锋路口
网　　店　http://hdsdcbs.tmall.com
印 刷 者　上海中华印刷有限公司
开　　本　787×1092　1/32
印　　张　10.5
插　　页　4
字　　数　150 千字
版　　次　2013 年 12 月第 2 版
印　　次　2025 年 3 月第 7 次
书　　号　ISBN 978-7-5675-1148-4/I·1031
定　　价　40.00 元

出版人　王　焰